Ingrid Noll

# *Röslein rot*

*Roman*

Büchergilde Gutenberg

Lizenzausgabe für die Büchergilde Gutenberg,
Frankfurt am Main und Wien,
mit freundlicher Genehmigung
der Diogenes Verlag AG, Zürich

Printed in Germany 1999
ISBN 3 7632 4875 7

*Inhalt*

I

# *Röslein rot*

Ein lichter Strauß aus rosa und weißen Rosen, einer Kornblume, gelb-rot geflammten Tulpen, einer Narzisse, einem winzigen Stiefmütterchen und einigen Jasminblüten in einem durchsichtigen Pokal. Durch das Glas schimmern grünliche Blätter und Stengel, das Wasser hat die trübe schwarzgrüne Färbung des abgedunkelten Hintergrunds, das volle Licht fällt auf das helle Kolorit der Blüten. Jede führt ein Eigenleben, wendet sich nach rechts oder links, entfaltet sich, hebt selbstbewußt das Köpfchen oder verbirgt es hinter prächtigeren Schwestern. Eine Ausnahme macht die einzige Knospe unter den Blumen: Geknickt wendet sich das Röslein nach unten, gerade so, als wollte es sich verschämt in der untersten Ecke verkriechen.

Obwohl rote Rosen eine verhängnisvolle Rolle in meinem Leben spielten, ist diese Knospe mein Liebling. Das zarte Altrosa geht am Stiel in cremiges Gelb über, umgeben von frühlingsgrünen spitzen Kelchblättern. Ein Blättchen rollt sich schüchtern auf, aber das geneigte Köpfchen zeigt, daß die Blume zum Welken verurteilt ist. Daniel Seghers hat dieses Bild vor gut dreihundertfünfzig Jahren gemalt, aber sein Blumenstrauß ist so taufrisch, als hätte man ihn heute im Garten gepflückt. Lilie, Iris und Pfingstrose – die Blumen der Madonna – tauchen hier nicht auf, so daß ich nicht annehme, daß es sich um eine symbolische Anbetung handelt. Der Strauß war für eine ganz normale Frau bestimmt. So wie ich eine bin.

Aber schon kommen mir wieder Zweifel. Welche normale Frau liebt schon Spinnen und Mäuse? Schon als kleines Mädchen war ich verrückt nach Tieren. Nein, keine Teddys und Plüschtiere, es waren kleine und kleinste Lebewesen, die mich durch ihre zappelige Bewegung zum Jagen und Fangen animierten. Nach Insekten aller Art haschte ich furchtlos in staubigen Ecken, ja sogar eine Hummel ließ ich fasziniert in meinen hohlen Händchen brummen. Noch interessanter waren natürlich Tiere, die sich warm und weich anfühlten – kleine Nager und Vögel. Allerdings gelang es mir nie, ein gesundes Tierchen zu erwischen, es waren stets verletzte, sterbende, hochschwangere. Mein Friedhof war so groß wie Mutters Kräuterbeet, und der Verlust jedes verendeten Gefangenen wurde durch ein allerliebstes Grab gelindert, das ich mit Gänseblümchen und Steinchen zierlich schmückte. Zwar hätte ich, um einer gewissen Sammelleidenschaft Rechnung zu tragen, lieber ein Säugetier statt der fünften Amsel begraben. Dieser Wunsch ging jedoch erst durch ein kompliziertes Tauschgeschäft mit Nachbarskindern in Erfüllung. Sie verlangten für ein totes Meerschwein den Lippenstift meiner Mutter, was sich einrichten ließ.

Ich habe als Kind einiges angestellt: geöffnete Honiggläser im Garten für die Bienen verteilt, Vaters Bier ausgetrunken, mit Hausaufgaben Handel getrieben, Geld aus dem mütterlichen Portemonnaie genommen, häufig auch gelogen. Das meiste kam nie ans Tageslicht. Falls sie mich aber doch erwischten, blieben meine Eltern völlig gelassen. »Eingedenk dessen, daß du an einem gehobenen Lebensstandard partizipierst«, sagte mein Vater, »solltest du zufrieden sein und nicht gegen Gesetze verstoßen.« Mutter schimpfte sowieso nie, sondern seufzte bloß gelegentlich: »Ach, du dummes Mäuschen!« Manchmal gierte ich geradezu nach Strafe, nach Zorn, nach heftigen Gefühlen meiner Eltern, aber dazu waren beide nicht fähig.

Mein Vater hat sich im Alter von 55 Jahren zum zweiten Mal verheiratet – mit meiner Mutter, einer um viele Jahre jüngeren Krankenschwester. Ich war kaum auf der Welt, da wurde er bettlägerig, und meine Mutter pflegte ihn fünfzehn Jahre lang, bis zu seinem Tod.

Seitdem hat meine Mutter ein krankes und ein gesundes Bett; nur uns Familienangehörigen ist der Sinn dieser Begriffe klar. Das herrenlose Bett meines verstorbenen Erzeugers wurde nie aus dem Schlafzimmer entfernt. Ich mußte darin schlafen, bis ich mein Elternhaus verließ. Sicher, in jener Nacht, als mein Vater nach seinem dritten Schlaganfall im Krankenhaus starb, flüchtete ich mich freiwillig in sein Bett, an die Seite meiner Mutter. Aber alle Versuche, mich später wieder in mein eigenes Zimmer zurückzuziehen, scheiterten. Meine Mutter bekam Schwindelanfälle, Kopfschmerzen, panische Attacken, Alpträume. Vielleicht hätte ich mich gegen ihren Terror heftiger wehren müssen, aber ich wurde fortan für das Wohl und Wehe meiner Mutter verantwortlich gemacht und gab nach. Unterschwellig suggerierte sie mir, sie werde ebenfalls sterben, wenn ich ihr nicht Gesellschaft leistete.

Das Bett meines Vaters wird heute noch frisch bezogen. Es hieß eine Weile »Papas Bett«, und schließlich nannte Mutter es »das kranke Bett«. Noch zu Lebzeiten meines Vaters war sein Krankenlager nämlich mit einigen Extras ausgestattet worden – einem Lattenrost, den man verstellen und aufrichten kann, einer besonders biegsamen Unterlage und einem schwenkbaren Tablett. Als Mutter nach meinem Auszug das Schlafzimmer wohl oder übel allein bewohnen mußte, entdeckte sie die Vorzüge des kranken Betts. Wenn die Grippe sie übermannte, pflegte sie ins Nachbarbett umzusiedeln. Später rüstete sie es mit einer Latexmatratze und einem neuen Lattenrost aus, der mittels Motorkraft sowohl am Fuß- als auch am Kopfende in jede beliebige Höhe gehievt werden konnte. Wer sich in der Terminologie meiner Mutter nicht auskennt, würde das kranke Bett eigentlich für das gesündere halten, denn das gesunde Bett besitzt eine uralte, durchgelegene Matratze. Selbst ein muskulöser junger Rücken würde auf dieser Unterlage bald an Kreuzschmerzen leiden.

Ich nehme an, daß meine Mutter immer einige Tage im gesunden Bett verbringt, um dann durch ihre völlig verspannte Rückenmuskulatur einen Grund zu haben, aufs kranke Bett umzusteigen. Dort kann sie mit ruhigem Gewissen stundenlang faulenzen und lesen, frühstücken und fernsehen. Mal stellt sie mittels Knopfdruck das untere Ende steil in die Höhe, so daß bereits ihre Oberschenkel abheben und die Waden im rechten Winkel dazu flach aufliegen, mal läßt sie sich in sitzende Position aufrichten, dann wieder oben und unten erhöhen, so daß sie fast wie ein Klappmesser daliegt. Nach mehrtägiger Lust im kranken Bett ist sie wieder fit genug, um die Strapazen des gesunden Betts auf sich zu nehmen.

Natürlich steht das Telefon meiner Mutter auf dem Nachttisch des kranken Betts, damit sie es in ihrer Sterbestunde zur Hand hat. Dafür nimmt sie in Kauf, daß sie bei jedem Klingeln ins Schlafzimmer stürzen muß. Dort läßt sie sich fallen und greift zum Hörer. Ich kenne Raucher, die sich beim Telefonieren sofort eine Zigarette anstecken müssen; man merkt es an einer sekundenlangen Unaufmerksamkeit, am Klicken des Feuerzeugs und am anschließenden tiefen Einatmen. Bei meiner Mutter vernimmt man ein leise surrendes Geräusch – sie stellt sich bei einem Schwatz mit mir stets das Kopfteil hoch.

Wahrscheinlich war es das kranke Bett, das mich frühzeitig aus dem Haus getrieben hat. Bis zu meinem fünfzehnten Lebensjahr konnte ich im eigenen Zimmer schlafen und meine Freundinnen gelegentlich zum Übernachten einladen. Meine Eltern erlaubten mir auch, in den Ferien oder nach Geburtstagsfeiern bei anderen Mädchen zu logieren. Doch nach Vaters Tod war es damit vorbei, was zwangsweise zu Isolierung führte.

Wenn ich auf Klassenfesten oder Teenagerpartys auf die Pauke hauen wollte, dann ließ mich Mutter Punkt zehn von einem Taxi abholen. Wahrscheinlich stand weniger die Sorge um mich im Vordergrund als vielmehr die Angst, stundenlang auf die Besetzung des Bettes neben ihr warten zu müssen. Brachten mich die Eltern einer Freundin nach Hause, dann lag sie stets noch wach und sah mich mit vorwurfsvollen Augen an.

Nach dem Abitur kam für mich nur eine Ausbildung in Frage, die ich außerhalb unserer Stadt machen mußte. Ich beschloß, in Heidelberg Biologie zu studieren. Obwohl mir dieses Fach nicht sonderlich am Herzen lag, tat ich zu Hause doch, als hinge meine Seligkeit davon ab.

Mutter liebt mich vielleicht. Sie gab nach, beziehungsweise sah ein, daß ihr einziges Kind nicht ein Leben lang an ihrer Seite schlafen konnte. Selbstverständlich fuhr ich anfangs am Wochenende nach Hause und legte mich neben sie. Aber nach etwa einem Jahr war Mutter entwöhnt, rief nicht mehr täglich an, kontrollierte auch nicht durch ein zusätzliches Telefonat mein abendliches Heimkommen, schickte mir keine Päckchen mit Zervelatwurst und Haselnußmakronen mehr und machte kein Theater, als ich in den Semesterferien mit einer Freundin eine Schottlandreise unternahm. Ich hatte sehr viel nachzuholen.

Nach einem weiteren Jahr brach ich das Studium wegen einer Asbestallergie, einem ungerechten Professor und der Unlust, mich mit der verhaßten Mathematik, mit Physik und Chemie zu befassen, einfach ab. Meiner Mutter sagte ich nichts davon; ich würde ihr, wenn ich erst einmal wußte, was aus mir werden sollte, alles erklären.

Von da an lag ich vormittags im Bett – wie sie –, am Nachmittag ging ich in einem Café kellnern. Dabei lernte ich viele Leute kennen, Ausländer und Einheimische, Studenten und Schüler. Nicht eben selten führte ich ganz privat einige auserlesene Touristen durch die Stadt und ließ mich dafür zum Abendessen einladen. Solche Freunde verschliß ich so rasch wie meine schwarzen Strumpfhosen. Es war zwar eine Zeit der großen Freiheit, der ich nachtrauere, aber ich hatte ständig ein schlechtes Gewissen, weil meine Mutter mir weiterhin das Studiengeld überwies. Wenn ich sie an ihrem Geburtstag und an Weihnachten besuchte, mußte ich lügen. Beim Telefonieren fiel mir das nicht weiter schwer, aber wenn ich ihr Auge in Auge gegenübersaß, war es gräßlich. Doch ich tröstete mich damit, daß sie immerhin nicht arm ist.

Mein erster Freund hatte den vielversprechenden Namen Gerd Triebhaber. Er nannte mich »Röslein«, weil er den Namen »Annerose« für unzumutbar hielt. Ich glaubte lange, ich würde der lieblichen Weise »Sah ein Knab' ein Röslein stehn« diesen Kosenamen verdanken. Eine Freundin klärte mich darüber auf, daß Goethe eine nur leicht verkappte Vergewaltigungsszene geschildert habe. Nun wollte ich nicht mehr »Röslein« heißen, wenn auch Gerd behauptete, daß es nichts mit unserer ersten Nacht zu tun habe, sondern einzig die Kurzform für »Neuröslein« sei. Er hielt mich für ziemlich gestört.

Nun, wenn man in einem kranken Bett aufgewachsen ist, hat man wohl das Recht auf ein paar kleine Überspanntheiten. Ich ekle mich zum Beispiel vor Milch, vertrage keine Wimperntusche und reagiere allergisch auf diverse Substanzen; dafür kann ich trinken wie der Zwerg Perkeo, ohne daß man mir etwas anmerkt. Ich bitte andere Leute darum, meinen Wagen vollzutanken, weil ich den Anblick des gefräßigen Geldanzeigers nicht aushalte. Ich kann nur addieren und nicht subtrahieren. Es gibt noch ein paar weitere Macken, die ich nicht alle verraten möchte – aber es ginge zu weit, wenn man mich als neurotisch bezeichnen würde.

Viel eher kann man das von meiner Mutter behaupten. Meinen Vorschlag, das gesunde Bett abzuschaffen und nur noch im kranken zu schlafen, da es doch komfortabler sei, lehnte sie entrüstet ab. Der Grund war eine neue Marotte. In der Adventszeit hatte sie einen Teddybär-Bastelkurs besucht, um ein hübsches Geschenk für die Enkelkinder herzustellen. Aber sie konnte sich nicht von ihrem plüschigen erstgeborenen Petz trennen, sondern zeigte Ehrgeiz, weitere Zotteltiere zu erzeugen. Nach und nach wurde das zweite Bett von Braun-, Schwarz- und Eisbären besiedelt, von Grislys, Pandas und Koalas, brummenden Kragen- und Waschbären. Es erfordert mittlerweile schon einen vehementen Einsatz, um abends abwechselnd das gesunde oder das kranke Bett zu entvölkern. Und jetzt will sie auch noch einen Puppenkurs absolvieren. Ich nehme an, daß sie irgendwann ein Drittbett braucht.

Ich bin als Einzelkind aufgewachsen. Wenn das allerdings so klingt, als ob ich keine Geschwister hätte, dann stimmt das nicht ganz. Mein Vater hatte aus erster Ehe eine Tochter, meine Halbschwester. Sie ist älter als meine Mutter. Dieses Wesen – Ellen heißt es – hatte ich in meiner Jugend genau viermal gesehen, und anläßlich von Vaters Beerdigung saßen wir immerhin eine Stunde lang nebeneinander. Zu Weihnachten schrieben wir uns nichtssagende Karten. Ellen verübelte es mir bestimmt, daß unser gemeinsamer

Vater ihre Mutter verließ, um die meine zu heiraten, obwohl es zwei Jahre vor meiner Geburt geschah. Doch falls sie meine Mutter für einen mannstollen Vamp hielt und ihr unterstellte, die intakte Ehe ihrer Eltern zerstört zu haben, so konnte ich mir keinen absurderen Verdacht vorstellen. Meine Mutter ist ein Schaf, das meinen Papa allenfalls durch Blöken in den Stall gelockt hat. Weiß der Himmel, wie es geschah, daß sie schwanger von ihm wurde. Als dann mein Bruder zur Welt kam, ließ Vater sich von seiner ersten Frau scheiden. Er hatte sich ein Leben lang einen Sohn gewünscht.

Tragischerweise starb der kleine Junge nach etwa einem Jahr durch einen Unfall. Ohne lange Wartezeit wurde ich gezeugt. Als mein Vater hörte, daß das Ersatzkind ein Mädchen war, wurde er krank; ich habe ihn fünfzehn Jahre lang nur mehr oder weniger bettlägerig und leidend erlebt. Woran er litt, erfuhr ich erst, als ich ins Gymnasium kam und von heute auf morgen als »großes Mädchen« galt: Das goldgerahmte Foto auf seinem Nachtkasten zeigte seinen einzigen Sohn, den verstorbenen Malte.

Ich hatte also einen toten Bruder und eine lebende Schwester, aber zu beiden keine positive Einstellung. Leider war es immer klar, daß ich den Jungen nicht ersetzen konnte. Als besonders schlimm empfand ich, daß man niemals über ihn und die Todesursache sprach. Heute erst erkenne ich, daß dieses Schweigen meine Kindheit zerstört hat.

Als ich dann später selbst heiratete und schwanger wurde, stellte ich mir mein künftiges Kind stets wie jenes vor, dessen Bild auf dem Nachttisch gestanden hatte: ein blondgelockter Engel mit verträumten Blauaugen. Doch so verträumt Malte auf dem Foto auch dreinblickte, die Zukunft des Stammhalters war genau vorherbestimmt: Malte war dazu ausersehen, Vaters Geschäft für Großküchenzubehör zu übernehmen. Als sich dann das Ersatzkind als Mädchen erwies, verkaufte mein Vater noch vor meiner Taufe sein Geschäft und verbrachte den Rest seines Lebens als Invalide. Kein Gedanke daran, daß auch seine Tochter einen kaufmännischen Beruf ausüben könnte. Mein Brüderchen wiederum hat sich durch seinen frühen Tod wohl allerhand Ärger erspart. Wenn ich mir sein feines Kindergesicht betrachte, dann kann ich mir gut denken, daß in Malte alles andere als kommerzielle Talente schlummerten.

Zu diesen traurigen Erinnerungen kommt hinzu, daß meine häusliche Situation anders als die meiner Freundinnen war, deren Väter stets zuwenig Zeit für die Familie hatten. Mein Vater beeindruckte meine Klassenkameraden sowohl durch ständige Anwesenheit als auch durch absolutes Desinteresse. Die meisten meiner Freundinnen bekamen ihn fast nie zu Gesicht, wußten aber, daß man sich bei uns ruhig zu verhalten hatte – keine laut aufgedrehte Musik, kein Toben im Treppenhaus, kein Tanzen und Singen oder gar gackerndes Gelächter.

Gelegentlich mußte ich Vater vorlesen, weil er nebst allen anderen Gebrechen auch noch über »müde Augen« klagte. Wenn ich ihn fragte, was er hören wolle, beteuerte er milde, das sei ihm egal. Also las ich aus Mädchen- und Tierbüchern vor, aus den Lurchi-Heften von Salamander und sogar aus Schulbüchern. Es ist die Frage, ob er je zugehört hat oder nur den Drang verspürte, mich an sein Bett zu fesseln. Aber wahrscheinlich war ich ihm genauso egal wie die Bücher.

Neulich fragte ich meine Mutter, was das eigentlich für ein Mann gewesen sei, den sie da geheiratet habe. Sie sah mich mit äußerster Verblüffung an. Ich hätte ihn doch immerhin fünfzehn Jahre lang gekannt und müsse wissen, was für einen gütigen und verständnisvollen Vater ich hatte! Immerhin räumte sie ein, daß er oft unter Beruhigungsmitteln gestanden hatte, wodurch er wahrscheinlich eine gewisse Distanz zu den banalen Realitäten des Alltags bekam. Die reale Banalität war ich.

Es gab eine Ausnahme, wo mir seine Gesellschaft ein wenig Spaß machte, und das waren die gelegentlichen Spielchen am Freitagnachmittag. Vater saß im Bett, ich zu seinen Füßen, Mutter war beim Friseur. Das schwenkbare Tablett diente als Tisch. Unsere Spiele waren von simpler Art, hießen ›Schnipp-Schnapp‹ oder ›Tod und Leben‹, als ich etwas älter war auch ›Stadt, Land, Fluß‹; dazu aß ich Salzstangen und Nußschokolade, Vater trank Bier. Wenn Mutter kam, schimpfte sie regelmäßig über die vollgekrümelte Bettwäsche. Aber Vater nahm sowieso alle Mahlzeiten im Bett ein, verschüttete Kaffee, verstreute Asche, ließ fette Schinkenränder und Wurstpellen, Nußschalen und Käserinden einfach in den Falten seiner Steppdecke verschwinden. Obwohl dauernd frisch bezogen wurde, lockte dieses unhygienische Verhalten die Fliegen an, die bei uns weder in der Küche noch im Klo zu finden waren, sondern stets im Dunstkreis von Vaters Bett. So wie man Neptun mit einem Dreizack malt, so müßte man Vater mit einer Fliegenklatsche darstellen. Wenn ich – täglich einmal – an sein Bett trat und fragte: »Papa, wie geht's dir?«, dann bekam ich regelmäßig die Antwort, er sei des Lebens müde. Viel an Weisheit oder Wissen hat er mir nicht mitgegeben, aber des Genitivs war ich bereits mit fünf Jahren mächtig.

Heute hätte ich vielleicht den Mut, die erste Frau meines Vaters zu besuchen und auszuhorchen, aber sie starb wenige Jahre nach ihm. Vor der Begegnung mit meiner Halbschwester Ellen, die ihn immerhin als gesunden Papa erlebt hat, fürchtete ich mich. Ich hätte es kaum ertragen können, wenn sie mir von einer unbeschwerten, fröhlichen Kindheit berichtet hätte, von einem Vater, der ihr ein Puppenhaus bastelte und sie um den ersten Tanz ihres Lebens bat. Immerhin war sie längst erwachsen, als sich Papa meiner Mutter – oder vielmehr meinem neugeborenen Bruder – zuwandte; die Scheidung ihrer Eltern konnte bestimmt keine wirkliche Katastrophe für Ellen gewesen sein. Sie hat einen gesunden Vater in blauen Anzügen erlebt. Ich kannte nur seine gestreiften Schlafanzüge und die Bademäntel in Bordeaux oder Oliv. Sie war mit ihm im Kino gewesen, auf der Kirmes, an der See und auf dem Tanzstundenball. Ich dagegen saß immer nur an seinem Krankenbett, und nach seinem Tod lag ich selbst darin.

Wenn es heißt, daß ein kleines Mädchen die erste große Liebe durch seinen Vater erfährt, dann bin ich hoffnungslos verkorkst. Er liebte mich nicht und ich ihn genausowenig. Als er starb, war ich erleichtert, ohne allerdings zu ahnen, daß er postum einen negativen Einfluß auf meine künftigen Liebeserlebnisse ausüben sollte.

Meine Mutter kann es nicht lassen, immer wieder eines meiner Kinder in den Ferien zu sich einzuladen. Obwohl genug Platz in meinem Elternhaus ist und die Kinder sicher ganz gern in meinem ehemaligen Zimmer schlafen würden, weiß ich doch genau, daß Mutter ihre Enkel neben sich ins kranke Bett zwingen würde. Ich habe unter windigen Ausreden stets verhindert, daß sie bei meiner Mutter übernachten. Soll sie doch mit den Teddys glücklich werden.

Im übrigen habe ich die Theorie, daß das kranke Bett an meinen bösen Träumen schuld ist. Gewiß führen alle Menschen im Schlaf ein zweites Dasein, aber bei den meisten wechselt sich doch Unangenehmes mit Erfreulichem ab. Meine Freundin Silvia berichtet immer wieder von lustvollen Erlebnissen im Traum, bei denen sie nicht sicher ist, ob sie ihr tatsächlich einen echten Höhepunkt bescheren, so daß sie für die nächsten Tage befriedigt ist. Auch meine Kinder träumen von Goldmedaillen, lebenslanger Freundschaft mit Winnetou oder einem zwei Meter großen Gummibären. Nichts davon bei mir. Peinlichkeiten, Demütigungen, Liebesverlust, Erwischtwerden, häufig sogar Todesangst beherrschen mein Nachtleben. Es gibt Menschen, die sich vor solchen Vampiren mit Kruzifixen oder Knoblauch schützen, doch das hat bei mir nicht funktioniert. Neuerdings versuche ich, mich in die Betrachtung eines Gemäldes zu versenken, um zur Ruhe zu kommen und eine traumlose Nacht zu verbringen. Ich besitze zwei dicke Kunstbücher mit Abbildungen barocker Stilleben.

## 2

## *Mäuschenstill*

Obwohl ein Stilleben eigentlich nur leblose oder unbewegte Gegenstände beinhalten soll, gibt es Ausnahmen wie die kleinen Nager auf meinem zweiten Lieblingsbild. Die drei braunen Mäuse sind dem Maler Ludovico di Susio derart winzig geraten, daß sie beinahe in einem Fingerhut Platz fänden. Um so größer fallen die Zitrusfrüchte aus – die goldgelbe Zitrone, die leuchtende feinporige Orange. Rotglänzende Äpfel, Nüsse, mit Puderzucker bestreutes Naschwerk, ein Obstmesserchen auf dem blankpolierten Zinnteller laden zum Zugreifen ein. Erst auf den zweiten Blick ertappt man die Mäuschen, die sich eine Mandel teilen. Ganz leise huschen sie spätnachts herein und mausen, was das Zeug hält. Wer feine Ohren hat, wird sie knuspern und wispern hören, wer fest schläft, wird sicherlich nicht geweckt.

Wahrscheinlich gibt es viele Eltern, die ihre kleine Tochter »Mäuschen« nennen; doch bei mir hatte es die besondere Bewandtnis, daß ich bereits mehrmals eine vergiftete Maus gefangen und so lange im Puppenwagen gepflegt und spazierengefahren hatte, bis ich sie ohne schlechtes Gewissen beerdigen konnte. Meine Freundin Lucie hat, wie sie erzählte, im selben Alter Friseuse gespielt und einem Kater die Schnurrbarthaare abgeschnitten – wir hätten uns schon damals gut ergänzt.

Wenn meine Eltern schon lange im Bett lagen, wurde ich aktiv. Im Hemd geisterte ich durchs Haus, stibitzte Pralinen, tanzte vorm Fernseher, der ohne Ton lief, öffnete den Safe, um mit Bargeld zu spielen, und trennte ein Stück des Pullovers auf, an dem meine Mutter tagsüber strickte. Bei diesen Taten verspürte ich stets große Angst und noch größere Lust. Eigentlich wollte ich irgendwann ertappt werden und vor Schreck maßlos schreien. Aber es war alles vergeblich, auch am nächsten Tag wurden die Spuren meiner nächtlichen Ausschweifungen nie wahrgenommen. Ich gab auf. Das Flämmchen meines Temperaments erlosch unter einer dicken Glasglocke, meine Gefühle erstickten unter einer Watteschicht. Ohne jemals persönliche Anteilnahme zu zeigen, waren meine Eltern professionell gütig zu mir.

Der Alptraum vom verwahrlosten Säugling ist fast allen Müttern bekannt: Mit einem entsetzlichen Schrecken erinnern wir uns, daß es in einer finsteren Kammer ein Baby gibt, für das wir verantwortlich sind und das wir einfach vergessen haben. Ist es tot? Es hat über Tage keine Nahrung bekommen, wurde weder gewindelt noch geherzt. Wenn wir es schließlich hochheben, gibt es nur noch schwache Lebenszeichen von sich, und wir erwachen tränenüberströmt.

Als ich Silvia, einer entfernten Verwandten von mir und – seit sie hierher gezogen ist, die dritte in unserem Freundschaftsbund – diesen Traum erzählte, winkte sie gleich ab: Schon hundertmal in allen Variationen geträumt. Aber ich wollte ihr klarmachen, daß ich nicht etwa eine Rabenmutter bin, die bis in den Schlaf von Gewissensbissen verfolgt wird, sondern daß mein Unterbewußtsein eine Botschaft aussendet: Das verkümmerte Kind bin ich selbst. Wie viele andere Frauen habe auch ich über Jahre oder gar Jahrzehnte nur an die Familie gedacht und mich selbst vernachlässigt. Das halbtote Baby muß jetzt mit aller Liebe gepäppelt und umsorgt werden, sonst ist es vielleicht zu spät.

Silvia staunte. »Glaub' ich dir nicht! Typisches Geschwätz von Hobby-Psychologen, ich kann mir schon denken, daß dir Lucie so etwas einbläst! Als ob nicht jeder ein schlechtes Gewissen gegenüber seinen Kindern hätte! Denen kann man es doch nie recht machen.«

Ich schwieg. Meinen anderen Traum mochte ich ihr gar nicht erst erzählen, denn sie kam selbst darin vor:

Wir stehen im Badezimmer vorm Spiegel und probieren eine neue Frisur aus, während ich mein jüngstes Kind in einer Zinkbadewanne planschen lasse. Wir schimpfen über unsere Schwiegermütter, trällern zur Musik aus dem Radio, schnuppern an meinem neuen Parfüm. Als ich nach dem Baby schaue, ist es schon lange untergetaucht. Mein Herz setzt aus, ich reiße das Kleine in die Höhe – kein Atem –, packe es an den Beinen und versuche, das Wasser aus seiner Lunge laufen zu lassen. Es strömt und strömt aus dem winzigen Mund. Schließlich treten Organe aus. Herz, Leber und Niere fallen ins Badewasser. Silvia sammelt alles auf und wirft die blutigen Klümpchen ins Klo. Ich wache schreiend auf.

Silvia schien nicht zu bemerken, welch düsteren Gedanken ich nachhing – wohl vor lauter Wut, weil sie in einem ausrangierten Koffer die Fotosammlung ihres Mannes entdeckt hatte. Vergeblich versuchte ich ihr klarzumachen, daß man Pornos in fast jedem Haushalt finden kann. Aber ich verstand sie gut, denn auch ich war während meiner Ehe schon einmal auf unangenehmes Treibgut gestoßen.

Wahrscheinlich reifte damals in mir der Entschluß, die Angstträume zu verbannen und endlich das halbtote Kind in mir wieder zum Leben zu erwecken. Für Silvia war dieses Problem leichter zu lösen, denn ihre Liebe galt seit vielen Jahren den Pferden. Als Mädchen war sie eine begeisterte Amazone gewesen, und nun sattelte sie dieses Steckenpferd aufs neue. Jeden Vormittag, wenn ihre Kinder in die Schule mußten, war sie in der Reithalle zu finden. Ich nahm an, daß sie sich für diese Sportart entschieden hatte, weil die Natur sie bereits mit dem sogenannten Reithosenspeck ausgestattet hatte. Es gelang ihr jedoch nicht, mich zu ihrer Passion zu bekehren. Ich bin reichlich unsportlich und wollte es lieber mit etwas Kreativem versuchen.

Reinhard, mein Mann, hatte nach dem Realschulabschluß eine Schreinerlehre absolviert, dann die Fachhochschulreife nachgeholt und schließlich Architektur studiert. Von seiner Lehrzeit sprach er mit Ernüchterung, da er monatelang nur Türen aus Rüster abhobeln mußte, wo sein Herz doch für Eichenbohlen schlug.

In seinem späteren Beruf kam es ihm aber durchaus zugute, daß er etwas von Holz verstand. Seit wir ein eigenes altes Häuschen besaßen, konnte er seine Visionen in Szene setzen: die Balken des Fachwerks freilegen und restaurieren, originalgetreue Sprossenfenster herstellen und tagelang Pläne für die Neugestaltung des Dachbodens entwerfen.

Es gibt wenig Architekten, die meiner Meinung nach einen guten Geschmack haben, mein Mann gehört sicherlich nicht zu dieser Minderheit. Was er in unserer Gegend verbrochen hat, kann man nicht so leicht übersehen. Es ist postmoderne Massenware billigster Art, die die innerstädtischen Baulücken flächendeckend füllt. Aber natürlich konnte er sich als Angestellter bei einer Baufirma die Aufträge nicht aussuchen, und das war wohl auch der Grund, daß unser eigenes kleines Haus langsam, aber sicher zu einer Art Heimatmuseum wurde.

Anfangs war ich hingerissen. Was gibt es Netteres als ein Fachwerkhaus mit bäuerlichem Garten? Als wir das Häuschen besichtigten, blühten Phlox und Margeriten, Rittersporn und Levkojen in Eintracht mit Lauch und Petersilie. Die Besitzerin hatte den Garten bis zu ihrem Tod liebevoll gepflegt; ihre Erben zeigten kein Interesse an einer Weiterführung der Idylle, wohl aber an einem gesalzenen Preis. Nun gut, was soll ich lange jammern, mit der Blindheit von frisch Verliebten kauften wir, ohne groß zu feilschen.

Was mein neues Hobby anging, so sollte es sich durchaus in Reinhards Traum von der heilen Welt einfügen. Bäuerlich sollte unser Haus eingerichtet sein, um sich von den Stahlrohrstühlen, Corbusier-Liegen und Büromöbeln im Bauhausstil zu unterscheiden, die seine Kollegen favorisierten. Wenn ich nicht aufgepaßt hätte, wären meine ererbten Biedermeiermöbel aus hellem Kirschholz nach und nach durch knorrige Zirbelkieferbänke, Melkschemel und Spinnräder ersetzt worden. Eines Tages brachte Reinhard vom Flohmarkt eine Wanduhr mit bemaltem Zifferblatt, deren Glas einen Sprung aufwies. Kein Problem, meinte er und öffnete den Uhrenkasten. Aber es ging nicht darum, bloß eine neue Scheibe zu kaufen, wir entdeckten mit Bedauern, daß es sich um Hinterglasmalerei handelte, die nicht zu retten war. Nicht nur das Abdeckglas, sondern das Bildchen selbst war zerbrochen. Reinhard war so betrübt, daß ich ihm einen Rettungsversuch vorschlug.

Vom Glaser ließ ich mir ein passendes Stück Glas zurechtschneiden und mit einem Loch für die Uhrzeiger versehen. Ich beschloß, das Gemälde zu kopieren. Das Motiv – eine heitere Ruderpartie auf einem bayerischen See – war so anmutig und nett anzuschauen, daß ich nicht vorhatte, es durch ein paar naive Bauernrosen zu ersetzen.

Ich kaufte mir Marderpinsel, Dispersions- und Ölfarben sowie Klarlack zum Sprühen. Es würde wohl nicht allzu schwer sein, das zersprungene Original unter die neue Glasplatte zu legen und sozusagen durchzupausen. Die Konturen zeichnete ich mit schwarzer Tusche, ließ sie trocknen und begann – wie man es mir im Bastelgeschäft empfohlen hatte – zuerst mit dem Zifferblatt und dann mit den Figuren im Vordergrund.

Reinhard war anfangs skeptisch. Aber als er sah, wie leuchtend sich die Farben auf dem Glas ausnahmen, lobte und ermunterte er mich aus ehrlicher Überzeugung. Jeder Betrachter mußte zugeben, daß mir mein allererstes Stück zwar seitenverkehrt (bis auf die Zahlen), aber gar trefflich gelungen war. Noch lange hatte diese Uhr einen Ehrenplatz über der Eßecke.

Nach diesem Anfängerglück kam ich auf den Geschmack. Es mußten ja nicht weitere Uhren sein; in unser Haus paßten auch andere Hinterglasbilder mit dörflichen Szenen.

So hatten wir schließlich alle zur Verbauerung unseres Anwesens beigetragen: Reinhard mit Balken, ich mit Bildern, meine Schwiegermutter mit Spitzengardinen, die sie aus naturweißer Baumwolle für uns häkelte, meine Mutter mit Teddybären in Dirndlkleidern und Lederhosen.

Um wenigstens einen Tiroler Bären loszuwerden, besuchte ich an den Weihnachtstagen meine alte Freundin Lucie. Ihr Kater Orfeo und die einjährige Eva spielten unterm Tannenbaum, es war ein bezauberndes Bild. Was den Geschmack angeht, waren die beiden auf etwa gleichem Niveau. Süße, lauwarme Milch für den Gaumen, Glöckchengebimmel fürs Ohr und rote Christbaumkugeln fürs Auge. Beide waren versessen auf das funkelnde Glas, das bald in Gestalt eines gefährlichen Scherbenhäufchens beseitigt werden mußte.

Wie bildete sich wohl der Geschmack heraus? ging es mir durch den Kopf. Ein Kleinkind, das noch kein Museum betreten hat, strebt wie viele Vögel und Insekten nach dem Bunten, Schillernden, nach funkelndem Gold und Silber. Noch bei achtjährigen Mädchen gehören Glanzbilder mit flammenden Herzen, Vergißmeinnichtkränzen und schnäbelnden Tauben zu den größten Schätzen, die gerade noch von Adventskalendern mit Glitzerschnee übertroffen werden. Auch mir gefallen solche Dinge als heimliche sentimentale Herzenszuflucht immer noch; mit Rührung sehe ich, wie meine Tochter Lara ganz ähnliche Bildchen tauscht und hortet wie ich in ihrem Alter.

Zu Beginn meiner Malbegeisterung benutzte ich Vorlagen aus einem Kunstband über Votivbilder, aber mit der Zeit wurden mir die Motive zu fromm. Man konnte nicht gut in alle Ecken den heiligen Sebastian hängen, auch brennende Herzen und ›Maria hilf!‹ überm Bett gefielen mir nicht mehr. Ich begann, frei zu malen.

Meine Kinder Lara und Jost schleppten mir vom Sperrmüll die geschliffene Glastür eines Küchenschranks an, Reinhard brachte die Erkerfenster eines Abbruchhauses mit, die er mir passend zurechtschnitt.

Anfangs unterstützte mich die ganze Familie. Ich malte die vier Jahreszeiten, dörfliche Feste, Hochzeiten im Mai, Hänsel und Gretel. Meiner Freundin Silvia, für die nichts fein genug ist, schenkte ich vier rotberockte Teilnehmer einer Fuchsjagd, darunter sie selbst auf ihrem asthmatischen Schecken. Lucie, die von Beruf Lehrerin ist, bekam eine altmodische Schule mit niedlichen ABC-Schützen, Pulten, einer Tafel und einem Rechenbrett. Gelegentlich arbeitete ich mit der Lupe, denn meine Bilder waren meist kleinformatig. Es war wohl die glücklichste Zeit meines Lebens, wenn Mann und Kinder morgens das Haus verließen und ich am Küchentisch zu malen anfing. Ich vergaß mich selbst und mein Los als geplagte Ehefrau und Mutter, ich vergaß auch gelegentlich, daß es Zeit zum Kochen war.

Eines Abends überraschte mich Reinhard mit dem Vorschlag, sich selbständig zu machen; schon lange pflegte ihm sein Chef die unangenehmsten Aufgaben – zum Beispiel den Windmühlenkampf mit den Bauämtern – zuzuschieben. Ich fand die Idee gut, wenn auch riskant. Einige ihm gewogene Kunden würde Reinhard übernehmen können, hoffte er.

Anfangs würde ein kleines Büro reichen, natürlich mit erstklassigen Lichtverhältnissen. Telefon, Fax und einige Möbel, ein Schild an der Tür – eine Zeichenmaschine besaß er ja bereits –, das würde nicht die Welt kosten. Das computergestützte Zeichenprogramm konnte noch etwas warten.

»Angestellte?« fragte ich.

Reinhard schüttelte den Kopf. »Das bißchen Sekretariatsarbeit kannst du übernehmen, Termine machen, Mahnungen schreiben, Anträge für Baugenehmigungen. Wenn die Kinder in der Schule sind, hast du doch Zeit genug.«

Was für eine seltsam piepsige Fistelstimme er hatte, dachte ich, die so gar nicht zu seinem maskulinen Auftreten passen wollte. Aber er setzte sich auch piepsend durch.

Vor unserer Ehe hatte ich nicht bloß gekellnert, sondern auch in Büros gearbeitet, weder gut noch gern; immerhin war eine Schreibmaschine kein Fremdkörper für mich. Sollte ich jetzt meine karge Freizeit am Vormittag, in der ich ganz und gar fürs Malen lebte, für eine verhaßtere Tätigkeit als das Kochen aufgeben? Aber hatte ich andererseits nicht die Pflicht, meinen Mann in seinem Beruf und in seiner Eigenschaft als Familienernährer zu unterstützen? Ich sagte weder ja noch nein, Reinhard hatte mich auch gar nicht nach meiner Meinung gefragt. Meine Mitarbeit war für ihn selbstverständlich, woraus ich schloß, daß er meine künstlerischen Versuche nicht allzu ernst nahm. Ohnedies hatte ich als Frau eines Architekten mitunter stark verschmutzte Hemden und Hosen zu waschen, und das hatte ich stets als

Solidaritätsbeitrag geleistet. Nun wurde ich obendrein als Sekretärin eingespannt.

Ansonsten war die erste Zeit, als wir das Büro einrichteten – es lag günstigerweise in unserer Nähe –, von einem hoffnungsvollen Pioniergeist erfüllt. Natürlich durfte Reinhards Arbeitsstätte nichts von seiner Neigung zu rustikalem Ambiente verraten, die sich für einen Architekten geradezu pervers ausnahm. Stahl, Plexiglas und Leder bestimmten die nicht originelle, eher steril-neutrale Ausstattung. In einem Anflug von Großmut wollte ich Gardinen nähen, aber Reinhard entschied sich für silbergraue Plastiklamellen. Die zukünftigen Bauherren sollten sich unbeeinflußt für ihre eigenen Vorlieben entscheiden können. Mir überließ er die Auswahl der Topfpflanzen.

Silvia hatte sich in der Zwischenzeit in ihren Reitlehrer verliebt. Nach vierzehnjähriger Ehe war das wohl normal. Ich beneidete sie um die Intensität ihrer Gefühle, ihr mädchenhaftes Erröten, das Glitzern ihrer Augen und die Spekulationen, die sie über die Gefühle des viel jüngeren Reitersmannes anstellte. Wir braven Hausfrauen hatten im Gegensatz zu unseren Männern nicht viel Gelegenheit zu einem Flirt, wenn man nicht gerade den amtlichen Gasableser oder den Schornsteinfeger ins Bett locken wollte. Silvias Mann verließ morgens das Haus, eilte in seine Firma und blieb oft bis in die Nacht fort; kein Mensch ahnte, was er dort eigentlich trieb. Aber daß es hübsche Sekretärinnen und willige Praktikantinnen gab, war wohl keine Frage. Und ebenso sicher nahm Silvia an, daß ihr gutaussehender Udo nichts anbrennen ließ. Obwohl sie gelegentlich übertrieb, mochte sie in diesem Fall durchaus recht haben: Selbst mir hat er Avancen gemacht.

Auch Reinhard hatte diesbezüglich keine schlechten Karten. Architekten bilden einen reizvollen Gegensatz zu Ehemännern im grauen Flanell, sie tragen Stiefel, Lederjacken, karierte Hemden, wehende Schals und strömen die Aura des Outdoor-Typs aus, obgleich sie die meiste Zeit in krummer Haltung über ihrem Reißbrett hängen.

Und ich? Früher hatte ich mich einmal um unseren Hausarzt bemüht, das heißt, ich war unnötig oft mit dem kleinen Jost dort aufgekreuzt. Aber es ergab sich rein gar nichts. Eine meiner Freundinnen liebt ihren Pfarrer und engagiert sich in der Gemeindearbeit, Lucie eilt neuerdings auffallend oft zum Friseur – aber sie werden alle ebenso glücklos wie Silvia agieren, denn letzten Endes sind Mütter mit Kindern keine besonders begehrten Kandidatinnen. Abends können sie nicht weg, im Urlaub verreisen sie mit der Familie, und ins Bett trauen sie sich nur unter Gewissensbissen, Tränen und zu unromantischen Tageszeiten.

Ich betrachte mein Mäusebild. Die Heimlichkeit hat es mir angetan, die kleinen Täuschungen, das Anschleichen. Lucie ist mir auch in dieser Hinsicht ähnlich. Sie spricht nicht viel über ihre Vergangenheit, aber ich habe den Verdacht, daß der Dreijährige nicht von Gottfried stammt. Ein seltsamer Junge, der kleine Moritz, sicher wird er noch Probleme machen. Als wir mit ihren vier und meinen zwei Kindern über die Kirmes bummelten, habe ich einmal überschlagen, wie viele Mütter und Väter insgesamt an dieser Schar beteiligt sein könnten. Etwa sechs?

## 3

## *Schlüsselerlebnis*

Vor meiner Ehe habe ich es mit vielen Männern versucht. Es wäre allerdings ein Trugschluß, wollte man mich deswegen für eine besonders triebhafte Frau halten. Eher war das Gegenteil der Fall. Ich wollte einfach nicht akzeptieren, daß mir Sex keinen Spaß machte; es mußte an den Männern liegen. Also habe ich einen nach dem anderen getestet.

Reinhard ist die Schlüsselfigur, bei ihm kam der Durchbruch; erst später wurde mir die Ursache klar. Bisher war ich – weil es am praktischsten war – mit meinen Liebhabern ins Bett gegangen, bei Reinhard lag ich auf einem Baugerüst. Nicht daß ich einen gefährlichen Kitzel gebraucht hätte, um abzuheben, nein, die simple Tatsache war, daß ich keinen Mann im Bett erblicken konnte, ohne daß sich das Bild meines kranken Vaters einstellte. Ödipus hin oder her, die Vorstellung, mit meinem Papa zu schlafen, war für mich unerträglich.

Doch seit den Tagen des Baugerüsts war ich Reinhard verfallen und konnte auch auf einer herkömmlichen Matratze glücklich werden.

Nach zwei Jahren begann zwar meine Euphorie nachzulassen, aber unsere Ehe ging lange ganz gut. Erst seit dem Beginn seiner beruflichen Selbständigkeit wurde Reinhard von allerhand Verarmungsängsten geplagt. Die Aufträge tröpfelten kümmerlich, Ersparnisse waren nicht vorhanden. Wenn Rechnungen mit Verzögerung bezahlt wurden, ging uns finanziell die Puste aus. Mein Mann wurde Mitglied im teuersten Tennisklub, um solvente Kunden kennenzulernen.

»Gottfried singt in einem sehr netten Chor«, empfahl Lucie, »da gibt es an die fünfzig Mitglieder...«

Ich konnte nur lachen, wenn ich an Reinhards Stimme dachte. Sollte er sich bei einer Partei einschreiben, um vielleicht auf Empfehlung des Gemeinderats kommunale Bauten zu betreuen? Obwohl diese Praktik nie offen zugegeben wurde, munkelte man doch, daß sie funktioniere.

Als er schließlich ein paar einigermaßen lukrative Aufträge an Land ziehen konnte, verwandelte er sich in einen gereizten, überarbeiteten Manager, der keine Zeit mehr für familiäre Belange übrig hatte. Der Begriff »delegieren« wurde zu seinem Lieblingswort. Ob es galt, Briefmarken zu kaufen oder seine Schuhe zum Besohlen zu bringen, mit den Kindern schwimmen zu gehen oder den Urlaub zu planen – ich war die Delegierte. Ganz zu schweigen davon, daß er von mir verlangte, außer der Sekretariatsarbeit noch die HOAI, die Honorarordnung für Architekten und Ingenieure, zu studieren und zu beherrschen.

Selbst abends, wenn wir bei einem verspäteten Essen saßen, rief der schreckliche Herr Rost an. Helmut Rost war das Schreckgespenst aller Architekten – ein unentschlossener Kunde. Nachdem er wochenlang mit sich gerungen hatte, bekamen wir eines Abends kurz vor Mitternacht die Botschaft, daß er sich nun endlich für weiße Türen entschieden habe.

Wenn Reinhard als Opfer seines Berufs Sport trieb, konnte ich manchmal ein Stündchen fürs Malen abzwacken. Doch es reichte nie, um ungestört mit dem Pinsel und der Seele einzutauchen. Außerdem plagten mich Zweifel, ob es recht war, meinen Mann ohne Aufsicht in Gesellschaft gut gebauter Tennisspielerinnen zu lassen. Oder stimmte es, daß er bloß mit männlichen Partnern spielte? Zu jenem Zeitpunkt begann ich, mißmutig und unzufrieden zu werden.

Mit Silvia konnte ich über meine Probleme kaum sprechen, ihr Pferd ging vor. Wie gut, daß es Lucie gab, die stets aufmerksam zuhörte. Leider war unsere Beziehung ein bißchen einseitig, weil sie sich über ihre eigene Biografie so beharrlich ausschwieg. »Hermann« und »Meier-Stüwer« stand an ihrer Haustür. Klar, ich wußte bereits, daß die beiden älteren Kinder nicht ihre leiblichen waren. Der achtjährige Kai ging mit Jost in eine Klasse, bei einem Elternabend hatte ich Lucie und Gottfried kennengelernt. Aber als ich Lucie mit neugierigem Verdacht befragte: »Seid ihr überhaupt verheiratet?«, bekam ich eine ausweichende Antwort. Später bedeutete sie mir, daß sie einmal im Leben den großen Fehler begangen und sich selbst bedingungslos preisgegeben habe.

Irgendwie verletzte mich ihr mangelndes Vertrauen. Ganz abgesehen davon, ob man nun verheiratet ist oder nicht und ob die Kinder von unterschiedlichen Vätern stammen, was spielt das heutzutage für eine Rolle? Für wie spießig mußte sie mich halten, daß sie über solche Nebensächlichkeiten Stillschweigen bewahrte.

Damit sich auch unsere Männer näher kennenlernten, lud ich eines Tages Lucie und Gottfried, Silvia und Udo zum Essen ein. Diesen Abend werde ich in unguter Erinnerung behalten.

Ich muß gestehen, daß ich gern ein Hinterglasbild unseres Häuschens mit sommerlichem Garten fertiggemalt hätte, um es von den Gästen bewundern zu lassen. Aber es nahm viel Zeit in Anspruch, den blauen Rittersporn, die Stockrosen und Sonnenblumen akribisch genau zu tüpfeln. Außerdem hatte ich mich mit der Perspektive etwas vertan: Die kreuzförmig angelegten Wege mit dem runden Beet in der Mitte schienen auseinanderzufallen. Der Quittenbaum war zu klein, das Holzgestell für die blühenden Wicken zu groß geraten.

Da ich bis zum letzten Moment unzufrieden an meinem Werk herumpusselte, das ich dann doch nicht zeigen mochte, mißriet mir das Essen. Dabei hatte ich mit der gleichen Speisenfolge schon verschiedentlich Ehre eingelegt. Es war besonders peinlich, weil Lucie angeblich eine ausgezeichnete Köchin war. Mein Tafelspitz war faserig zerkocht, die Kartoffeln waren versalzen, die Soße schmeckte labberig. Den von Reinhard geliebten Apfelkren hatte ich ganz vergessen.

Leider erwies sich mein Mann nicht als lustiger, geistesgegenwärtiger Lebenskünstler, der in solchen Situationen rettet, was zu retten ist. Er klagte und entschuldigte sich so penetrant, daß auch dem arglosen Gottfried schließlich aufging, was für eine miese Gastgeberin ich war. Udo sah in meiner Demoralisierung die Chance, sich an mich heranzumachen. Eine Frau könne doch ganz andere Qualitäten haben, bemerkte er und versuchte, mich mit vollem Mund zu küssen. Der angetrunkene Reinhard wollte ihn daran hindern und warf dabei sein Glas um. Silvias blaubeiges Missoni-Strickkleid tränkte sich mit Rotwein, so daß sie doppelt gekränkt war. In einer mitleidigen Regung begann Lucie, Reinhard zu bedauern, weil er in letzter Zeit so stark unter Streß stehe. Er war zwar verwundert, daß sie überhaupt davon wußte, fühlte sich aber endlich verstanden.

Um wieder auf neutrales Terrain zu gelangen, brachte ich die Sprache auf einen weit zurückliegenden Urlaub. Sollten unsere reichen Freunde doch hören, wo wir gewesen waren! Eine Frau mit Kindern hat ja eigentlich nie Ferien, begann ich. Jost und Lara seien bereits am ersten Tag an der Côte d'Azur krank geworden, ausgerechnet Windpocken! Während Reinhard beim Surfen braun wurde und sich weigerte, auf französisch Fieberzäpfchen zu kaufen, mußte ich die Tage mit quengelnden Kindern in der engen Ferienwohnung verbringen. Aber bevor ich erzählen konnte, daß mich ein athletischer Franzose vom Fenster aus für eine jugendliche Ausgabe von Brigitte Bardot gehalten habe, sah mich Silvia groß an: »Anne, ich bewundere dich, wie du so gar nicht über Overprotection nachgrübelst.«

Mich packte die kalte Wut, aber ich brachte kein Wort heraus.

Lucie, die pädagogisches Fachwissen für sich allein beanspruchte, konterte mit Gehässigkeit: »Bei Silvia kann davon ja zum Glück nicht die Rede sein, sie kümmert sich bestimmt keine Minute zuviel um ihre Brut.«

Ja, sie verbringe Tag und Nacht im Stall, bestätigte Udo,

und einen Tafelspitz – und sei er zäh oder ausgelaugt – habe sie noch nie serviert.

Silvia war so verletzt, daß sie als Revanche die Pornosammlung ihres Mannes zur Sprache brachte. Mir blieb nichts anderes übrig, als alle unter den Tisch zu trinken.

Als die Gäste beleidigt heimgegangen waren, wollte ich zum Trost mit meinem Mann schlafen. Er war viel zu müde, und ich mußte bei meinen stillen Bildern Zuflucht suchen.

Seit ich selbst zu malen versuche, bewundere ich die Trompe-l'œil-Technik, bei der dem Betrachter alles mögliche als zum Greifen nah vorgespiegelt wird. Auf einer gemalten Pinnwand sind rötliche Lederbänder mit Messingknöpfen befestigt, um vielbenützte Gegenstände festzuklemmen. Man meint, die kugelige Taschenuhr abnehmen, die struppige Gänsefeder herausziehen zu können. Auch das Petschaft aus Ebenholz, der getigerte Hornkamm, Federmesser, Briefe mit aufgebrochenem rotem oder schwarzem Siegel und zerfledderte Broschüren stecken so lose und griffbereit zwischen den Riemen, als würden sie ständig benutzt und wieder zurückgetan. Unter diesen Utensilien befindet sich nicht zuletzt ein Schlüssel, wobei sich sofort die Frage stellt, warum er so offen zugänglich aufbewahrt wird.

Übrigens hatten weder Lucie noch Silvia Interesse an meinen Hinterglasbildern gezeigt. Der einzige, der sie wohlwollend betrachtete, war Udo. Ohne seine Schürzenjäger-Attitüde hätte ich ihn ganz gut leiden können. Er war witzig und intelligent; er mußte irgendein hohes Tier sein, denn er verdiente ein Vermögen. Silvia hatte alles, was ich nicht hatte: eine Putzfrau, ein solides Auto (keine Schrottkarre wie ich), schicke Klamotten, eine große, erstklassig renovierte Villa und reichlich Bares im Handtäschchen. Immerhin war sie großzügig, wenn es darum ging, die Kleider ihrer Töchter an Lara weiterzugeben. Ich selbst hatte für den Sommerball des Tennisklubs ein Abendkleid von ihr geliehen, das sie nicht mehr zurückhaben wollte; an den Hüften ist es mir viel zu weit. Und im übrigen konnte ich es mir mit Silvia auch deswegen nicht verderben, weil sie wiederholt versprach, daß Reinhard (wenn es endlich soweit wäre) die neue Reithalle samt Klubhaus für ihren Verein bauen sollte.

Vor ihrer Ehe war Silvia Einrichtungsfachberaterin für Edelküchen. Nicht daß sie deswegen eine leidenschaftliche Köchin geworden wäre, aber immerhin glänzt es bei ihr vor lauter Hightech. Kaum war sie verheiratet, hängte sie ihren Job an den Nagel und ließ es sich, von kurzen Anfällen leidenschaftlicher Mutterliebe unterbrochen, wohl sein. Ein Fläschchen Sekt zum Frühstück hatte ihr der Arzt verordnet, zum Gaul hatte angeblich ich geraten, an der Liebe zum Reitlehrer war Udo schuld, der sie so sträflich vernachlässigte.

Wenn mir Silvia ein derartiger Dorn im Auge ist, so verbirgt sich dahinter wohl auch ein wenig Neid und Eifersucht. In ihrem früheren Leben als Küchenberaterin hatte sie die Bekanntschaft mit Millimeterpapier gemacht, weswegen sie sich dem Architektenberuf verbunden fühlte; doch Reinhard mied nach Möglichkeit ihre Gegenwart. Ohnedies machte er in Schickimicki-Kreisen keine gute Figur und wußte das selbst. Um so mehr mußte ich anerkennen, daß er sich bei den Tennissportlern abrackerte, nur um bekannt zu werden, obgleich ich seinem familiären Altruismus manchmal nicht ganz traute. Silvias Mann Udo spielte ebenfalls Tennis, an jenem mißratenen Abend hatte er sich mit Reinhard für ein Spiel verabredet und später wegen Herzbeschwerden wieder abgesagt.

Ja, die Reichen betreiben meist einen elitären Sport, da ist mir Lucie lieber, die sicherlich nicht arm ist, aber weder Golf spielt noch segelt. Mit vier Kindern war sie ausgelastet, dachte ich.

Es überraschte mich daher, als sie von ihrem Plan sprach, sobald Evchen in den Kindergarten komme, wieder mit halbem Deputat als Lehrerin zu arbeiten.

»Sieh mal, Anne«, sagte sie, »ich habe nicht jahrelang studiert, um im Haushalt zu versauern.«

»Könnte ich das von mir doch behaupten«, sagte ich bitter.

Lucie kam der Gedanke, ob ich nicht Lust hätte, vormittags auf ihre kleine Eva aufzupassen und gegen zwölf Moritz vom Kindergarten abzuholen. Gegen gute Bezahlung.

»Du weißt doch, daß mir meine eigenen Kinder am Rockzipfel hängen und daß ich außerdem für Reinhard die Sekretärin spielen muß«, sagte ich. »Wie soll ich da auch noch Tagesmutter sein? Außerdem kann ich mich sowieso nie lange bei dir aufhalten, außer du schaffst Orfeo ab.«

Lucie nickte, meine Katzenallergie belastete unsere Freundschaft.

Mein geliebtes Hobby, das immer zu kurz kam, hatte ich gar nicht als Hinderungsgrund erwähnt. Ich hatte nämlich schon lange den Verdacht, daß meine Bilder hinter vorgehaltener Hand als herziges Kunstgewerbe abgetan wurden.

Wenige Tage nach unserer Einladung, als ich in Hausschuhen und Bademantel aus der Haustür schlüpfte und die regennassen Stufen zur Straße hinunterflitzte, um die Zeitung aus dem Briefkasten zu angeln, entdeckte ich am Scheibenwischer von Reinhards Geländewagen eine rote Rose. Da es nieselte und ich nicht naß werden wollte, ließ ich die Rose stecken und deckte den Frühstückstisch. Als Reinhard, Lara und Jost wie immer verspätet Kaffee und Kakao tranken, hatte ich die Blume bereits wieder vergessen.

Aber beim Abendessen erinnerte ich mich daran. »Wo hast du die Rose gelassen?« fragte ich meinen Mann.

»Was?« sagte er.

»An deinem Scheibenwischer steckte heute früh eine rote Rose, Symbol der Liebe...«

Reinhard stellte sich entweder dumm oder war blind für derlei geheimnisvolle Verehrung. Er habe keine Rose bemerkt, vielleicht sei sie beim Anfahren heruntergefallen, es habe geregnet.

Im stillen stellte ich mir vor, daß diese Rose eigentlich mir gegolten habe, als zarte Anspielung auf den Namen Annerose. Oder hatte sich am Ende Silvia einen Scherz erlaubt?

Ich maß der Sache keinerlei Bedeutung bei und hätte nicht mehr daran gedacht, wenn ich nicht genau eine Woche später eine neue rote Rose am selben Ort entdeckt hätte.

Triumphierend legte ich das Corpus delicti vor Reinhards Kaffeetasse. »Was soll'n das?« fragte er. Morgens las er am liebsten wortlos die Zeitung.

»Genau wie letzte Woche!« sagte ich und sah ihn forschend an. War seine harmlose Reaktion echt? War er ein Meister der Verstellung? Hatte *er* eine heimliche Geliebte – oder hatte am Ende ich einen mysteriösen Verehrer?

Nach der dritten Rose begann ich, Reinhard scharf zu beobachten, seinen Terminkalender auf freie Stunden zu prüfen und genau zu registrieren, ob er sich anders als sonst anzog. Da ich meine Sekretärinnenaufgaben zu Hause erledigte, betrat ich selten sein Büro, denn dort putzte eine junge Türkin. Ich beschloß, ihn demnächst »spontan« in seinem Reich zu besuchen.

Als Reinhard in der Badewanne saß, knöpfte ich mir seine Brieftasche vor. Keine Liebesbriefe, jedoch eine dubiose Restaurantrechnung. Laut Terminkalender war an diesem Abend ein Tennisspiel vorgesehen, ich erinnerte mich, daß er ziemlich spät heimgekommen war und zu Hause kaum etwas gegessen hatte. Neben teurem Wein und Grappa entzifferte ich auf der Quittung: »1 x Sen. T.«, »1 x T-Bone«. Das Steak ging auf sein Konto, aber eine Geliebte, die einen Seniorenteller bestellte, war schon ein interessanter Fall. Während ich extra für ihn Bratwurst mit Kartoffelbrei zubereitet hatte, ging er mit einer Unbekannten essen. Zu Hause wurde jeder Pfennig dreimal umgedreht.

Vier Rosen hatten mich ziemlich mitgenommen. Natürlich versuchte ich, die Täterin in flagranti zu erwischen, aber sie mußte mitten in der Nacht herbeischleichen. Ich konnte noch so früh aus dem oberen Flurfenster spähen, die Rose war stets vor mir da. Wenn ich im Morgengrauen auf die dunkle Straße hinuntersah, erfaßte mich ein grenzenloses

Sehnen, daß die Königin der Blumen für mich bestimmt, daß ein Prinz, Klaviervirtuose oder wenigstens ein Bankdirektor auf dem Weg zu mir gewesen sei. Nachts träumte ich vom sympathischen Hausarzt und vom netten Statiker, der manchmal zu einer kurzen Besprechung zu uns kam, aber es waren mit Angst besetzte Affären, mit denen mich mein Unterbewußtsein schikanierte.

Statt der fünften Rose fand ich ein rotes Pappherz mit der goldenen Inschrift: I. L. D. – Ich liebe dich. Als ich Reinhard den Beweis seiner Untreue auf das Marmeladenbrötchen klebte, fuhr er erschrocken hoch.

»Larale, sag deinem Rosenkavalier, er soll das lassen«, schnauzte er unsere zehnjährige Tochter an. Sie wurde puterrot, schnappte sich ihre Schulsachen und verschwand, ohne auf ihren Bruder zu warten.

Reinhard schüttelte noch einmal nachdrücklich den Kopf, nahm Jost an die Hand und verließ das Haus.

Ich blieb mit dem roten Herzen allein und schämte mich. Natürlich, das war eine Kinderschrift. Das Herz war nicht gerade kunstvoll ausgeschnitten. Wie konnte ich nur so dumm sein, meinen Mann zu verdächtigen oder mir gar selbst einen Verehrer zu erträumen!

War Lara verliebt? Ich wäre nie darauf gekommen, da ich in ihrem Alter solche Gefühle verdrängt hatte. Sie schien mir noch sehr kindlich.

Meine Tochter kam bemerkenswert früh nach Hause, eine ganze Stunde vor ihrem Bruder. Sie stürmte in die Küche und schrie mir ins Gesicht: »Er leugnet!«

Wer war »er«?

Ein Junge aus ihrer Klasse namens Holger. Auch Laras Freundin Susi war er verdächtig vorgekommen. »Er hat uns immer so bescheuert angeglotzt!«

Auf dem Heimweg hatten die beiden Mädchen den armen Holger in die Mangel genommen. Er habe immer wieder beteuert, er wisse noch nicht einmal, wo Lara wohne. Meine Tochter glühte.

»Wir haben ›Serviettenficker‹ zu ihm gesagt und ihm sein Taschenmesser weggenommen. Meinst du, wir hätten ihn foltern müssen?«

Ich war entsetzt. Was taten sich da für Abgründe auf, wie wenig kannte ich mein Kind. »Aber wenn er dir Rosen geschenkt hat, dann ist das doch nichts Böses …«, versuchte ich abzuwiegeln.

Lara fand jedoch, Jungen seien doof, und wegen diesem Idioten habe Papa sie heute morgen angeschrien. »Na warte«, drohte sie, »wenn er noch ein einziges Mal …«

Nachdenklich betrachtete ich meine Tochter. Von wem hatte sie bloß diesen Kampfgeist?

Aber auch sie überlegte. »Vielleicht ist Holger fast schon in der Pubertät!«

Nun ging mir plötzlich ein Licht auf. Laras Lehrerin hatte, anläßlich der Ermordung eines Mädchens in einer Nachbargemeinde, mit den Kindern über das richtige Verhalten gegenüber Fremden gesprochen. Aber auch bekannte oder sogar vertraute Personen könnten gefährlich werden. Lara hatte Angst bekommen. Das männliche Geschlecht erschien ihr plötzlich samt und sonders suspekt.

Sollte ich Lucie von unserem häuslichen Rosenkrieg erzählen? Lieber nicht, wo sie doch selbst so zurückhaltend war. Wahrscheinlich würde sie es lächerlich finden, daß mich eine solche Lappalie beschäftigte. Und dann stellte sich auch schon bald heraus, daß Lara ihren Klassenkameraden zu Unrecht verdächtigt hatte.

Es war wieder Montag, den ich bereits Rosenmontag nannte, aber kein Blümchen weit und breit. Ich war erleichtert, daß der Spuk vorbei war. Eigentlich hatte ich mich ziemlich hysterisch benommen, also machte ich mich mit guten Vorsätzen an längst fällige Arbeiten. Reinhard hatte mir eine volldiktierte Kassette hinterlassen, im Garten mußten dringend holzige Radieschen geerntet werden, die Kinder hatten keine sauberen Jeans mehr im Schrank.

Vom Garten aus sah ich, daß unser Briefträger im Anmarsch war. Schon immer war ich hocherfreut, wenn ich Post bekam, und außerdem neugierig, ob die anderen Familienmitglieder auch etwas erhielten. Aber ich wollte in meinem dreckigen Sackkleid und mit meinen erdigen Händen nicht mit dem Briefträger plaudern, sondern wartete, bis er die Post eingeworfen hatte.

Wie meistens war nichts Besonderes im Briefkasten. Ein paar Reklamezettel, eine Postkarte meiner Mutter aus einem Kurhotel in Bad Wildungen und ein Umschlag ohne Briefmarke. Aber als ich das Kuvert in der Hand hielt, wußte ich sofort, daß es nichts Gutes bedeutete. Mit Bleistift stand geschrieben: *Für Reinhard persönlich.*

# 4

## *Perlenbesetzt*

Georges de la Tour hat die büßende Magdalena neben einen goldgerahmten Spiegel plaziert, der das Licht der hochaufflammenden Kerze ein zweites Mal leuchten läßt. Ganz still und in sich ruhend sitzt die berühmte Sünderin vor Kerze und Spiegel und faltet die rundlich-weichen Hände über einem Totenkopf. Das lange Haar, das einmal als Handtuch diente, fällt schwer den Rücken hinunter, das ernste Gesicht wendet sich vom Betrachter ab, in ihrem Schoß ist der knochige Schädel so selbstverständlich auf den langen roten Rock gebettet, als wäre er ein Kätzchen.

Magdalena hat ihren Schmuck abgenommen, die vielreihig gedrehte schimmernde Perlenkette. Irdischer Besitz in seiner Vergänglichkeit ist angesichts des Totenkopfes und der rasch niedergebrannten Kerze überflüssig geworden.

Daß man Perlen nicht vor die Säue werfen soll, werden die Leute schon damals gesagt haben. Magdalena will sich nie mehr wegwerfen; ganz sittsam hat sie ihre Kette abgelegt. In samten-bräunliches Dämmerlicht gehüllt, zeigt sie ergeben ihre Reue und Bußbereitschaft.

Beim Anblick der Perlen war es um meine Ruhe geschehen, mußte ich an den Umschlag ohne Marken denken, den irgend jemand in unseren Briefkasten eingeworfen hatte.

Natürlich befühlte ich die unheilvolle Hülle, in der sich eine Botschaft für meinen Mann befand. Außer einem kleinen runden Gegenstand konnte ich nichts ertasten. Sollte ich den Brief öffnen? Das hatte ich bisher nie getan, aber es waren auch keine verdächtigen Sendungen bei uns eingetroffen. War es die gleiche Hand, die jetzt *Für Reinhard persönlich* und damals auf dem roten Herzen das kindliche I. L. D. geschrieben hatte?

Ich hielt es nicht mehr aus. Bevor die Kinder heimkamen oder gar Reinhard selbst, mußte ich handeln.

Den Umschlag an seiner geklebten Rückseite mit einem Federmesser zu öffnen, ohne dabei das feine Papier einzuritzen, war zu schwierig. Also hielt ich das Kuvert über Wasserdampf. Diese Methode kannte ich nur aus der Theorie und bezweifelte, daß sie auch bei Alleskleber funktionieren würde.

Zum Glück hatte die unbekannte Absenderin die Leimbeschichtung nur durch Lecken aktiviert, denn der Umschlag ließ sich nach wenigen Minuten mühelos öffnen. Eine Perle rollte heraus, aber leider kein kommentierender Liebesbrief.

Wer schenkte meinem Mann ein Schmuckstück? Symbolisierten Perlen das gleiche wie rote Rosen? Perlen bedeuteten Tränen, hatte meine Mutter einmal geäußert.

Sollte vielleicht eine verflossene Geliebte, der Reinhard die Perle während einer glücklichen Romanze geschenkt hatte, diesen jetzt überholten Liebesbeweis zurückgeben wollen? Tausend Gedanken schossen mir durch den Kopf, vor allem fragte ich mich, welche Strategie ich selbst verfolgen sollte. Den Umschlag wieder zukleben und ihn meinem

Mann ganz harmlos auf den Schreibtisch legen, oder die Perle einstecken und kein Wort darüber verlieren?

Mitten in meine kummervollen Überlegungen hinein klingelte das Telefon. Ich nahm den Hörer ab und knurrte nur: »Ja?«

Es dauerte eine Sekunde, bis eine unsichere, fremde Stimme sagte: »Annerose, bist du das?«

Mir fuhr der Schreck durch alle Glieder: Jetzt ging meine Feindin zum direkten Angriff über.

Es war meine Halbschwester Ellen. Sie mache gerade mit der Volkshochschule eine Busreise und sei zufällig in unserer Stadt. Falls ich Zeit hätte, könnten wir uns in einem Café treffen; sie habe zwei Stunden zur freien Verfügung, bis man weiterfahre. Was blieb mir anderes übrig? Ich fuhr mit dem Wagen zum Marktplatz und holte sie zu uns nach Hause, denn ich wollte nicht abwesend sein, wenn die Kinder aus der Schule kamen. Um ehrlich zu sein, ich war auch neugierig.

Ellen hatte bereits graue Haare, die sie glatt und lang wie ein junges Mädchen trug. Es paßte nicht zu ihrer übrigen Aufmachung, einem hausbackenen wasserblauen Kostüm und Sandalen mit Fußbett. Bei genauerem Hinsehen entdeckte ich Ähnlichkeiten mit unserem gemeinsamen Vater. Wir waren beide verlegen, aber sie freute sich offensichtlich, daß dieses spontane Treffen geklappt hatte. »Außer dir habe ich praktisch keine Verwandtschaft«, sagte sie. »Es ist doch schade, wenn man sich ganz aus den Augen verliert! Übrigens bist du unserem Vater wie aus dem Gesicht geschnitten!«

Natürlich war der Augenblick ihres Besuchs denkbar ungünstig – ich mußte eilig für die Kinder kochen und hatte bloß Nudeln vorgesehen. Im übrigen hatte ich alles stehen und liegen gelassen, es sah liederlich aus. Unter linkischen Entschuldigungen führte ich sie in die Küche und suchte in der Speisekammer vergeblich nach einer Dose mit Pfifferlingen oder Muscheln, um die Spaghetti zu verfeinern. Ellen zeigte sich von unserem Häuschen begeistert, erbot sich freiwillig, aus den holzigen Radieschen einen Salat zu schnipseln, und nahm mir bald die übergroße Befangenheit.

Als die Kinder kamen, aßen wir einträchtig und unkompliziert in der Küche. Jost war begeistert, als die fremde Tante ihm zeigte, wie man die langen Nudeln blitzschnell mit der großen blauen Küchenschere zerkleinern konnte. Ich erfuhr, daß sie seit einiger Zeit Witwe war, vor kurzem ihre Reiselust entdeckt hatte und ihr Leben verändern wollte. Zum Abschluß kochte ich Kaffee. Ellen hatte es eilig, ich mußte sie bald zum Bus zurückbringen.

»Sieh mal«, sagte sie und wühlte in ihrer häßlichen weißen Lackledertasche, »ich habe dir Fotos mitgebracht. Es ist ja heutzutage nicht mehr teuer, ein Bild vom Bild machen zu lassen.«

Ich liebe Fotos, besonders die alten bräunlichen und vergilbten mit gezacktem Rand, die man in geerbten Pralinenschachteln finden kann. Mir gänzlich unbekannte Familienfotos wurden auf dem klebrigen Tisch ausgebreitet – meine Großeltern im Urlaub auf dem Brocken; mein barfüßiger Vater in der Badehose mit einem Spaten nebst seiner kleinen Tochter Ellen und einem Rottweiler; Ellens Mutter im

Hochzeitskleid; längst verstorbene Großonkel und -tanten. Natürlich war ich entzückt und sehr dankbar. Ich vergaß sogar die Perle und ließ mir erzählen, was es mit den einzelnen Personen auf sich hatte.

»Schade«, sagte ich, »daß man heute nur noch selten Gruppenaufnahmen macht. Wahrscheinlich, weil Fotografieren etwas so Alltägliches ist, daß man es in entscheidenden Momenten ganz vergißt. Auch weil die heutigen Familien geschrumpft sind und selten gemeinsam Feste feiern. Es gibt zum Beispiel kein einziges Bild, auf dem wir beide mit unserem Vater zu sehen sind.«

»Unwiederbringlich«, sagte Ellen sentimental.

Dieses Wort erweckte meinen Widerspruch. Wenn man ein »Bild vom Bild« machen konnte, warum dann nicht eine Fotomontage?

Das sei nicht so einfach, behauptete sie. Aber was ich von der Idee hielte, ein Gruppenbild zu malen? Mir seien doch prächtige Hinterglasbilder gelungen, vielleicht könnte ich versuchen, lebende und verstorbene Familienmitglieder auf einem sommerlichen Gartenbild zu vereinen?

Ich starrte sie mit offenem Mund an. Wie eine Vision sah ich ein Gemälde vor mir, auf dem je zwei Großmütter und Großväter in leichten Korbsesseln saßen, umgeben von diversen Onkeln und Tanten, Ellens und meiner Mutter, unserem Vater, uns selbst, meinem verstorbenen kleinen Bruder Malte, Reinhard und unseren Kindern. Der Einfall meiner Schwester war genial.

Als Reinhard spät und erschöpft beim Abendessen saß, erzählte ich von Ellen und schob ihm beiläufig den wieder zugeklebten Briefumschlag hin. Natürlich beobachtete ich ihn ebenso scharf wie unauffällig.

Reinhard schaufelte sich den Rest der angebratenen Nudeln in den Mund, hörte mir nicht unfreundlich zu, sagte, es werde Regen geben, und öffnete schließlich den Brief ohne jegliche Wißbegier. Die Perle kullerte über den Tisch. »Was ist das?« fragte er.

»Zeig mal!« sagte ich unschuldig und betrachtete die Perle, als hielte ich sie zum ersten Mal in der Hand.

Reinhard stieß einen kurzen Pfiff aus und meinte: »Dieser aufdringliche Junge! Ich dachte, Lara hätte ihm die Leviten gelesen.«

»Nein«, widersprach ich, »dieses Geschenk ist eindeutig für dich. Sieh doch mal, was auf dem Umschlag steht.«

Reinhard las, drehte und wendete den Brief hin und her und sagte: »Versteh' ich nicht.«

Nun war meine Stunde gekommen, um ihm die Hölle heiß zu machen. Wie bei allen hochnotpeinlichen Verhören bestritt er seine Schuld und behauptete, nicht er sei ein geiler Bock, sondern ich eine dumme Ziege. Er wurde so böse, daß er »Heiland Sakrament!« rief und die Perle in den Mülleimer warf, aus dem ich sie später wieder herausfischte.

Da mich sein Zorn an meiner Theorie zweifeln ließ, stellte ich eine neue auf: Ein ehrlicher Finder habe Reinhards versehentlich verlorene Perle wieder zurückgegeben.

Diese Version hielt er für gänzlich abwegig. Er trage doch keine Perlen in der Hosentasche, die er wie ein Märchenprinz herumstreue! In seinem ganzen Leben habe er noch nie eine besessen. »Bis auf Gülsun«, fügte er scherzhaft hinzu; das war die Frau, die sein Büro saubermachte.

»Es hätte mich brennend interessiert, was du von deiner Schwester hältst, statt dessen muß ich mir völlig haltlose Verdächtigungen anhören. Eine halbe Ewigkeit hast du Ellen nicht getroffen, ja du kennst sie eigentlich kaum, aber in deinem Kopf geistern nichts als Rosen, Herzen und Perlen herum. Manchmal glaube ich fast, du hast dir das alles bloß ausgedacht, um Terror zu machen.« Er beschloß jedoch, sich in der Nacht zum Montag auf die Lauer zu legen und den Täter in flagranti zu erwischen. »Und wenn ich die ganze Nacht aufbleiben muß«, sagte er, und seine hohe Stimme überschlug sich.

Diese Worte bewiesen immerhin, daß er mich nicht für übergeschnappt hielt.

Schließlich lagen wir im Bett, er schlief und schnarchte, ich weinte ein wenig und träumte schließlich von Ellen, die wie die Königin der Nacht auf einer Mondsichel saß, ein perlenbesetztes Gewand trug und mir unerträglich hohe Warntöne in die Ohren kreischte. Es waren Laute, die ich in meiner Kindheit von einer sterbenden Maus gehört hatte.

Um mich abzulenken, begann ich bereits am nächsten Tag mit der Planung des Familienbildes. Ich wußte, daß es viel Zeit in Anspruch nehmen würde. Da meine Mutter ihren Rücken in einem Heilbad auskurierte, bat ich sie schriftlich, mir bei ihrer Rückkehr zwei Kopien von Maltes Foto zu schicken. Ich gedachte, Ellen ein Abbild ihres Halbbruders zu schenken, was ich Mutter jedoch vorerst verschweigen wollte.

Zum Glück hatte ich noch Glasvorräte. Ich suchte mir das

größte Stück heraus und entwarf eine provisorische Personenanordnung. Die Hauptschwierigkeit bestand wohl darin, daß die Menschen auf den Fotos ganz unterschiedlich in der Größe ausfielen; außerdem waren sie insgesamt zu klein, um sie direkt auf mein Bild zu übertragen. Ich mußte Vergrößerungen machen lassen.

Am eindrucksvollsten erschien mir die Großmutter väterlicherseits, die in starrer Haltung und mit gefalteten Händen kerzengerade auf ihrem hochlehnigen Stuhl saß. Das weiße Haar war hochgesteckt, das dunkle Kleid mit vielen Biesen garniert, und um den Hals trug sie eine dünne Perlenschnur. Es schien fast, als müsse sie nur einen Totenkopf auf den Schoß nehmen, um sich in eine büßende Magdalena zu verwandeln. Ich erinnerte mich vage, daß mein Vater sie als strenge Mutter schilderte, die mit dem Kochlöffel zu prügeln pflegte. Da ich einen relativ alten Vater hatte, waren die Großeltern bei meiner Geburt schon längst verstorben.

Bis zum nächsten Rosenmontag fehlten noch vier Tage, als ich von meiner Schwester Ellen ein dünnes, bretthartes Päckchen erhielt. Zu meiner großen Überraschung steckte zwischen zwei festen Pappdeckeln ein Aquarell, das mein Vater in jungen Jahren gemalt hatte. Es war mir unbekannt, daß er sich jemals für Malerei interessiert hatte. Als Sujet hatte er sich ein eher unscheinbares Landschaftsstück ausgewählt: ein Bach, ein Baum, Wiesen, der Abendhimmel. Mein Vater erschien mir auf einmal liebenswerter, als ich ihn jemals in Erinnerung gehabt hatte. Ich beschloß spontan, ihn auf meinem Familienbild nicht alt und krank darzustellen, sondern als den jungen Mann, der dieses friedliche Bild gemalt hatte.

Als Reinhard – früher als erwartet – heimkam, lag das großformatige Glas vor mir auf dem Küchentisch, Fotos waren ausgebreitet, auf meinen Zeichenblock hatte ich flüchtige Entwürfe mit verschiedenen Gruppierungen skizziert. Reinhard wußte noch nichts von meinem neuen Projekt. »Willst du jetzt Leonardos Abendmahl kopieren?« fragte er angesichts der Breitglaswand.

Ich begann eifrig zu erklären.

»Wie nett, daß ich auch dabeisein darf«, sagte Reinhard ironisch, »aber wo bleibt denn meine Verwandtschaft?«

Leider hatte ich die vollkommen vergessen und mich ganz auf meine eigene Sippe konzentriert. Ich zählte an den Fingern ab: Ohne meine Onkel und Tanten waren es bereits dreizehn Personen, denen ich in unserem Garten einen Platz zuweisen mußte.

»Es werden zu viele«, sagte ich.

Reinhard verlor sofort das Interesse. »Wann gibt es Essen und wo häscht du die Unterschriftenmappe hingelegt?« fragte er.

Am leichten schwäbischen Rückfall bemerkte ich, daß er gereizt war. Ich räumte sofort die Malutensilien weg und gestand, daß ich noch kein Wort getippt hatte. Hektisch begann ich zu kochen.

»So geht das nicht mehr weiter«, sagte Reinhard schlecht gelaunt. »Ich werde mir eine professionelle Schreibkraft suchen müssen.«

Obwohl mir das recht sein konnte, war es doch kränkend, daß er die Sekretärin nicht zu meiner Entlastung, sondern wegen meines mangelnden Einsatzes einstellen wollte.

Doch er war noch nicht am Ende. Wieder mußte ich mir anhören, daß ich schon immer ein wenig hysterisch gewesen sei, aber jetzt unter einer ausgewachsenen Psychose leide. Mit versteinertem Gesicht hörte ich zu. Uraltes Schema, dachte ich, der Mann betrügt seine Frau, sie ahnt es dank ihres sechsten Sinnes, und er versucht, ihre Wahrnehmungen als Einbildung oder gar Geisteskrankheit abzutun. Er wird mir meine Verrücktheit so lange einreden, bis ich wirklich durchdrehe oder mir das Leben nehme, grübelte ich. Aber nicht mit mir! Ich erinnerte mich an den Film »Gaslicht« und Romane ähnlichen Inhalts und war vorgewarnt.

Am nächsten Tag machte ich nach dem Einkaufen einen kleinen Abstecher in die Straße, in der Reinhards Büro lag. Meistens rief er an, wenn er auf eine Baustelle mußte, weil er dann das Telefon zu uns nach Hause umstellte. Wenn ich einkaufen ging, schaltete ich den Anrufbeantworter ein.

Sein Wagen stand auf der Straße, er saß also am Schreibtisch, wie ich erwartet hatte. Unterm Scheibenwischer klemmten keine Blumen oder geheimnisvollen Botschaften. Aber als ich hinauf zum ersten Stock schaute, wo sich das Arbeitszimmer befand, entdeckte ich ein Zwergrosenstöckchen auf dem Fensterbrett, das nicht von mir stammte. Konnte es eine harmlose Erklärung dafür geben? Ich wollte fair bleiben und ihm nicht wieder durch unbewiesene Anklagen auf die Nerven gehen.

Reinhard selbst kaufte nie Blumen, weder Sträuße noch Topfpflanzen. Er war der Meinung, daß es in der freien Natur genug Blumen zum Pflücken gebe. Im übrigen wütete er gelegentlich im Garten, riß hier eine Staude aus, stutzte dort einen bedauernswerten Baum, pflanzte Tännchen, die er aus dem Wald mitbrachte und die meinen einjährigen Sommerblumen die Sonne stahlen. Vor allem verschandelte er mit nußbraunen Palisaden, Pergolen, grünen Jägerzäunen oder Treppen aus Eisenbahnschwellen die gewachsene bäuerliche Struktur. Wenn ich maulte, war er beleidigt. Ich solle doch froh sein, daß er mir die schwere Gartenarbeit abnehme.

Wenn mich Lucie besuchte, hatte sie Verständnis für meine Probleme. Auch Gottfried schien in ihrem Garten Unheil anzurichten, seit er eine Vorliebe für exotische Pflanzen entdeckt hatte. Seine erschnorrten oder aus dem Urlaub mitgebrachten Ableger waren in der Regel Gewächse, die sich in unserem Klima nicht wohl fühlten, erfroren, vertrockneten oder wie kränkliche Kinder dahinkümmerten. Gottfried vertrug ebenfalls keine Kritik, sondern wollte für sein unerwünschtes Wirken gelobt oder gar belohnt werden.

Anders unsere Freundin Silvia: Sie führte unbestritten das Regiment. Wenn sie an sonnigen Wochenenden nicht auf dem Pferd, sondern im Garten saß, hörte man sie mit lauter Stimme das Kommando führen: »Udo, die Geranien müssen gedüngt werden! Im Sommer gehört das Vogelhäuschen in den Keller! Udo, im Kräuterbeet wachsen ja Brennesseln!« Wahrscheinlich war Udo durch seine ewige Herzensbrecherei so schuldbeladen, daß er sich Bestrafung wünschte.

Doch was will man machen, es ist einfach unmöglich, daß zwei Menschen ihren persönlichen Geschmack auf denselben paar Quadratmetern verwirklichen und sich über den dazu nötigen Kraftaufwand friedlich einigen. Wahrscheinlich war es schon im Paradiesgärtlein zu Kontroversen gekommen, ob man lieber Boskop oder Cox Orange, Glokkenäpfel oder Golden Delicious anbauen sollte. Ständig gellte es durch den stillen Garten Eden: »Wie kann man nur so einen beschissenen Geschmack haben!« – »Dir kann es ja keiner recht machen!« Ich nehme an, daß der liebe Gott in seinem klösterlichen Frieden gestört wurde und deswegen die Vertreibung anordnete; der Sündenfall als solcher war sicherlich nur ein Vorwand, um das streitende Paar loszuwerden.

Mein Adam hatte also einen Rosenstock am Fenster seines Arbeitszimmers. Ich hatte mich seinerzeit um eine Begrünung des Büros bemüht, die mit wenig Pflege auskam: dickblättrige Topfpflanzen, kaum totzukriegen. Woher also kam und was hatte dieses anfällige, symbolträchtige Pflänzchen zu bedeuten? Der Gedanke trieb mich um, bis ich mich wie aus Versehen vor jenem Lokal wiederfand, von dem die geheimnisvolle Rechnung aus Reinhards Brieftasche stammte. Ich hatte noch nie dort gegessen.

Es schien ein teures Restaurant zu sein. Vor dem Eingang leuchtete schon von weitem eine gebogte sonnengelbe Markise, Lorbeerbäumchen standen wie kleine Pagen vor der Tür. Ich bremste, erspähte einen Parkplatz und stieg aus. Ganz beiläufig schlenderte ich näher und las die außen angebrachte Speisekarte. Es gab gebratene Austernpilze mit Rucola, hausgemachte Ravioli gefüllt mit Basilikum, Steinbeißer an Safransauce und ähnliche Leckerbissen. Mir lief zwar das Wasser im Mund zusammen, aber einen Seniorenteller konnte ich nicht entdecken. Hatte ich mich geirrt? »T-Bone« und »Sen. T.« hatte Reinhard bezahlt. Beim Steak wurde ich fündig, aber der Seniorenteller entpuppte sich als Mißverständnis.

Obwohl ich eigentlich längst wieder zu Hause sein wollte, betrat ich das Lokal und bestellte einmal Senator-Topf. Es war eine köstliche Komposition aus verschiedenen kleinen Filets, einer Sauce béarnaise und grünem Spargel auf frischem Toast. Seit ich verheiratet war, hatte ich noch nie eine so kühne Tat begangen, mutterseelenallein in der Mittagszeit essen zu gehen. Inzwischen waren die Kinder wohl schon zu Hause. Sollten sie warten, ich orderte noch einen in Zucker getauchten Riesenteller mit gemischtem Dessert und tropischen Früchten. Natürlich war solcher Luxus für Reinhard nichts Besonderes; sicher war er mittags häufig hier anzutreffen. Mein liebevoll geschmiertes Butterbrot hatte ich neulich im Mülleimer gefunden, und zwar nicht beim Bioabfall, sondern in der Tonne für Papier, was mich besonders kränkte.

Als ich schließlich gut gestärkt heimkam, waren Lara und Jost bereits beim Kochen. Die Tomatensauce blubberte spritzend vor sich hin, während der Reis ohne ausreichendes Wasser dicklich anbrannte.

# 5

## *Katzentisch*

Manchmal weiß man genau, wie man sich richtig verhalten sollte, und handelt trotzdem ganz anders. »Wer hat dir das Rosenstöckchen geschenkt?« fragte ich Reinhard unverblümt.

»Wie, wo, was?« sagte er, um Zeit zu gewinnen. Schließlich bequemte er sich, zuzugeben, daß er Familie Fuhrmann zum Einzug Glück gewünscht und eines ihrer vielen Blumenpräsente mitbekommen habe. »Für Ihre Frau«, habe Herr Fuhrmann gesagt. Aber da Reinhard angeblich wußte, daß ich ihm daraus wieder einen Strick drehen würde, habe er den Topf im Büro stehenlassen.

»Und das soll ich dir glauben!« schrie ich.

Reinhard sprang auf und lief zum Telefon, um auf der Stelle bei Fuhrmanns anzurufen. Sie sollten mir persönlich bestätigen, wie die Blumenübergabe erfolgt sei.

Entsetzt riß ich ihm den Hörer wieder weg. Fuhrmanns waren wichtige Kunden, die überdies eine größere Rechnung noch nicht bezahlt hatten.

»Die halten mich doch für krankhaft eifersüchtig oder gar für übergeschnappt!« rief ich, denn peinlicher konnte es kaum werden.

Reinhard meinte: »Du sagst es.«

Es war Sonntag abend, an dem die Familie immer in Ruhe

gemeinsam beim Essen saß. Obwohl unser Streit schon eine Stunde zurücklag, sprach Reinhard immer noch kein Wort mit mir. Er nahm seinen gefüllten Teller, ließ mich mit den Kindern in der Küche sitzen und begab sich ins benachbarte Wohnzimmer. Dort drehte er den Fernseher an, um sich kauend die Nachrichten anzuschauen.

»Uns erlaubt er nie, beim Essen fernzusehen«, maulte Lara.

Aus dem Nebenzimmer tönten für die Kinder völlig unverständliche Worte: »Was Jupiter darf, ist dem Ochsen noch lange nicht gestattet!«

Lara tippte sich an die Stirn.

»Papa war unartig und muß am Katzentisch sitzen«, sagte Jost ziemlich frech.

Ich sah ihn so böse an, daß er verstummte.

Auch auf einem Gemälde von Jeremias van Winghe ist sozusagen ein Katzentisch dargestellt. Eine geöffnete Tür gibt den Blick in den abgedunkelten Hintergrund frei, wo vier Gäste in der Wirtshausstube zechen. Das geschäftige Treiben findet jedoch vor unserer Nase im vollen Mittagslicht statt; eine eßbare Menagerie ist auf dem großen Küchentisch versammelt, allerdings nicht mehr in lebendigem Zustand. Bereits servierfertig angerichtet ruht eine geräucherte Makrele auf einem runden Tablett, ein Glas ist bereits mit Wein gefüllt. Auch ein gekochter Fisch, garniert mit Schalotten und Zitrone, scheint nur auf den Zugriff der Kellnerin zu warten. Farbe und Bedrohlichkeit bringt ein riesiger roter Hummer ins Bild, umgeben von rötlichen Krebsen. Der Mörser aus Messing blitzt, die appetitlichen Oliven im Schälchen laden zum Zugreifen ein. Mit kräftigen Armen stemmt eine junge Magd die Innereien eines Ochsen – Lunge, Herz und Luftröhre – auf das Schneidebrett, wo schon ein ausgenommenes Huhn und ein Gewürztütchen liegen. Ein saftiger Wirsing, eine Salatgurke, Weißbrot und eine halbe Schafseite harren auf Verwertung. Vom Eifer und Herdfeuer sind die Wangen der jungen Frau gerötet, auf ihren Lippen liegt ein leichtes Lächeln. Sie ist wie ein ländliches Märchenkind gekleidet, in schwarzem, vorn geschnürtem Mieder, die weißen Hemdärmel für die blutige Metzelarbeit aufgekrempelt. Ihr roter Rock korrespondiert mit dem kapitalen Hummer. Wie soll das fleißige Bauernmädchen alles gleichzeitig im Griff haben? Zu allem Überfluß darf sie kein Auge von der hungrigen Katze lassen, die mit geschickter Tatze nach dem Hammeltalg langt. Das Kätzchen ist das einzige Tier, das nicht für eine Mahlzeit vorgesehen ist, sondern selbst fressen möchte; es ist allerdings kein heimlicher Dieb, sondern plant keck einen frontalen Raubüberfall.

Als das Telefon klingelte und der schreckliche Herr Rost anrief, wurde Reinhards Laune auch nicht besser. Er tat mir leid, als er nach dem Gespräch vor sich hin klagte: »Einmal im Leben möcht' i ei Häusle baue, ohne auf die Koschte Rücksicht nehme zu müsse.«

Endlich gingen die Kinder schlafen. Das war der Moment, auf den Reinhard gewartet hatte. »Sobald es dunkel ist, lege ich mich in deinem Auto auf die Lauer. Es wird höchste Zeit, daß wieder Frieden bei uns einkehrt.«

Also begab ich mich um elf zur Ruhe; er setzte sich in

meinen Wagen, um von dort aus sowohl sein eigenes Auto als auch unsere Haustür im Auge zu behalten. Lieber wäre ich bei ihm geblieben, was er aber ablehnte. Wenn ihm die Delinquentin nicht unbekannt, sondern vielleicht sogar lieb und teuer war, überlegte ich, würde er sie nicht verraten, sondern am nächsten Morgen behaupten, er habe die Nacht umsonst zum Tag gemacht. Und alles nur meinetwegen.

Ein bißchen mochte ich wohl geschlafen haben, als ich durch das Zufallen der Haustür geweckt wurde. Ich sah auf die Uhr, es war drei, und hörte Reinhards ärgerliche Stimme im Flur: »Was haben Sie sich dabei gedacht?«

Ich zog hastig einen Bademantel über und schlich barfuß die Treppe hinunter. Reinhard öffnete gerade einer jungen Frau die Wohnzimmertür. Ich folgte.

Beinahe noch ein Kind, dachte ich, während ich die Ertappte neugierig musterte. Sie kam mir irgendwie bekannt vor; wahrscheinlich wohnte sie ganz in der Nähe, und ich war ihr beim Einkaufen begegnet. Artig gab sie mir die Hand, sagte: »Ich bin die Imke«, und starrte mich mit unschuldigen blauen Kulleraugen an. Ich wußte nicht, was ich von ihr und ihrem Auftritt halten sollte.

»Wollen wir uns nicht hinsetzen?« fragte ich Reinhard.

Er sah schrecklich müde aus. »Tun Sie das bitte nie wieder«, sagte er und versuchte, einen gestrengen Ton anzuschlagen.

Imke heftete den Blick auf ihn und lächelte.

Ich hakte nach: »Warum stecken Sie meinem Mann nachts Rosen an den Scheibenwischer?«

Mit ungespielter Naivität fragte sie zurück, ob das denn etwas Verbotenes oder Böses sei.

Nein, aber absolut sinnlos und überflüssig, und bitte schön – warum das Ganze? wollte nun auch Reinhard wissen.

Imke schien ein wenig ratlos. »Kann ich Sie unter vier Augen sprechen?« fragte sie Reinhard.

Er habe keine Geheimnisse vor seiner Frau, sagte er korrekt. Aber als sie nun völlig stumm wurde, gab er mir ein Zeichen, und ich huschte hinaus.

Die Durchreiche zwischen Küche und Wohnzimmer wurde kaum benützt, weil wir im allgemeinen am Küchentisch aßen. In dieses Fensterchen hatte ich ein selbstgemaltes Bild gehängt. Übrigens handelte es sich um eine meiner originellsten Ideen: Ich hatte doppeltes Glas verwendet und jede Seite mit einem eigenen Motiv bemalt. Aber wer achtete schon auf meine Erfindungen. Imke drehte der Durchreiche den Rücken zu; ohne ein Geräusch zu verursachen, nahm ich das Bild ab, zog mir einen Hocker herbei und hatte nun einen Logenplatz zum Mithören und Zusehen.

Sie habe seine Geste richtig gedeutet, beteuerte Imke meinem Mann, der seinerseits nichts zu begreifen schien; die Rosen seien ihre Antwort auf seine Zeichen.

Imke war keine auffallende Schönheit, aber durchaus hübsch und jugendfrisch, etwa Anfang Zwanzig. Gekleidet war sie weder wie eine Lolita noch wie eine Madame Pompadour; sie steckte in einem ausgeleierten grauen T-Shirt und weiten Hosen, ihre Bewegungen waren ein wenig linkisch, die hellbraunen halblangen Haare hingen wie Schnittlauch herab. Unbeirrt sah sie Reinhard mit weit aufgerissenen Augen an.

Anscheinend war mein Mann von so viel jugendlicher Verehrung ein wenig geschmeichelt; trotzdem wollte er eine ihm verständliche Erklärung für die Blumengabe erhalten.

Vor mehreren Wochen sei sie mit einem Strauß Rosen in der Hand an unserem Haus vorbeigelaufen. Als Reinhard gerade in seinen Wagen steigen wollte, fiel eine Blüte zu Boden. Er habe die Rose aufgehoben und sie angelächelt. In seinen Augen habe sie die Botschaft gelesen.

»Welche Botschaft?« fragte Reinhard ungläubig.

»Wir sind füreinander bestimmt«, sagte sie.

Auf meinem Lauschposten wurde mir schlagartig klar, daß ich ihn von dem Verdacht einer heimlichen Liebschaft freisprechen mußte. Dieses Mädchen tickte nicht richtig.

»Weil wir uns an einem Montag kennengelernt haben und ich damals einen Strauß gepflückt hatte, habe ich Ihnen in jeder Montagnacht eine Blume geschenkt. Als Sie dann als Antwort den Rosenstock in Ihr Bürofenster stellten, spürte ich eine ganz große Nähe zwischen uns und wußte, daß alles gut wird.«

Also hatte sie auch herausbekommen, wo Reinhard arbeitete, dieses verwirrte Kind. Eigentlich müßte man »du« zu ihr sagen, dachte ich; die Kleine tat mir leid. Reinhard verhörte sie weiter: »Und was war mit der Perle?«

Imke hatte auf ein weiteres seiner Zeichen reagiert. Als sie ein bestimmtes Datum nannte, wurde ich nervös, denn es handelte sich um Josts Geburtstag; vor Anspannung mußte ich niesen.

»Sie standen mit Ihrem Freund an der Haustür«, sagte

sie, ohne auf Hintergrundgeräusche zu achten. »Er hielt einen kleinen Jungen an der Hand.«

Das mußte Gottfried gewesen sein, der seinen Sohn Kai von unserer Kinderparty abholte.

Sie fuhr fort: »Gerade als ich vorbeiging, sagten Sie unüberhörbar: ›Das Mädchen ist eine Perle!‹, und dabei haben Sie mich angesehen.«

Reinhard überlegte und mußte schließlich schmunzeln. »Der Bekannte hat mich nach einer zuverlässigen Putzfrau gefragt, ich habe ihm Gülsun empfohlen ...« Wie es seine Art war, schüttelte Reinhard mehrmals amüsiert den Kopf, murmelte: »Das darf doch nicht wahr sein« und fragte dann seine nächtliche Besucherin ein wenig aus.

Wir erfuhren, daß sie seit einigen Monaten am anderen Ende unserer Straße wohnte. Weil sie in Weinheim eine gute Stelle gefunden habe, sei sie aus dem Elternhaus fortgezogen.

Was für eine Stelle? wollte er wissen.

Diätassistentin am Krankenhaus.

Ich hielt den Moment für gekommen, mich wieder zu Reinhard und seiner Verehrerin zu gesellen. Obwohl ich als rechtmäßige Ehefrau auftrat, schien sie kein schlechtes Gewissen zu haben, sondern wendete mir höflich ihr ernstes Gesichtchen zu. Besonders gesprächig war sie nicht gerade, eher ein sogenanntes stilles Wasser. »Ich glaube, es ist Zeit, daß wir alle in die Betten kommen«, sagte ich nicht unfreundlich, aber mit der Autorität einer Familienmutter. »Morgen ist Montag, und wir müssen zeitig aufstehen.«

Imke sprang sofort auf, lächelte Reinhard an, reichte uns ihre kleine zarte Hand und verschwand.

»Na also«, sagte Reinhard, »eine harmlose kleine Spannerin!«

»Wohl doch eher eine kleine Spinnerin«, erwiderte ich.

Er sagte grinsend: »Du meinst wohl, wer in mich verliebt ist, muß zwangsläufig spinnen ...«, legte den Arm um meine Schulter und zog mich die Treppe hinauf ins Schlafzimmer.

Ich achtete kaum auf einen feinen Alarmton im Hinterkopf, sondern war froh, endlich schlafen zu können.

Am anderen Morgen sagte ich beim Frühstück zu Lara: »Holgers Ehre ist wiederhergestellt: Er war gar nicht dein Rosenkavalier!«

»Woher weißt du das so genau?«

»Weil der Papa letzte Nacht eine Frau erwischt hat, wie sie gerade ein Blümchen an seinen Scheibenwischer stecken wollte.«

Beide Kinder spitzten neugierig die Ohren. Reinhard lag noch im Bett, er hatte beschlossen, heute etwas später ins Büro zu gehen, ein Privileg der Selbständigen, das er noch nie wahrgenommen hatte.

»Warum macht die Frau das?« fragte Jost.

Seine Schwester belehrte ihn unverzüglich: »Weil sie sich total in Papa verknallt hat!«

Wir lachten alle drei.

Mein Sohn machte sich wichtig. »Ich kenne sie!«

Lara schnalzte begeistert und boxte ihn übermütig: »Vielleicht liebt sie gar nicht den Papa, sondern dich! Wie sieht sie aus?«

»Die steht manchmal vor unserem Haus und glotzt so

komisch«, sagte Jost, der häufig auf der Straße Fußball spielte.

Zweifellos meinte er die richtige Person, denn das einzig Auffallende an Imke war dieser eindringliche Blick, der stets ein wenig zu lange verweilte.

Als ich schließlich allein war, tippte ich zunächst alles, was Reinhard am Wochenende diktiert hatte, machte Betten, goß Blumen, wischte das Bad und füllte die Waschmaschine. Bei solchen Tätigkeiten hatte ich eine atemberaubende Schnelligkeit entwickelt, um möglichst bald damit fertig zu werden. Wie schön wäre es, wenn die Kinder in der Schule essen könnten! Aber kaum war ich sie los, hatte meine Hausarbeit beendet und könnte eigentlich mit dem Malen beginnen, da standen sie bereits wieder hungrig vor der Tür. Ich schob eine Fertigpizza in den Backofen und tiefgefrorene Erbsen in den Mikrowellenherd.

Als ich die Post aus dem Briefkasten holte, war ein Brief von Imke dabei. Sie mußte ihn noch tief in der Nacht geschrieben und auf dem Weg zur Arbeit eingeworfen haben. Ich zögerte nur sekundenlang, dann hatte ich den Brief auch ohne Wasserdampf geöffnet. Das Teenager-Briefpapier war lindgrün und mit rosa Röschen bedruckt.

*Mein geliebter Perlenprinz,*
*seit heute nacht bin ich der glücklichste Mensch der Welt. Ich weiß, daß Du Angst vor der Tiefe Deines großen Gefühls hast und mich aus Rücksichtnahme nicht damit überfordern willst. Aber glaube mir, ich bin die einzige, die Dich wahrhaft versteht und Dir helfen kann. In*

*Deinem Blick habe ich Deine Verletzlichkeit erkannt. Bis zum heutigen Tag warst Du unendlich einsam, nun wird alles gut.*

*Mit tausend Grüßen von der kleinen Biene an ihren petit prince.*

Wenn es nicht irgendwie traurig gewesen wäre, hätte ich gelacht. Reinhard – ein verletzlicher, einsamer Märchenprinz? Gott sei Dank war er ein durch und durch praktischer und realitätsbezogener Mann, sozusagen aus Eichenholz geschnitzt. Aber Imke machte mir Sorgen, sie war keine Nebenbuhlerin, der man die Augen auskratzen will, sondern trotz ihrer einundzwanzig Jahre ein armes Kind. Man mußte ganz behutsam vorgehen, um ihr nicht weh zu tun; andererseits sollte sie die Sinnlosigkeit ihrer fehlgeleiteten Gefühle einsehen. »Such dir einen netten jungen Mann, der zu dir paßt«, wollte ich sagen. »Reinhard ist doppelt so alt wie du, verheiratet und hat zwei Kinder. Du vergeudest deine besten Jahre...«

Als Jost seinen Freund Kai besuchen wollte, erbot ich mich, ihn hinzufahren. Ich mußte mit einer mitfühlenden Seele reden. Vor Silvia wollte ich mir keine Blöße geben, aber vielleicht hatte Lucie ein offenes Ohr? Auch Lara saß plötzlich neben mir im Auto, weil Kais Meerschwein Junge bekommen hatte.

Natürlich wußte ich, daß es angesichts der neugeborenen Nager wieder zu einer heftigen Diskussion kommen würde. »Mama, laß dich doch endlich, wie heißt es noch?«

»Desensibilisieren«, sagte ich jedesmal.

Lucie hörte mir aufmerksam zu und rief Gottfried an, der in einem Verlag arbeitet. Nachdem er ihr erklärt hatte, wo welches Buch zu finden war, ging sie mit mir in sein Arbeitszimmer, in dem die Fachliteratur stand. Bei der psychologischen Abteilung wurde sie fündig. *Studien zu einer störungsspezifischen klientenzentrierten Psychotherapie*, las sie vor und begann zu blättern. »Hier schreiben die Autoren Binder und Binder: ›Beim Liebeswahn weiß die Kranke um die Richtigkeit dieser Liebe, und zwar völlig unabhängig davon, ob der ausgesuchte Partner offensichtlich anderweitig gebunden ist, ob er regelmäßig den Telefonhörer auflegt oder sämtliche Briefe ungeöffnet zurückschickt...‹«

Es war also keine mädchenhafte Schwärmerei, sondern eine Krankheit, wie ich bereits mitten in der Nacht vermutet hatte. »Lucie, was sollen wir tun?«

Sie überlegte. »Man muß konsequent bleiben, denke ich, alles andere bestätigt sie ja nur in ihrem Wahn. Wie heißt das Kind?«

»Imke, aber das Kind ist längst volljährig und eigentlich ganz hübsch.«

Lucie zögerte ein wenig. Sie werde mit Gottfried sprechen, der sich auf psychiatrischem Gebiet recht gut auskenne. Außer Theologie und Medizin habe er auch noch Psychologie studiert.

Wie stets begannen nach einer Viertelstunde meine Augen zu tränen; die Katzenhaare hafteten in allen Ritzen und machten mir den Aufenthalt bei meiner Freundin unerträglich. Es war zu kühl, um im Garten zu sitzen; ich winkte meinen Kindern zu und fuhr heim.

Reinhard zog zwar die Augenbrauen hoch, als ich ihm den geöffneten Brief übergab, aber er enthielt sich einer Gardinenpredigt über neugierige Ehefrauen. Seine Miene hellte sich beim Lesen zusehends auf. »Wußtest du schon, daß du mit einem Perlenprinzen verheiratet bist?« fragte er.

»Das ist überhaupt nicht witzig«, sagte ich, weil ich seine humorvolle Art in diesem Fall für unangemessen hielt. »Imke ist krank, Lucie ist der gleichen Meinung.«

Anscheinend war das nicht in Reinhards Sinn, er mochte die grenzenlose Anbetung nicht als Wahnsinn interpretieren. »Ein bißchen überspannt ist sie schon; aber denk doch an die jungen Mädchen, die beim Anblick von Elvis Presley in Ohnmacht gefallen sind, was ist schon dabei.«

»Aber andererseits hat sie Abitur gemacht, eine solide Ausbildung genossen und übt jetzt einen Beruf aus – so verrückt kann sie also nicht sein«, wiegelte auch ich ab.

Nach den letzten unangenehmen Wochen wollte ich mich nicht weiter mit Reinhard zanken; ich war auch dankbar, daß sich meine Ängste, er sei mir untreu, als unbegründet erwiesen hatten. Also belästigte ich ihn nicht mit Gottfrieds Fachbüchern, er hatte ohnedies genug zu tun mit meinen Ticks und sollte lieber mal wieder volltanken gehen, ich brauchte das Auto.

Am Dienstag begann ich endlich wieder zu malen. Ganz im Vordergrund sollten die Kinder auf einer Wiese sitzen, Lara in einem Sommerkleid mit Rüschen, das sie nicht besaß, weil es Silvias Tochter noch paßte. An ihrer Seite Jost mit einem Meerschwein auf dem Arm, das er meinetwegen nicht besitzen durfte. Aber da gab es noch ein weiteres

Kind – meinen Bruder Malte, einjährig bereits verstorben. Sollte ich ihn ebenfalls vorn aufs Bild bringen, als gehöre er in die Generation meiner Kinder? Eigentlich war er ihr Onkel. Hoffentlich schickte meine Mutter bald Maltes Foto, damit mir eine erkennbare Ähnlichkeit gelang.

Tatsächlich lag ein Brief meiner Mutter im Kasten, leider aber auch einer von Imke. Ohne zu zögern schrieb ich mit rotem Filzstift auf den Umschlag: Annahme verweigert, zurück an den Absender. Aber der Brief war nicht mit der Post gekommen – wie konnte ich da die Annahme verweigern? Sollte ich eine Briefmarke daraufkleben? Es waren höchstens hundert Meter bis zu ihrer Wohnung, und sie war um diese Zeit sicherlich nicht zu Hause. Ich zog also den Malkittel aus und lief los; besser, die Sache wurde sofort erledigt.

Vor unserem Haus stand die Mülltonne weit offen, Reinhard hatte wieder einmal seinen Papierkorb ausgeleert, ohne Rücksicht auf die ordentliche Trennung von Glas, Bioabfällen und Papier. Seufzend holte ich das Sortieren nach.

Wenige Minuten später befand ich mich vor einem langweiligen Mietshaus für sechs Parteien; in der Mansarde wohnte Imke. Als ich gerade den Brief in ihr Fach warf, trat eine ältere Frau mit einem Putzeimer aus der Haustür. »Zu wem möchten Sie?« fragte sie.

»Nur einen Brief einwerfen«, sagte ich, nahm aber die Gelegenheit wahr, um zu fragen: »Kennen Sie die junge Frau, die ganz oben wohnt?«

»Ja, das ist Imke, die einzige außer mir, die immer anständig die Treppe wischt, wenn sie an der Reihe ist.«

Wir lächelten uns verschwörerisch zu, wir Hausfrauen unter uns. Dann beeilte ich mich, wieder an meinen Küchentisch zu kommen, wo die Malsachen auf mich warteten.

Aber da sah ich Gottfrieds Psychologiebuch auf der Anrichte liegen und zögerte nicht, mich in dieses zu vertiefen.

# 6

## *Bienenstich*

»Narzissus und die Tulipan, die ziehen sich viel schöner an als Salomonis Seide«, heißt es in Paul Gerhardts Lied von der lieben Sommerzeit, obgleich es sich um Frühlingsblumen handelt. Beim Betrachten eines gemalten Blumenstücks von Roelant Savery offenbart sich ebenfalls, daß keine noch so fein gesponnene Seide mit der Schönheit natürlicher Frühlingskinder konkurrieren kann. Weiße Narzissen, gelbe Iris und blaue Schwertlilien, seltsame Schachbrettblumen, rosa Pfingstrosen, Teerosen und viel frisches Grün sind zu einem farbenfrohen, aber keineswegs grellbunten Strauß gewunden. Weit geöffnete Blumenaugen schauen uns an, die in ihrer verletzlichen Arglosigkeit an die weltfremde Naivität einer Unschuld vom Lande erinnern.

Das Interesse des Malers gilt sowohl den verschiedenen botanischen Gattungen als auch den Kleinlebewesen, die sich in allen Ecken des Gemäldes tummeln. Gleich auf der untersten Kante des Holztisches reiht sich ein bunter Reigen aus Blumen und Tieren aneinander: eine pelzige Honigbiene, eine Smaragdeidechse, ein abgefallenes Stiefmütterchen, eine Heuschrecke, die zarte Blüte einer blaßblauen Jungfer im Grünen und am Ende ein mir liebes Mäuslein. Auch im Gewinde des Straußes entdeckt man Raupen, Schmetterlinge, winzige wilde Bienen und Käfer.

Eine Allegorie auf den Frühling? Oder auf die Vergänglichkeit? Eine Hymne an die Schönheit, das Leben, den Schöpfer? Steht die Nützlichkeit der Biene im Gegensatz zur Heuschreckenplage, beide Merkmale einer alles beherrschenden Natur?

Hier triumphiert das gleiche barocke Lebensgefühl wie im Sommergesang: ›Geh aus, mein Herz, und suche Freud!‹. Parallel zum Blumenbild wird auch bei Paul Gerhardt das Füllhorn von Fauna und Flora ausgeschüttet, selbst die Kerbtiere finden lobende Erwähnung: »Die unverdroßne Bienenschar fliegt hin und her, sucht hier und da ihr edle Honigspeise.«

Schon als Kind liebte ich Insekten, auch die stechenden Bienen konnten mir kein Unbehagen bereiten. »Emsig wie ein Bienchen«, »bienenfleißig« – alles gute Eigenschaften, zumindest solange ich es noch nicht mit Imke zu tun hatte.

Durch einen Krankenhausaufenthalt kannte Silvia die Stationsschwester der internistischen Abteilung, die sie gnädigerweise über die Diätassistentin Imke aushorchte: äußerst fleißig, unauffällig, freundlich, zuverlässig, eher introvertiert. Niemand hatte etwas gegen sie, keiner war näher mit ihr befreundet. Das half mir nicht weiter. Ich wollte Imke weder anschwärzen noch der Lächerlichkeit preisgeben; eher empfand ich es als verantwortungslos, den Ausbruch einer psychischen Krankheit als passive Zuschauerin zu beobachten.

Es trafen übrigens noch drei weitere Briefe ein, die ich alle ungeöffnet zurückbrachte. Um Reinhard nicht zu beunruhigen, vergaß ich es lieber, ihn darüber zu informieren.

Nach ihrem schriftlichen Mißerfolg erschien Imke leibhaftig, das heißt, sie saß eines späten Nachmittags regungslos auf den Steinstufen unseres Vorgartens. Ich entdeckte sie vom Fenster aus und wartete erst einmal ab. Als sie nach zwei Stunden immer noch dort saß, trat ich vor die Tür. »Imke, was wollen Sie denn wieder hier? Das hat doch keinen Sinn«, begann ich sanft.

»Ich warte auf Ihren Mann«, sagte sie, »er braucht mich!«

Reinhard brauche keine zweite Frau, sagte ich; die ungeöffneten Briefe, die sie zurückerhalten habe, seien doch Beweis genug dafür, daß er kein Interesse habe.

»Das haben Sie getan, und Sie haben kein Recht dazu«, sagte Imke etwas trotzig. »Ich bleibe hier sitzen, bis Reinhard kommt und ich ihm meine Briefe persönlich übergeben kann.«

Nun wurde ich patzig. »Verlassen Sie bitte unser Grundstück«, sagte ich. »Und belästigen Sie meinen überforderten Mann nicht mit solchem Kinderkram!«

Dies wirkte insofern, als Imke aufstand und sich auf der Straße postierte. Ich ging ärgerlich wieder hinein und versuchte, Reinhard im Büro anzurufen. Aber er war entweder auf einer Baustelle oder bereits auf dem Heimweg, ich konnte ihn nicht vorwarnen. Großzügig erlaubte ich den Kindern, sich den Krimi im Vorabendprogramm anzusehen, und lauerte nun meinerseits am Fenster.

Bald darauf fuhr Reinhard vor. Imke trat sofort an seinen Wagen heran, sprach durch das geöffnete Fenster auf ihn ein und übergab mit ernstem Gesicht ihre gesammelten schriftlichen Ergüsse. Kein Gedanke an ein mädchenhaftes Flirtverhalten, nicht der leiseste Zweifel an der Unerläßlichkeit dieser Aktion. Reinhard stieg aus und sprach mit ihr, allerdings nur wenige Sätze. Dann steckte er das Briefpäckchen in die Tasche seiner Lederjacke und reichte ihr mit väterlich-freundlichem Lächeln die Hand. Völlig falsches Benehmen, dachte ich wütend, er gibt ihr seinen Segen.

Aber ich kam nicht dazu, ihm Vorwürfe zu machen, er war schneller. »Das ist nicht fair«, sagte er. »Da diese Briefe an mich gerichtet waren, hättest du mich auf jeden Fall erst fragen müssen, bevor du sie zurückbringst. Du kannst meinen Entscheidungen doch nicht einfach vorgreifen!«

»Ich wollte dir ja bloß die Arbeit abnehmen, noch bevor du sie delegierst!« sagte ich unterwürfig, denn mein Gewissen war in diesem Fall nicht völlig rein.

Mein stets so müder Mann öffnete einen Umschlag nach dem anderen und las mit sichtlichem Wohlgefallen. Dann legte er alle drei Briefe fein säuberlich gefaltet in seine Brieftasche. »Zur Strafe kriegt meine kontrollbedürftige Frau kein Wort von diesen Blüten der Dichtkunst zu lesen«, sagte er.

Ich beteuerte, daß ich mir den Inhalt vorstellen könne und überhaupt nicht neugierig sei, aber daß er der verblendeten Imke einen Bärendienst erweise, wenn er in irgendeiner Form auf sie eingehe.

»Wenn du in ein paar Jahren von deiner akuten Eifersucht geheilt bist, wirst du dich über die Liebeslyrik der kleinen Biene kranklachen; es wäre ein Jammer, diese Briefe zu vernichten«, meinte Reinhard völlig unsensibel.

»Herrgott noch mal, kapierst du denn nicht, daß bei Imke eine Schraube locker ist! Du läßt dich als Prinz anhimmeln und bist in Wahrheit eine aufgeblähte Kröte, ein eingebildeter Hohlkopf...« Ich mußte nach Luft schnappen, so wütend war ich.

Daraufhin kam es zu einem handfesten Krach; die Briefe gab er mir nicht zu lesen.

Doch etwas anderes ging mir auf, als Reinhard seine pralle Brieftasche in böser Erregung immer wieder glattstrich. Er besaß eine mir bis dahin nicht bewußt gewordene Gabe, durch seine männlich-kräftigen Hände eine erotische Botschaft auszudrücken. Ich hatte zwar immer gern beobachtet, mit welcher Liebe er ein Stück Holz, einen Apfel oder einen anderen banalen Gegenstand berührte, aber ich hatte nie einen Zusammenhang zwischen dieser zärtlichen Materialhandhabung und seiner Sexualität erkannt. An diesem Abend begann ich mit Imkes Augen zu sehen: Die geheime Botschaft, von der sie sprach, wurde tatsächlich von Reinhard unabsichtlich ausgesendet, allerdings in einer subtilen, zarten Form, die einer besonders feinfühligen Art der Wahrnehmung bedurfte. Wessen Seismograph derart stark auf solche Schwingungen reagierte, der würde dem realen Leben fremd bleiben.

Als Reinhard am darauffolgenden Montag morgen etwas verblüfft mit der Zeitung hereinkam und einen hübsch verpackten Karton auf den Tisch stellte, verstand ich besser als er, was das zu bedeuten hatte. Das Geschenk auf seiner Motorhaube war ein duftender, frischgebackener Kuchen, genauer gesagt: Bienenstich.

»Deine Imme hat in dieser Nacht für dich gebacken«, sagte ich betroffen.

Reinhard holte sofort ein Messer und schnitt für jedes Familienmitglied ein Stück ab. »Hat doch alles sein Gutes«, sagte er. »Oder wolltest du am Ende auch diesen feinen Kuchen zurücktragen?«

Die Kinder zeigten sich beeindruckt. »Viel besser als von Mama«, sagte Jost.

Nun, als Diätassistentin mußte man ja Kuchen backen können. Wann schlief die liebeskranke Imke eigentlich? Immerhin hatte sie ihre einseitige Korrespondenz aufgegeben.

Endlich mit dem Bienenstich allein, konnte ich mir ein weiteres Stück, das wirklich erstklassig schmeckte, in den Mund schieben. Ich war verunsichert. Hatte Imke vielleicht durch ihren sechsten Sinn in Reinhard etwas zum Klingen gebracht, was ich übersehen hatte? Brauchte er mehr Bestätigung, Bewunderung, Verehrung? War er tatsächlich ein einsamer Prinz? Mangelte es mir selbst an Feingefühl, weil ich ihn nicht als zartbesaiteten Träumer sah?

Silvia lud uns bald darauf zum Essen ein, aus undurchschaubaren Gründen auch Lucie und Gottfried. Aus Faulheit und um sich nicht zu blamieren, hatte sie einen thailändischen Koch namens Toi engagiert, der eine Fülle leckerer Spezialitäten auf den Tisch brachte. Ich nahm mir gerade eine Scheibe Tintenfisch, der mit würzigem Hackfleisch, Zitronengras und kleingeschnittenen Limettenblättern gefüllt war, als mir der scharfe Bissen im Munde steckenblieb. Am anderen Ende des Tisches hielt Reinhard bewundernd eine zur Rose geschnitzte Tomate gegen das Licht und sagte: »Zum Dessert werde ich euch etwas Süßes vorlesen, das selbst einen zuckrigen Pudding übertrifft.«

»Meine exotische Obst sein ohne Zucker, nur mit Honig«, widersprach Toi gekränkt.

Ich konnte Reinhard weder treten noch mit finsteren Blicken traktieren, denn er sah mich kein einziges Mal an, als er bei gebratener Banane, Melonenbällchen und Mangoscheiben Imkes Briefe herauskramte. Es waren aber weder drei noch vier, sondern mindestens zwanzig, die er offensichtlich ohne mein Wissen erhalten hatte.

*Mein kleiner Prinz! Wie verlassen bist Du in der unendlichen Wüste des Universums; aber in der Oase meines Herzens erblüht ein Rosenstrauch für Dich, und jede Knospe enthält eine Perle von mir...*

Silvia lachte schallend, Lucie verhalten, Udo verschluckte sich, Gottfried verließ den Raum.

Ich sagte mit schneidender Stimme: »Reinhard, ich halte es für den Gipfel der Geschmacklosigkeit, die Briefe einer Kranken zum besten zu geben!«

»Aber wir sind doch hier ganz unter uns«, sagte Silvia besänftigend, »kein Wörtchen von Imkes zarten Geständnissen wird an die Öffentlichkeit dringen! Es wäre doch ein Jammer, uns das vorzuenthalten!«

Udo hatte Tränen in den Augen vor Lachen: »O Gott, was für'n Quatsch!«

Nun schlug sich endlich Lucie auf meine Seite. »Reinhard, ich glaube, es ist verletzend für Anne, wenn du mit sichtbarem Stolz auf diese Liebesbriefe reagierst...«

Er war verärgert. Gewisse Menschen hätten eben keinen Humor; natürlich nähme er die überspannten Inspirationen einer spät Pubertierenden nicht ernst, er fühle sich auch nicht geschmeichelt. Aber das sei doch einfach köstlich.

Nach einer unguten Gesprächspause kam Gottfried wieder herein. Da er nicht als unhöflicher Gast gelten wollte, schenkte er allen die Gläser voll und plauderte mit den Männern über unverfängliche Dinge wie zum Beispiel Immobilienpreise. Silvia führte Lucie und mich ins Schlafzimmer, damit wir einen neuerworbenen Orientteppich bewunderten, den sie für teures Geld ersteigert hatte. Der Teppich diente als Vorwand, uns mehrere Kleider vorzuführen. Wir applaudierten aus Höflichkeit.

»Du solltest mehr aus deinem Typ machen«, empfahl sie mir in der ihr eigenen Gedankenlosigkeit, »du hast doch eine Traumfigur, warum steckst du immer in Säcken?« Silvia kicherte; ich meinte aus ihrem schadenfrohen Ton etwas herauszuhören, was ich bisher nicht an ihr gekannt hatte.

Als wir uns verabschiedeten, gab es die obligaten Küßchen. Die beschwipste Silvia schmuste etwas zu lange mit Reinhard, der es aber mannhaft ertrug. »Wenn du ein echter Märchenprinz bist«, raunte sie ihm zu, aber ich konnte es hören, »dann weißt du ja, daß man Dornröschen wachküssen muß.«

Ich hatte ausnahmsweise wenig getrunken, weil ich fahren sollte. Müde und böse wie ich war, wollte ich eigentlich kein Wort mehr reden, aber als ich vor einer roten Ampel anhalten mußte, zischte es aus mir heraus: »Du bist ein Schwein!« Reinhard stieg wortlos aus und ging zu Fuß nach Hause.

Am nächsten Morgen bestritt Reinhard alles. Er habe keine weitere Post von Imke erhalten, ich sei vor Wut blind geworden.

Jost, der unermüdlich auf der Straße spielte, hatte mir erzählt, daß Imke stets mit dem Bus um 18 Uhr von der Arbeit kam und dann auf dem Heimweg an unserem Haus vorbeilief. Diesmal war ich es, die sie abpaßte. »Sie haben mir doch versprochen, keine Briefe mehr zu schreiben«, begann ich.

»Nein«, antwortete sie fest, »wenn ich es versprochen hätte, dann würde ich es auch nicht tun. Aber niemand kann mir verbieten, täglich meinem Geliebten zu schreiben.«

»Haben Sie ihm die Briefe persönlich überreicht?« fragte ich.

Sie habe ihm die Post in seinen Bürobriefkasten geworfen, antwortete sie, um sicher zu sein, daß ich nicht wieder...

Das Mädchen ist ehrlich, dachte ich, und irgendwie absolut anständig. »Imke«, sagte ich, »haben Sie schon einmal daran gedacht, daß Sie ärztliche Hilfe benötigen?«

Sie schüttelte den Kopf. Ich wollte meine Worte vorsichtig kommentieren, aber sie ließ mich stehen und ging.

Am Telefon fragte ich Lucie: »Findest du auch, daß ich keine Kleider, sondern Säcke trage?«

»Meine liebe Annerose, gefallen dir etwa die teuren Glitzerfummel, in die Silvia ihre Hüften zwängt? Du hast ein derart sicheres Farbempfinden, daß du tragen kannst, was du willst, es sieht immer originell aus.« Ich wußte nicht genau, ob das ein Kompliment war. Lucie trug prinzipiell nur schwarze Kleidung.

»Hast du mit Gottfried über Imke gesprochen?«

Gottfried sei, da er selbst einen schizophrenen Bruder habe, was psychische Störungen anbelange, sehr empfindlich, sagte Lucie. »Was eure Imke betrifft – wahrscheinlich solltest du ihr einen Therapeuten suchen!«

»Du bist gut! Das kann ich doch gar nicht.«

»Na gut, dann laß sie weiter spinnen, das hält bestimmt nicht lange an. Und wenn sie dir allzusehr auf den Wecker geht, dann mußt du dich eben wehren. Du neigst dazu, die Dinge zu ernst zu nehmen.«

Diesen Satz konnte ich nicht mehr hören, weil Reinhard ihn täglich aussprach.

In Gottfrieds Buch folgte der Abhandlung über den Liebeswahn ein Kapitel über krankhafte Eifersucht. War ich am Ende genauso neurotisch wie Imke? Sie hatte etwas ins Rollen gebracht, was kaum noch aufzuhalten war.

Ich suchte Trost bei meiner Hinterglasmalerei. Mein Bruder Malte war der erste, der auf meinem Familienbild Gestalt annahm. Auf dem Foto, das meine Mutter geliefert hatte, trug er eine sommerliche Spielhose, in der man ein stattliches Windelpaket erahnen konnte. Ich beschloß, ihn in einen Matrosenanzug zu kleiden, der den Unterschied zur heutigen Generation besser sichtbar machte. Als ich Maltes kleines Gesicht unter der Lupe betrachtete, entdeckte ich eine gespenstische Ähnlichkeit mit Imkes kindlichen Zügen. Bei beiden waren es die weit auseinanderliegenden Augen in verträumtem Himmelblau, die mich mit

Schauder erfüllten: »Nicht von dieser Welt«, sagte ich mir und hätte gern um den verlorenen Bruder geweint.

Als ich meinte, zehn Minuten mit Malen verbracht zu haben, waren zwei Stunden vergangen. Ich kannte dieses Phänomen bereits: Wenn ich in meine Bilderwelt eintauchte, verflog die Zeit auf irreale Weise wie im Märchen, gerann eine Ewigkeit zu Sekunden.

Hatte meine Schwester Ellen eigentlich Maltes Foto erhalten? In einer kleinen Malpause rief ich sie an.

Sie habe ihrerseits heute noch bei mir anrufen wollen, sagte Ellen, um sich für das Foto zu bedanken.

»Weißt du eigentlich Genaueres über die Todesursache?« fragte ich nach dem Tabuthema in unserer Familie.

Ellen sagte nach kurzem Überlegen, es habe sich doch – soweit sie sich erinnere – um den plötzlichen Kindstod gehandelt.

Wenn man selbst Kinder aufgezogen hat, weiß man sofort, worum es geht. Babys zwischen dem zweiten und sechsten Lebensmonat liegen tot im Bettchen, ohne daß eine Krankheit vorausgegangen oder auch nur eine besondere Anfälligkeit zu bemerken gewesen wäre. Ich war leicht verwirrt. »Ellen, was du da sagst, kommt mir seltsam vor. Meine Mutter hat stets von einem Unfall gesprochen.«

Da wir diese Unstimmigkeit nicht klären konnten, empfahl Ellen, ich solle meine Mutter doch einmal vorsichtig ausfragen. »Aber mal was anderes. Wann möchtest du mich besuchen? Ihr seid alle vier herzlich eingeladen! Ich habe Platz genug«, sagte sie.

»Das ist lieb von dir«, sagte ich zögernd. »Vielleicht in den Schulferien.«

Der Vormittag war fast vorbei, ich begab mich an den Herd. In meinem Kopf war ein ziemliches Durcheinander von Liebesbriefen, Hinterglasbildern, Mittagessen, der neugewonnenen alten Schwester und dem früh verlorenen kleinen Bruder. Sollte ich Reinhard mit einem verführerischen neuen Kleid beeindrucken? Hauteng?

»Hättet ihr Lust, eure Tante Ellen zu besuchen?« fragte ich Lara und Jost bei Fischstäbchen, Ketchup und Pommes. Sie hatten bereits vergessen, wer das war.

»Ach so, die graue Tussi, die mit der Schere die Nudeln schneidet!« meinte Jost.

»Wenn Susi auch mitkommen darf«, bot Lara an.

»Und Kai«, fügte Jost hinzu.

Manchmal überschwemmt mich die Liebe zu meinen Kindern wie ein Sturzbach. Es gibt zwar Momente, in denen ich ihnen ganz gut den Hals umdrehen könnte; aber das ist Theorie, de facto krümme ich ihnen kein Haar. Dann wiederum muß ich sie plötzlich an mich drücken, herzen, küssen und vor Glück fast erdrücken. Jost ist das in höchstem Maße peinlich, aber auch Lara macht sich mit verlegenem Lächeln wieder frei. Reinhard ist solcher Überschwang fremd; in seiner Gegenwart versuche ich, meine Emotionen zu bezähmen. Wie froh wäre ich als Kind gewesen, wenn meine Eltern nur ein einziges Mal ein natürliches Gefühlsleben gezeigt hätten. In diesem Punkt ist Reinhard, obwohl er so zupacken kann, meiner Mutter gar nicht so unähnlich.

Als ich mit hingebungsvoller Sorgfalt an Maltes Abbild arbeitete, traf mich die Liebe wie ein Blitz. Plötzlich empfand ich Nähe zu diesem kleinen Bruder, fast vergleichbar mit dem innigen Gefühl für meine eigenen Kinder. Seltsamerweise ließ ich die verstörte Imke gleich mit ein in mein weit geöffnetes Herz. Es ist ein Wunder, dachte ich, eigentlich müßte ich dieses Mädchen doch hassen. Was ich für sie aufbringe, ist mehr als Sympathie, es ist ein mütterlich-warmes Gefühl. Ich möchte sie beschützen und kann es nicht, ähnlich, wie ich meinem Bruder nicht mehr helfen kann.

Auf meinem Bild bekam Malte einen von Mutters selbstgenähten Teddys in den Arm. Das stellte einen Anachronismus dar, da sie zu seinen Lebzeiten noch nichts von ihrem späteren Steckenpferd ahnen konnte. Das gesamte Bild sollte etwas Surreales erhalten. Gegenwart, Vergangenheit und Traum würden wie Aquarellfarben ineinanderfließen. Ich könnte zum Beispiel Reinhard eine von Vaters Fliegenklatschen in die Hand geben, um ihn eine kleine Biene erschlagen zu lassen. Mit seiner hohen Fistelstimme hörte ich ihn sagen: »Ha noi, du stichst jetzt nimmer!«

# 7

## *Vogelfrei*

Es war mir unangenehm, daß gerade jetzt meine Mutter ihren Besuch ankündigte. Ich mußte damit rechnen, daß sie die Spannungen zwischen Reinhard und mir spüren würde. Sicherlich erwartete sie nichts anderes, als daß es bei uns ebenso langweilig-träge zuginge wie früher in ihrer eigenen Ehe. Sie mochte Reinhard, sie liebte ihre Enkel, sie war der festen Meinung, daß ich eine glücklich verheiratete Frau sei. Ich hätte sie gern in diesem Glauben gelassen.

Als ich sie vom Bahnhof abholte, sagte sie sofort: »Mäuschen, du wirkst glücklich!«

Dabei hatte ich schlecht geträumt und zuwenig geschlafen, trug einen meiner bequemen skandinavischen Säcke (grau-dunkelbraun-beige gestreift) und hatte mir einen hartnäckigen Schnupfen eingefangen. Als einziger Farbfleck leuchtete meine rote Nase.

Obwohl ich es Jost verboten hatte, begrüßte er sie mit den Worten: »Hoffentlich hast du mir keinen Teddy mitgebracht.«

Sie fand seine Ehrlichkeit süß. »Omi weiß, daß du nicht mehr mit Stofftieren spielst, Omi hat dir einen Drachen gebastelt.«

Beide Kinder rannten mit dem Drachen hinaus. Doch binnen zwei Minuten waren sie mit dem zerfetzten Lumpen wieder zurück. »Wahrscheinlich hat sie keinen Dunst von Aerodynamik«, urteilte Lara über ihre Großmutter.

Schon am nächsten Tag ging es Mutter schlecht. »Du bist schuld«, klagte sie. »Mein Rücken verträgt keine neuen Matratzen; warum habt ihr die alte ausrangiert, auf der ich fast so gut wie im kranken Bett geschlafen habe?«

»Mutter, es ist wirklich noch dieselbe Matratze«, sagte ich. »Wir haben gar nicht das Geld, um dauernd neue zu kaufen!«

Vermutlich übte ich selbst einen negativen Einfluß auf Mutters und Reinhards Befinden aus, denn ich war reizbar und zänkisch und fühlte mich miserabel. Als ich abends im Keller noch Wäsche aufhängen ging, trödelte ich absichtlich lange herum. Es tat mir so gut, mutterseelenallein zu sein.

Doch als ich wieder im Wohnzimmer eintraf, lief dort nicht etwa der Fernseher. Mutter und Reinhard saßen auf dem Sofa und lasen gemeinsam die aktuellsten Briefe von Imke. Ich verzog schmerzlich das Gesicht, aber die beiden ließen sich in ihrem heiteren Zeitvertreib nicht stören.

»Das ist richtig niedlich«, sagte meine Mutter, »was die Kleine so schreibt. Bißchen überkandidelt, aber wirklich süß.«

»Na, dann amüsiert euch weiter«, sagte ich, »aber ohne mich. Ich bin müde.«

Ich war schon an der Tür, als ich meine Mutter sagen hörte: »Was hat die Anne denn?«

Reinhard antwortete möglichst laut, damit ich es auch ja hörte: »Sie hat einen Vogel.«

Vögel werden gejagt; schon immer gab es Vogelfänger und Vogelsteller. Auf dem Stilleben von Christoffel van den Berghe, das 1624 entstanden ist, wird die Beute einer Jagdgesellschaft auf einem rustikalen Eichentisch präsentiert. Die Herren hatten wohl einen Ausflug zum Schilf- und Sumpfgürtel eines Sees unternommen, denn sie haben es auf Wasservögel abgesehen. Die Rohrdommel dürfte heute keinesfalls durch Menschenhand zu Tode kommen, doch damals war Natur- und Vogelschutz ein unbekanntes Wort. Während herbstlicher Treibjagden wurde alles erlegt, was vor die Flinte kam.

Die Stockente mit dem weißen Halsband wird dagegen heute noch auf dem Entenstrich geschossen. Gemeinsam mit Rohrdommel und Nonnengans bildete sie wohl den Höhepunkt einer festlichen Tafel. Besonders bei der Rohrdommel hat sich der Künstler alle Mühe gegeben, das duftige hellbraune Gefieder mit schwarzen und dunkelbraunen Sprenkeln, Streifen und Bändern anmutig auszuschmücken. Ihre grünlichen Beine und Füße ragen steif über die benachbarte Gans. Den Namen hat die Nonnengans durch ihre auffallende weiße Gesichtszeichnung bei schwarzem Kopf, Hals und Kropf. Nun gut, die Jagd auf diese drei größeren Fleischlieferanten mag sinnvoll sein, aber was hat es mit den zahlreichen kleinen Singvögeln auf sich, die wohl aus Versehen ebenfalls den Tod gefunden haben? Rotkehlchen, Kohlmeise, Grasmücke und Gimpel waren anscheinend Nebenprodukte einer größeren Treibjagd und wurden ebenso gegessen und vorher zur Schau gestellt wie die Trauben und Pfirsiche im chinesischen Porzellanteller oder die roten Erdbeeren im verzierten Topf.

Angesichts der fetten Beute wird auf die prunkvollen Zinngeräte weniger Wert gelegt, sie schimmern blaß aus dem dämmrigen Hintergrund hervor.

In der vorderen linken Ecke liegt eine rosa Rose, ein Grund für mich, dieses Bild als mir persönlich zugeeignet anzusehen. Die abgebrochene Rose galt als Sinnbild der Vergänglichkeit, sollte aber auch als Gegensatz zu den düsteren Vogelleibern dienen.

Man bezeichnete Menschen, die keinen Schutz und kein Recht beanspruchen durften, als vogelfrei. Ebenso wie jeder Vogel gejagt werden konnte, so war auch ein vogelfreier Mann nirgends auf der Welt in Sicherheit. Zwar konnten Raubvögel, die hoch in der Luft ihre Bahnen ziehen, nicht ohne weiteres auf eine Leimrute gelockt werden. Aber auf dem barocken Vogelstilleben erscheinen liebenswerte kleine Sänger, die keinem etwas zuleide tun, den ganzen Tag fröhlich tirilieren und auch bei bester Zubereitung keinen Hungrigen satt machen können. Die Vogeljagd ist eine traurige Angelegenheit für eine tierliebende Zeitgenossin wie mich, doch vielleicht hätte auch ich mir in barocker Vergangenheit ein paar bunte Federn an den Hut gesteckt.

Ob der Künstler ebenfalls Mitleid empfand? Oder bilde ich es mir nur ein, daß die sinnliche Vielfalt der Vögel und Früchte durch latente Trauer verdunkelt wird?

Seit ich die Feinheiten auf alten Gemälden sehr genau betrachte, wird mir die Schönheit der realen Welt viel intensiver bewußt. Der glitzernde Tau auf einer hauchzarten Mohnblüte rührt mich derartig an, daß mir Tränen in die Augen treten.

Meine Mutter nahm mich am nächsten Morgen ins Gebet. »Mäuschen, du mußt dich Reinhard gegenüber diplomatischer verhalten. Alles, was er sagt und tut, ist dir nicht recht!«

»Was denn zum Beispiel«, fragte ich nervös.

An seiner Arbeit ließe ich kein gutes Haar: Jedes Haus, das er gebaut habe, werde mit herber Kritik bedacht. »Männer müssen ein bißchen angebetet werden«, sagte sie so ernsthaft, als verrate sie mir das Geheimnis der Freimaurer.

»Ich bin seine ebenbürtige Partnerin«, widersprach ich. »Welchen Sinn hat unsere Ehe, wenn ich ihm nur nach dem Mund rede? Er sagt mir schließlich auch, was ihm mißfällt.«

»Wir Frauen können das eher vertragen«, behauptete sie, »aber doch keine männliche Mimose! Das Rezept meiner eigenen Ehe war, daß ich immer nachgab.«

Wie schrecklich, dachte ich.

Wahrscheinlich war es nicht der richtige Zeitpunkt, und doch erzählte ich meiner Mutter von meinem künstlerischen Familienprojekt. Zunächst war sie begeistert. »Auf was für Ideen du kommst! Papa, ich und Malte, du und Reinhard, eure beiden Süßen – das gibt sicherlich ein bezauberndes Bild! Hast du schon angefangen?«

Ich ließ mich hinreißen und zeigte ihr sowohl den halbfertigen Malte hinter Glas als auch die Skizzen.

Mutter setzte die Brille auf und fragte gutgelaunt wie in einem Ratespiel: »Wer bin ich?«

»Die rechts neben Papa«, sagte ich und bemerkte zu spät, daß ihre Vorgängerin, Ellens Mutter, links neben meinem Vater stand. Sie stutzte. Ich mußte Farbe bekennen und von Ellens Besuch erzählen.

Mutter regte sich furchtbar auf. »Annerose, du bist völlig unmöglich!« Am meisten schien sie zu beunruhigen, daß Ellen mich über die Familie ausgefragt hatte. Diese Person führe sicher nichts Gutes im Schilde!

»Ellen ist gar nicht übel. Es ist doch im Grunde absurd, wenn man die eigene Schwester nicht kennt...«

»Halbschwester«, verbesserte sie zornig.

Wo wir schon beim Thema waren, konnte ich gleich in einem Aufwasch erzählen, daß man Ellen über Maltes Tod eine andere Version aufgetischt hatte als mir. »Was stimmt denn nun wirklich?« fragte ich, »Unfall oder plötzlicher Kindstod?«

»Natürlich war es ein Unfall«, sagte sie.

»Es gibt tausend Möglichkeiten, durch einen Unfall umzukommen. Warum redest du nie darüber? Was wird mir da seit vielen Jahren verschwiegen?«

Da war es plötzlich um ihre Fassung geschehen. Sie weinte so sehr, daß es mir leid tat. Am liebsten hätte ich ihr zuliebe mein angefangenes Hinterglasbild zerstört und die bösen Ahnungen verdrängt. Muß man immer alles so genau wissen? Doch in diesem Moment fing meine Mutter endlich zu reden an und war nicht mehr zu bremsen.

»Es ist ein Jahr vor deiner Geburt, am Ostersamstag, passiert. Papa fuhr mich mit dem Auto zum Einkaufen, ich habe ja leider nie den Führerschein gemacht. Wir brauchten Vorräte für die Feiertage. Malte saß hinten auf meinem Schoß, damals gab es noch nicht diese praktischen Kindersitze, auch Anschnallen war nicht vorgeschrieben. Als wir schließlich die überfüllten Geschäfte verlassen hatten, fiel deinem Vater ein, daß er den Tresorschlüssel im Büro liegengelassen hatte. Also fuhren wir noch ins Warenlager. Kurz und gut, als wir verspätet heimkamen, hatte ich nur eins im Kopf: endlich Fisch, Fleisch und Gemüse aus dem sonnenheißen Auto herausnehmen und in den Kühlschrank legen. Im allgemeinen trug Vater die Einkaufstaschen und ich deinen kleinen Bruder. Diesmal lief ich mit den Tüten schon mal voraus und ließ Malte auf der Rückbank sitzen; Papa mußte den Wagen noch in die Garage fahren. Während ich also die schweren Tüten zur Haustür schleppte, fuhr Vater rückwärts in die Einfahrt. Ohne daß wir es bemerkt hatten, war Malte herausgekrabbelt. Vater hat seinen eigenen Sohn, meinen kleinen Malte, totgefahren.«

Geschockt und erschüttert hatte ich dies alles endlich erfahren. Doch die Tränen meiner Mutter waren mittlerweile versiegt, sie redete jetzt ohne Punkt und Komma. »Ich werde nie im Leben vergessen, wie dein Vater leichenblaß zur Tür hereinkam und unser totes Kind auf das Sofa legte. Später warf er mir vor, daß ich die hintere Wagentür offengelassen hätte, so daß der Kleine herauspurzelte. Ich dagegen bin der Meinung, daß er nicht aufgepaßt hatte, aber Schuldzuweisungen können kein Kind wieder lebendig machen. Annerose, etwas Schlimmeres kann es für Eltern nicht geben, als den einzigen Sohn zu verlieren!«

»Außer der großen Pleite, als Ersatz nur ein Mädchen zu bekommen«, sagte ich bitter.

Mutter reiste am nächsten Tag wieder ab, zum Abschied brachte sie kaum ein Wort heraus. Es tat mir zwar leid, daß sie fuhr, aber letzten Endes war es besser so. Denn so blieb ihr wenigstens mein eigenes Unglück erspart, das sich deutlich anbahnte.

Reinhard fand, daß ich mich völlig falsch verhalten hatte. Erstens hätte ich Mutter mein Hinterglasbild nicht zeigen, zweitens nichts von Ellen erzählen und drittens nicht über Maltes Tod mit ihr sprechen sollen. »Man darf alte Wunden nicht aufreißen«, sagte er. »Das ist so überflüssig wie ein Kropf. Was hast du nun davon? Eine alte, vereinsamte Frau ist unglücklich...«

Ich hielt meine Mutter keineswegs für zu alt, um endlich ihre Vergangenheit aufzuarbeiten. Wir stritten uns heftig. Das Klischee von der innigen Freude eines Ehemannes über die Abreise der Schwiegermutter galt in unserem Fall überhaupt nicht. Reinhard und meine Mutter waren Verbündete, und zwar gegen mich.

Immer wenn Reinhard und ich uns wegen irgend etwas in die Wolle gerieten, kam am Ende die Sprache auf Imke. Ich sei krankhaft eifersüchtig, warf er mir stets aufs neue vor. »Sieh mal, wenn ich sogar deiner Mutter diese Briefe vorlese, dann ist das doch ein eindeutiger Beweis für mein reines Gewissen. Aber du kannst es einfach nicht ertragen, wenn mich ein nettes junges Mädchen anhimmelt! Sie hat zwar eine kleine Meise, aber was ist schon dabei...«

Ich unterbrach ihn scharf. »Ja, wenn du ein Popsänger oder ein Hollywoodstar wärst, dann fiele das alles in den Bereich jugendlicher Schwärmerei. Aber du bist ein stinknormaler Familienvater, durchschnittlicher geht's gar nicht. Imke hat sich einen Menschen erfunden, der nichts mit dir zu tun hat. Sie ist einsam und träumt sich eine Liebesgeschichte zusammen. Darauf solltest du dir nichts einbilden. Und eifersüchtig bin ich wirklich nicht, ich sorge mich um die Kleine...«

»Hahaha«, machte Reinhard.

Ich versuchte ein zweites Mal, mit Imke vernünftig zu reden, damit sie aufhörte, sich weiter eine Romanze einzubilden.

Sie war sich aber Reinhards Zuneigung vollkommen sicher. »Ihr Mann hat meine Welt verändert. Wenn alles in meinem bisherigen Leben ein Irrtum war«, sagte sie ernsthaft, »diese Liebe ist es nicht. Wir retten uns gegenseitig aus dem dunklen Tal des Leidens.«

»Und was ist eigentlich mit mir?« fragte ich.

Imke sah mich an und überlegte. »Sie haben doch zwei Kinder«, meinte sie dann tröstlich. »Ich bin einundzwanzig Jahre und hatte noch nie einen Freund; im Grunde habe ich überhaupt nichts.«

Vielleicht zweifelte sie aber doch an dieser Verteilung, denn sie wurde ein wenig verlegen und verabschiedete sich mit der Floskel: »Einen schönen Tag noch!«

In einem solchen Fall ist es gut, Freunde zu haben. Silvia schied aus, aber Lucies Gottfried konnte ich vielleicht unter dem Vorwand konsultieren, das geliehene Buch zurückzubringen. Lucie arbeitete im Garten, die Kinder lärmten. Gottfried war bereits zu Hause, saß im Liegestuhl und las. Die Gelegenheit war günstig. »Ich bringe dir dein psychotherapeutisches Buch zurück«, sagte ich. »Es war höchst interessant. Lucie hat dir sicherlich von unserem Problemfall erzählt...«

Er nickte freundlich. »Was ich gerade lese, paßt seltsamerweise auch zum Thema«, sagte er. »Liebesbriefe an Adolf Hitler. Man soll es nicht für möglich halten, was Frauen da zu Papier gebracht haben! ›Mein lieber zuckersüßer Adolf‹, schreiben sie zum Beispiel. Lustig ist das nur für simple Gemüter, ich kriege eine Gänsehaut. Es sind aber nicht nur einsame oder unbedarfte Frauen, die durch widerliche Manipulation dem Führerkult erlagen, es sind offensichtlich auch regelrecht pathologische Fälle von Liebeswahn darunter. Das klingt dann etwa so: ›Du gibst mir im Rundfunk so viel zu verstehen, jedes Zeichen erkenne ich.‹ Man könnte das mit einer heutigen Zuschauerin vergleichen, die wahnhaft glaubt, der Fernsehansager würde ihr tatsächlich in die Augen blicken.«

»Ich habe gelesen, daß Liebeswahn vorwiegend bei Frauen vorkommt«, sagte ich.

Gottfried erklärte mir, daß die irrealen Verliebtheitsträume in der Pubertät ähnliche Funktionen erfüllten, aber bald darauf durch reale Partner ersetzt würden. »Ihr könnt Imke wahrscheinlich kaum helfen«, sagte er abschließend, »da sollte ein Profi bemüht werden. Ein Ende ist sonst nicht abzusehen.«

Die Katastrophe trat bereits vorher ein. Und zwar nur wenige Tage später, als Reinhard nach dem Abendessen zum Tennisklub fuhr; er spielte regelmäßig mit einem gewissen Dr. Kohlhammer, einem Hals-Nasen-Ohren-Arzt. Ob alles stimmte, was mir Reinhard auftischte? Ich konnte ja nicht gut im Klub auftauchen und kontrollieren. Mißtrauisch rief ich die Nummer des Arztes an, um seine Stimme auf dem Anrufbeantworter abzuhören. Als hätte ich Böses geahnt, meldete er sich persönlich in seiner Praxis, war also keineswegs auf den Sportplatz. Ich log ihn an und grübelte. Die Kinder saßen vorm Fernseher. »Ich gehe schnell mal zum Briefkasten«, rief ich ihnen zu und verließ das Haus.

Ein bißchen frische Luft würde mir guttun. In Reinhards Schreibtischschublade hatte ich den Ersatzschlüssel für sein Büro gefunden. Ich hatte vor, die kurze Strecke zu Fuß zurückzulegen und seiner Arbeitsstätte einen detektivischen Besuch abzustatten. Gülsun putzte nur einmal in der Woche, ich würde ihr nicht über den Weg laufen. Doch was, wenn der vielbeschäftigte Architekt statt Tennis zu spielen am Schreibtisch saß und heimlich arbeitete, um das Geld für eine Spülmaschine zu verdienen? Nun, wenn sein Wagen vor dem Büro stand, konnte ich auf der Stelle wieder umkehren.

Wenn ich aufrichtig bin, muß ich zugeben, daß ich Imkes Briefe lesen wollte, die Reinhard mir ja weitgehend vorenthalten hatte. Aber auch die Quittung vom Schlemmerlokal war mir suspekt, und mit wem mochte Reinhard den heutigen Abend verbringen? Ich war so aufgeregt wie als kleines Mädchen, wenn ich nachts im Elternhaus allerhand Schabernack trieb. Im Grunde liebte ich dieses prickelnde Gefühl.

Vor dem besagten Gebäude parkte sowohl Reinhards Auto als auch ein Krankenwagen. Oben im Büro brannte Licht, obwohl es noch hell war. Zögernd blieb ich stehen und ging in einer benachbarten Garageneinfahrt in Deckung, um kurz zu überlegen, ohne vom Fenster aus gesehen zu werden. Sollte ich mich nicht lieber davonstehlen? Wenn mich Reinhard hier entdeckte, wäre dies für ihn ein eklatanter Beweis für meine Eifersucht. Andererseits hatte er behauptet, zum Tennisklub zu fahren; wohl oder übel würde er so lange fortbleiben, wie er es bisher immer tat.

Plötzlich war mir, als hörte ich einen ganz hohen, dünnen, aber anhaltenden Schrei. Mir gerann das Blut in den Adern. Was bedeutete der Krankenwagen? War Reinhard etwas passiert?

Dann wurde die Haustür aufgerissen, zwei Sanitäter führten Imke mit behutsamer Anstrengung zwischen sich. Beide Handgelenke des Mädchens waren verbunden. Ein junger Mann in weißen Hosen und Reinhard folgten. »Die Spritze wirkt bereits«, sagte der Arzt, »sie wird bald schlafen.«

Die Sanitäter verfrachteten Imke in die Ambulanz, der Notarzt stieg ein, und sie fuhren ab. Reinhard sah sich nervös auf der Straße um, in einigen Nachbarhäusern gafften Neugierige aus den Fenstern; eilig zog er sich ins Haus zurück. Ich zögerte keine Sekunde, mich im Schatten der Häuser heimzuschleichen. Es überlief mich eiskalt.

Kaum hatte ich die Kinder ins Bett gescheucht, als Reinhard nach Hause kam, »'n Abend« brummte und den Fernseher anstellte. Voll falscher Anteilnahme fragte ich: »Wer hat das Match gewonnen?«

»Keiner«, sagte Reinhard. »Dr. Kohlhammer mußte plötzlich zu einem Notfall – unstillbares Nasenbluten. Man sollte sich keinen Arzt als Tennispartner aussuchen.«

»Aber woher kommst du jetzt?« fragte ich.

Mit Reinhards Fassung war es plötzlich vorbei, er brüllte: »Soll das ein Verhör sein?« und warf die Obstschale gegen die Wand. Äpfel, Bananen und Mandarinen kullerten unter das Sofa. »Hättest du mich nicht so provoziert«, schrie er, »dann wäre das nie passiert!«

Ich bekam alles zu hören. Er sei vom Tennisklub aus ins Büro gefahren, um die gewonnene Zeit zu nutzen und ein paar liegengebliebene Arbeiten zu erledigen, verständlicherweise mit schlechter Laune. Unten am Briefkasten sei er auf Imke gestoßen, die strahlend einen rosa Umschlag in seinen Kasten werfen wollte. »Ich wußte, daß ich dich treffen würde«, habe sie schwärmerisch gesagt. »Meine Ahnungen haben mich noch nie im Stich gelassen.«

»Sagt ihr du zueinander?« fragte ich.

»Nein«, meinte Reinhard, »eigentlich nicht.« Er schwieg. Schon hatte ich die Hoffnung aufgegeben, daß er seine Beichte fortsetzen würde, als er weiterschimpfte: »Seit wir verheiratet sind, wird mir Treulosigkeit vorgeworfen, dabei war ich fast immer... Im Grunde ist es doch ganz egal, wie ich mich verhalte, die Strafe kriege ich so oder so.«

Jetzt fing ich an zu toben. »Was hast du getan?« schrie ich.

»Andere Männer hätten das schon längst getan«, sagte Reinhard grob, »nur ich war immer zu feige. Einmal tüchtig durchgevögelt, und so ein Gänschen ist kuriert.«

Ich konnte es kaum fassen: »Das darf doch nicht wahr sein!«

Reinhard stampfte wütend auf einer Mandarine herum. »Hättest du mich nicht immer beschuldigt! So etwas bringt einen Mann erst auf Ideen! Alle anderen...«

Ich wurde so böse, daß ich aufsprang und ihm eine Ohrfeige verpaßte. Wir hatten uns noch nie geschlagen, jetzt erhielt ich einen Tritt gegen das Schienbein, daß ich hinfiel.

Reinhard stürmte hinaus. Ich blieb liegen und weinte: um Imke, um unsere Ehe, um mich selbst.

# 8

## *Schneckenhaus*

Männer in leitenden Positionen, wie zum Beispiel Udo, haben einen anderen Bezug zur Realität als eine ganz normale Hausfrau. In ihrem ganzen Leben haben sie keine Windeln gewechselt, waren kaum im Supermarkt einkaufen, wissen nicht, was es bedeutet, nach Weihnachten den Backofen sauberzukriegen. Dafür kennen sie die aktuellen Aktienkurse, den Wert einer tüchtigen Sekretärin und lesen mit Akribie die politischen Beiträge im SPIEGEL. Reinhard gehörte nicht zu dieser Kategorie; durch Elternhaus und Ausbildung war er zupackende Betätigung gewohnt. Dafür war ihm wiederum unbekannt, was eine kompetente Sekretärin verdient. Ich beschloß an jenem verhängnisvollen Abend, meine Dienste als Schreibkraft in Zukunft zu verweigern.

In der schlaflosen Nacht nach unserem großen Krach stellte ich mir vor, wie Lara und Jost das Fehlen ihres Vaters beim Frühstück kommentieren würden. Außerdem mußte ich daran denken, daß Reinhard vor kurzem statt der geplanten Spülmaschine ein schwarzes Ledersofa fürs Büro gekauft hatte, weil in letzter Zeit häufig eine ganze Familie käme, so daß die Stühle nicht ausreichten. Ich konnte mir kaum vorstellen, daß unsere Kunden ihre Kinder zum Architekten mitnahmen. Sicherlich war das Sofa Teil eines langfristig geplanten Seitensprungs. Ich begann dieses Möbelstück zu hassen.

Gerade als ich am anderen Morgen ins Bad wollte, stellte sich Reinhard unrasiert und ungewaschen wieder ein. Wortlos räumte ich das Feld. Wie ein Gespenst nahm er am Frühstück teil und trank hinter der schützenden Zeitung ein Schlückchen Kaffee. Ich konnte ebensowenig essen wie er. Als die ahnungslosen Kinder das Haus verlassen hatten, blieb er sitzen. Ich erwartete einen Rundumschlag seinerseits und meine notgedrungene Forderung nach einer Scheidung.

Aber Reinhard wollte teils bedauert werden, teils sich rechtfertigen. Dieses scheue Mädchen habe ein so widersprüchliches und verwirrendes Verhalten an den Tag gelegt, daß er alles gründlich fehlinterpretiert habe. Man müsse als Mann doch davon ausgehen, daß eine moderne Frau, die abends bereitwillig mit ins verlassene Bürozimmer komme, eindeutige Absichten verfolge.

Und wer könne ahnen, daß eine Einundzwanzigjährige noch nie einen Freund gehabt habe, wo sie doch heutzutage alle schon mit fünfzehn...

Ich sagte kein Wort.

Er deutete es zwar nur an, aber ich hatte es geahnt: Imkes Gastspiel auf dem schwarzen Ledersofa war ein einziges Mißverständnis. Sie geriet in Panik, schrie sich die Lunge aus dem Hals und verschanzte sich auf der Toilette. Um ihre permanenten schrillen Hilferufe – bei geöffnetem Fenster – zu unterbinden, mußte Reinhard schließlich die Tür eintreten. »Wie soll ich das dem Schreiner erklären«, seufzte er. In vollkommen kopflosem Zustand habe Imke versucht, sich mit einer Rasierklinge die Pulsadern aufzuschneiden.

Ich wollte eigentlich nicht unterbrechen, fragte aber doch: »Woher hatte sie die Klinge?« Reinhard rasierte sich nämlich elektrisch.

Gülsun habe Ölfarbenspritzer, die vom Streichen der Fensterrahmen herrührten, von den Kacheln gekratzt und die Rasierklinge zur weiteren Verwendung auf der Fensterbank liegengelassen. Reinhard gab den Vorwurf, noch ehe ich ihn äußern konnte, sofort an mich zurück: »Wenn du dir die Mühe gemacht hättest, gelegentlich nach dem Rechten zu sehen, hätte sie keine geeignete Mordwaffe gefunden! Durchgeknallt wie sie war, hätte sie sich ja auf mich stürzen können, und dann wäre ich jetzt hinüber!«

Ich schüttelte den Kopf, denn das hielt ich für undenkbar. »Wohin hat man Imke gebracht?« fragte ich.

Die Verletzungen an den Handgelenken seien nicht gravierend gewesen, man habe sie aber trotzdem in die Chirurgie gefahren und hinterher in die geschlossene Abteilung einer psychiatrischen Anstalt. Nach Selbstmordversuchen sei das vorgeschrieben. Mitleidheischend spähte er zu mir herüber: »Es war ein einziger Alptraum für mich!«

Bei mir war kein Trost zu holen. Gerd Triebhaber, mein erster Freund, kam mir in den Sinn. Ich erinnerte mich an eine ähnliche Situation, in die ich durch mein freches Mundwerk und die Behauptung, ein vorurteilsfreier, routinierter Betthase zu sein, hineinschlitterte. Gerd war egoistisch und dumm genug, über mich herzufallen. Obwohl wir eine Zeitlang zusammenblieben, war diese Erfahrung verhängnisvoll.

Ich versuche stets, Bilder anzuschauen, die einen diskreten Bezug zu mir haben. Georg Flegels »Vorbereitung zur Mahlzeit« ist so recht dazu geeignet, Pläne für den Küchenzettel zu schmieden. Was könnte man nicht alles aus diesen ganz unterschiedlichen Nahrungsmitteln zubereiten! Im Vordergrund liegt auf einem Zinnteller der stattliche Kopf eines Karpfens neben einem leuchtend roten Krebs, zur damaligen Zeit die Grundlage für eine durchaus leckere Fastenspeise. Das angebissene trockene Brötchen zeugt von Askese, die vier überbackenen Eier in einem Tonpfännchen waren ebenfalls eher für den alltäglichen Tisch gedacht. Im Mittelpunkt prangt als Gegenpol das fettglänzende Fleisch, Sinnbild der Lust und Völlerei. Eine weiß-rosa Kalbskeule, roh und noch mit dem angewachsenen Schwanz versehen, war sicherlich für ein Fest geplant. Um das Fleisch gruppieren sich auf der gleichen irdenen Platte sowohl Früchte der feinen Art wie Zitrone, Orange, Trauben und Melonen als auch Gemüse der bodenständigen Sorte, nämlich Zwiebeln und Rettich.

Links im Bild steht der Wasserkrug, rechts ein Pokal mit Wein. Die eine Hälfte des Lebens besteht aus Verzicht und Leid, die andere aus Lust und Vergnügen, so scheint mir. Aber die Sinnenfreude wird bedroht – eine Meise pickt an der Melone, eine Fliege legt ihre Eier auf dem rohen Fleisch ab, ein Hirschkäfer überwindet die Barriere des Brotmessers, ein anderer Käfer nähert sich dem Fischteller. Und wofür war der mit Schnecken gefüllte Korb im Hintergrund gedacht?

Die Schnecke ist ein wunderliches Tier. In Augenblicken der Verletzung fühle ich mich ihr verwandt, ziehe meine

Fühler ein und sehne mich nach einem Versteck, nach völliger Zurückgezogenheit. Die Schnecke schottet sich ab, vergräbt sich, tarnt sich und wird doch von gierigen Menschen gefunden und verspeist. Schon lange bewundere ich ihre leeren Häuschen und kann nicht umhin, sie aus dem Garten ins Haus zu tragen, sorgfältig zu spülen und auf den Eichensprossen unserer Fenster auszustellen. Die Natur versteht es, Kunstwerke zu schaffen – Vogelnester, Spinnennetze und Muscheln gehören dazu –, die alles in den Schatten stellen, was ich mir an menschlichen Gestaltungsversuchen ausmalen kann. Reinhard wäre nie in der Lage, ein so schönes Haus wie das von Frau Schnecke zu entwerfen.

Es macht mir Spaß, mir anhand des Küchenstillebens ein festliches Menü auszudenken: die Schnecken in Knoblauchbutter als appetitanregende Vorspeise, eine Fischsuppe mit Krebsfleisch und einem Schuß Weißwein als Zwischengang. Schließlich den großen Braten in einer Kräuterkruste mit Zwiebelgemüse, Rettichsalat und frischem Brot. Zum Dessert ein fruchtiger Obstsalat aus Melonen, kandierter Zitronenschale, Trauben und Walnüssen, alles auf Orangensorbet angerichtet. Hätte Georg Flegel bereits die Tomate gekannt und gemalt, würde meine Fischsuppe feiner geraten; andererseits kommt mir, der neurotischen Milchhasserin, das Fehlen eines Sahnekännchens beim imaginären Kochen gerade recht. Doch wieso koche ich in Gedanken Schlemmermahlzeiten und für meine armen Kinder nur Nudeln und Pizza?

Meinen Schmerz über Reinhards Verhalten konnte ich leider nur durch eine wehleidige Miene zum Ausdruck bringen. Er wiederum war unfähig, das Ausmaß meiner Kränkung zu erkennen; immer noch glaubte er, daß meine Distanzierung auf unangemessener Eifersucht basiere. Dagegen konnte ich absolut nicht nachvollziehen, daß mein Mann, der Vater unserer Kinder, mit dem ich schon lange zusammenlebte, den ich zu lieben und zu kennen glaubte, die Psychose eines Mädchens ausnutzte.

Sollte ich mit meinen Freundinnen darüber sprechen? Mit Ellen, am Ende gar mit meiner Mutter? Ich brachte es nicht fertig; letzten Endes hielt ich es auch für eine Bankrotterklärung unserer Ehe, daß sich mein Mann an einer völlig naiven Träumerin vergriffen hatte.

Wir sprachen wenig miteinander, vor den Kinder verstellten wir uns, ohne daß es abgesprochen war. Die gemeinsamen Mahlzeiten fielen kurz aus. Ich verrichtete im großen und ganzen meine hausfraulichen Pflichten wie stets, bezog aber nur mein Bett und nicht seins, preßte nur den Kindern Orangensaft aus und nicht ihm und stopfte Reinhards Leibwäsche zusammen mit den Putztüchern und stark färbenden Lumpen in die Waschmaschine. Aber ich erledigte keinerlei Büroarbeiten mehr, denn die haßte ich am meisten.

Die gewonnene Zeit steckte ich voll und ganz in mein Familiengemälde. In kurzer Zeit nahmen Malte, Lara und Jost ihre endgültige Gestalt an. Leider fielen ihre Gesichtszüge ein wenig traurig aus. Die Kinder lagerten vorn auf dem Rasen, direkt im Anschluß sollten meine Großeltern auf Korbstühlen sitzen. In der dritten Reihe plante ich, Ellen und mich aufzustellen, neben uns meinen Vater mit seinen zwei Frauen. Mit plötzlichem Erstaunen bemerkte ich, daß ich gegen meine ursprüngliche Planung nicht bloß

Reinhards Familie, sondern auch ihn selbst weggelassen hatte.

Als mich Silvia besuchte, war ich beinahe versucht, mich bei ihr auszuweinen; schließlich war Treulosigkeit auch für sie ein rotes Tuch. Aber sie kam in der eindeutigen Absicht, sich ihrerseits zu erleichtern. Ihre Töchter Korinna und Nora hatten beschlossen, Veganerinnen zu werden.

»Wie bitte?« fragte ich, »was ist das überhaupt? Eine Sekte?«

Gegen Vegetarier habe sie als Pferdefreundin gar nichts einzuwenden, erklärte Silvia, aber die Veganer gingen in ihren Forderungen weit darüber hinaus: keine Lederschuhe, keine Wolle, keine Eier, weder Milch noch Honig – denn diese Produkte würden von den Tieren ja keineswegs freiwillig geliefert. »Mein edler neuer Sattel ist unauffindbar, sicher haben sie ihn bereits verscherbelt!«

Ich hielt die Sache für pubertären Terror und riet ihr, ihnen eine Woche lang nichts als Gerstengrütze, Pellkartoffeln ohne Soße und rohes Gemüse zu servieren. »Die werden schon mürbe«, sagte ich, »das hält nicht lange vor!«

Sicherlich habe sie sich zu wenig um ihre Kinder gekümmert, klagte sich Silvia an, im Unterbewußtsein wollten ihre Töchter wohl ihrem Pferd nacheifern und Hafer fressen, um von ihrer Mutter angenommen zu werden. Dann kramte sie aus einer Plastiktüte zwei Pullover für Lara heraus, die Korinna nicht mehr paßten. Reine Lambswool würde sie in Zukunft von sich weisen. Auch ich war bekümmert, weil ich für Lara nur noch Acryl- statt Wolljakken erhoffen konnte.

»Übrigens, Lucie will uns einladen«, sagte Silvia, »aber ich soll es dir noch nicht sagen, sie ruft dich heute nachmittag persönlich an.«

Ich zuckte zusammen. Erstens kränkte es mich, daß meine Freundin Lucie zuerst mit Silvia – die sie nur durch mich kannte – Kontakt aufgenommen hatte, zweitens fand ich es nicht erstrebenswert, daß die Gegeneinladungen so schnell aufeinander folgten. Es war noch nicht lange her, daß ich mich mit meinem mißratenen Tafelspitz blamiert hatte, und schon war Silvia zum Angriff übergegangen und hatte mir mit thailändischem Essen gezeigt, wie man es richtig macht. Und nun fühlte sich auch noch Lucie bemüßigt, uns beide zu übertreffen. Bei meiner derzeitigen angespannten ehelichen Situation war mir überhaupt nicht danach zumute, vor unseren Freunden das liebende Paar zu mimen.

»Mit meiner Katzenallergie wird das eine Tortur«, sagte ich gedehnt, »einen ganzen Abend stehe ich niemals durch.«

Tatsächlich rief Lucie noch am gleichen Tag an. Ich hatte mir überlegt, ihren Kater Orfeo als Grund für meine Absage anzugeben, aber sie überrumpelte mich. »Anne, wir werden draußen essen. Seit einer Woche haben wir eine neue Terrasse, rotbrauner Ziegelstein im Fischgrätmuster, das muß gefeiert werden! Ich weiß doch, daß du dich in kurzer Zeit in ein japsendes rotäugiges Monster verwandelst, wenn wir drinnen bleiben würden...«

Mir fiel so schnell keine Ausrede ein. Ganz matt behauptete ich, Reinhard habe etwas von einer anderen Einladung gesagt.

»Da irrst du dich«, sagte Lucie. »Zufällig habe ich vorhin

mit ihm gesprochen. Er ist mir in der Nördlichen Hauptstraße über den Weg gelaufen.«

Was hatte Reinhard dort zu suchen? Bestimmt keine Baustelle, dachte ich, das wüßte ich schließlich. Mir blieb nichts anderes übrig, als vorläufig zuzusagen und mir eine glaubwürdige Krankheit auszudenken.

Reinhard tat mitunter so, als wäre alles in bester Ordnung. »Lucie hat uns eingeladen«, sagte er beim Abendessen. »Ich habe sie unterwegs getroffen. Sie hat etwas von einer Überraschung für mich angedeutet!«

Das wurde ja immer besser. »Dann viel Vergnügen, aber ohne mich«, sagte ich kurz.

Die Kinder saßen bei uns, stritten um die gerechte Verteilung eines wiedergefundenen Schokoladenhasen und horchten überrascht auf, als sie meinen barschen Ton hörten. Wie auf Verabredung wechselten Reinhard und ich das Thema. »Ich glaube, dieses Jahr werden wir nicht viele Mirabellen ernten«, sagte ich, »sie fallen unreif herunter. Ob der Baum krank ist?«

Natürlich kam ich doch mit. Erstens war ich neugierig, welche Überraschung auf Reinhard wartete, zweitens wollte ich meinen Freundinnen keinen Grund zu Spekulationen geben. Ich erstand sogar im Ausverkauf ein seidenes Sommerkleid, das keineswegs sackartig geschnitten war. Der italienische Stoffdesigner hatte ein extravagantes Muster entworfen: Auf schwarzem Grund prangten, rote, rosa und gelbe Rosen, zarte Knospen wuchsen aus erbsgrünen Kelchblättern hervor. Durch einen Kugelschreiberfleck am Kragen war das teure Modell erschwinglich geworden. Ich versteckte den Fleck unter einer Brosche und kam mir sehr patent vor.

Wir mußten durch Lucies Haus gehen, um in den Garten zu gelangen. Kaum hatten wir den Flur betreten, als mir schon die Katze um die Beine strich; ich empfand es als schlechtes Omen.

Reinhard war noch nie hier gewesen, flüsterte ein heiseres »Guten Abend« und begutachtete sofort mit Kennermiene das Anwesen. Ganz in Gedanken pochte er an die eine und andere Mauer, um festzustellen, ob es tragende Wände seien. Früher hatte ich über solche kleinen Marotten gelacht, jetzt fand ich sein Benehmen unpassend. Ich ließ Gottfried und Lucie mit meinem klopfenden Mann im Flur stehen und stürzte auf die Terrasse. Meine Allergie kam mir gerade recht.

Eine wohltuende Minute lang blieb ich allein in der klaren Abendluft. Der große Tisch im Freien war bereits gedeckt: Zwei, vier, sechs, acht Personen zählte ich verwundert. Lucie hatte sich Mühe gegeben. Quer über das weiße Tischtuch rankten sich Wein und Efeu. Wie in einem Restaurant waren diverse Messer, Gabeln und Löffel um jeden Teller gruppiert.

Aber bevor ich noch alles inspiziert hatte, traten bereits die Gastgeber und Reinhard zu mir. Nicht wie ich, die heimlich Silber und Porzellan herumzudrehen pflegte, sondern in aller Öffentlichkeit untersuchte Reinhard die Pfosten der Pergola. »Alle Achtung, herzgetrenntes Holz!« meinte er anerkennend.

Lucie lachte. »Unser Orthopäde hat erzählt, daß er in

jedem menschlichen Rücken ein beginnendes Zervikobrachialsyndrom oder einen drohenden Bandscheibenvorfall wittert. Unser Reinhard kann anscheinend kein Haus betrachten, ohne...«

Ich fiel ihr ins Wort: »Man kann mit ihm keine Viertelstunde durch die eigene oder eine fremde Stadt laufen, ohne daß er nach Bauschäden Ausschau hält. Hat er dann eine herunterhängende Dachrinne entdeckt, erfüllt ihn tiefe Genugtuung. Und wenn man eine malerische Altstadt besichtigen will, dann zieht es ihn unweigerlich in häßliche Vororte. Dort schaut er sich stundenlang die scheußlichen Betonkästen an, die seine ausländischen Kollegen verbrochen haben.«

Bis auf Reinhard lachten alle. »Man muß doch wissen, was die Konkurrenz so macht«, sagte er. »Anne hat leider überhaupt keinen Sinn dafür, daß für mich auch der soziale Wohnungsbau hochinteressant sein kann.«

Der harmoniesüchtige Gottfried beschwichtigte Reinhard, der sich in seiner Berufsehre gekränkt fühlte. »Deine Frau übertreibt wie alle Frauen. Wir wissen schließlich, wie sehr du dich für altes Fachwerk begeistern kannst. Wenn man sich euer hinreißendes Häuschen anschaut, dann sieht man gleich, daß du ein eingefleischter Romantiker bist.«

Inzwischen waren Silvia und Udo eingetroffen, das Thema wurde gewechselt, Küßchen wurden ausgetauscht. »Einfach zauberhaft, eure Terrasse!« rief Silvia und ließ ihren Rechnerblick über die acht Stühle huschen, »und wer ist das vierte Paar?«

»Sei nicht so neugierig«, sagte Lucie, »ihr müßt noch ein bißchen abwarten…«

Aha, die bis jetzt fehlenden Gäste waren die angekündigte Überraschung. Wahrscheinlich waren es Leute, die Reinhard kannte: alte Freunde, Klassenkameraden, Verwandte oder sein ehemaliger Chef.

Wir standen noch mit dem Sektglas im Garten herum, als es ein weiteres Mal klingelte. Gespannt drehten sich alle in Richtung Terrassentür. Gottfried führte ein lachendes Paar ins Freie. Es handelte sich um zwei Frauen.

Natürlich beobachtete ich ausschließlich meinen Mann. Kurzfristig schien er zwischen Schreck und Begeisterung zu schwanken, entschied sich dann aber für aufrichtige Freude.

Mit dem Ruf: »Das kann doch nur unser alter Holzwurm sein!« stürzte sich erst die eine, danach die andere in seine Arme.

Reinhard preßte sie an sich, piepste und küßte, und niemand verstand so richtig die Zusammenhänge. Lucie grinste über die allgemeine Verwirrung.

Nach und nach erfuhren wir, daß die beiden Frauen gemeinsam mit Reinhard studiert hatten. Die eine hieß Birgit, die andere Mia. Wir setzten uns schließlich zu Tisch, der stolze Reinhard zwischen die etwa vierzigjährigen Frauen. Ich bekam einen strategisch günstigen Platz ihnen gegenüber; meine Nachbarn, der liebenswürdige Gottfried und der eifrig um mich bemühte Udo, interessierten mich weitaus weniger.

Ob Reinhard es mit beiden oder zumindest einer von ihnen getrieben hatte, das war die Kardinalfrage. Birgit war die Hübschere und Stillere. Gekleidet war sie als bayerischer Winnetou, was sie durch einen blau-weiß gewürfelten Trachtenrock und eine fransige Lederjacke mit türkisen Glasperlen erreichte.

Mia war temperamentvoller und gefiel mir eigentlich besser. Sie hatte sich einen Zimmermannsanzug aus schwarzem Breitcord zugelegt, den sie wie einen Smoking mit einem schneeweißen plissierten Hemd kombinierte. Am Revers prangte eine rosa Nelke. Waren die beiden unverheiratet und auf Männerjagd oder lesbisch? Oder machten sie einen Betriebsausflug, und irgendwo in der Provinz warteten Mann und Kinder? Mit Reinhard sprachen sie von alten und anscheinend lustigen Zeiten. »Was macht eigentlich der Willi?« und ähnlichen Fragen widmeten sie sich ausgiebig.

Wenn mich meine Tischnachbarn ansprachen, vergaß ich fast alle Höflichkeit, so sehr war ich mit intensivem Lauschen beschäftigt.

»Schnarchst du eigentlich immer noch so grauenhaft?« fragte Mia, um gleich darauf zu erläutern, daß sie vor langer Zeit mit etwa zwanzig Freunden eine gemeinsame Nacht in einer Skihütte verbrachte hätten, wo Reinhard als Ruhestörer entlarvt wurde.

Sofort griff Lucie dieses Thema auf und behauptete, schlimmere Töne als ihr harmlos wirkender Gottfried könne Reinhard nicht ausgestoßen haben, selbst wenn er wie ein Hirsch geröhrt habe.

Da war Silvia nicht mehr zu halten. Udo schnarche zwar nie, aber fast wäre ihr das lieber als sein hündisches Schlürfen. Ob er schlafwandele? fragte man interessiert. Nein,

Udo greife nachts zur Flasche, er kippe jede Menge Grapefruitsaft hinunter. Er mache zwar kein Licht an, aber das Gluckern schrecke sie aus dem Schlaf.

Kurzfristig waren alle Männer unserer Tafelrunde verstimmt, dann wurde das Thema gewechselt.

## 9

## *Pfeifkonzert*

Musikinstrumente aus der Zeit um 1600 kommen den heutigen bereits sehr nahe, wie auf einem Gemälde von Cecco del Caravaggio zu sehen ist. Ein anmutiger Musikant bereitet sich auf ein Konzert vor, packt seine Instrumente aus und nimmt vielleicht kleinere Reparaturen vor. Jedenfalls sitzt der Musiker auf einem lederbespannten Stuhl und hat auf einem massiven Ausziehtisch Saiten-, Blas- und Schlaginstrumente vor sich ausgebreitet. Man erkennt die Teile eines zerlegten Dudelsacks, eine unvollständige Geige ohne Saiten, zusammengerollte Papiere – wohl Notenblätter – und eine bauchige Trinkflasche, die der Künstler auf Reisen mit sich führte.

In seiner zartgliedrigen rechten Hand schwingt er ein unbespanntes Tamburin mit am Rand befestigten Glöckchen, in der linken Faust hält er einen kleinen, nicht sichtbaren Gegenstand, vielleicht eine Schelle. Zwischen den gespitzten Lippen erkennt man ein geheimnisvolles rundes Ding, eine winzige Pfeife oder eine »Nachtigall«, wie sie heute noch auf der Kirmes feilgeboten werden. Staunende Kinder hören das Zwitschern eines Vogels aus menschlichem Mund.

Aber der Jüngling gehört nicht zur abgerissenen Zunft der Bettelmusikanten, seine Kleidung ist höfisch, sein feines, nachdenkliches Gesicht wirkt gedankenverloren. Die

Farben seiner Kleidung sind sorgfältig abgestimmt: Eine große schneeweiße Reiherfeder steckt am roten Barett, das Weiß wird an Halskrause und Hemd wieder aufgegriffen, das Rot wiederholt sich im Jackenfutter, das fast kokett herausblitzt. Die zünftige Lederweste korrespondiert wiederum mit dem Holz der Instrumente, mit Tisch und Stuhl.

Der an Jahren junge Mann hat bereits viel von der Welt gesehen, seine Augen blicken wissend und ein wenig melancholisch drein. Er hat sowohl Erfolg als auch herbe Kritik erfahren, vielleicht wurden seine Konzerte gelegentlich durch Buh-Rufe unterbrochen, weil das Publikum keine getragenen Weisen, sondern lieber etwas Temperamentvolles hören wollte. Inzwischen ist er auch auf Pfeifkonzerte vorbereitet und reagiert selbst auf derbe Wünsche der Zuhörerschaft mit Gelassenheit.

Ein wenig schäme ich mich, wenn ich an das Pfeifkonzert denke, mit dem ich höchstpersönlich für die Erniedrigung meines Mannes sorgte.

Auf jener Einladung meiner Freundin Lucie spitzte ich angestrengt die Ohren, um gleichzeitig mehrere Unterhaltungen mitzubekommen. Da diskutierten auf der einen Tischseite Silvia und Gottfried darüber, ob eine muslimische Frau allein durch das Tragen eines Kopftuchs ihre Identität verliere, da sprachen Lucie und Udo voller Bestürzung über eine bisher liebevolle Mutter, die kürzlich ihre beiden Kinder mit einer Windel erdrosselt hatte, und mir gegenüber saß mein Mann zwischen seinen Freundinnen und konnte ihnen nicht genug Komplimente machen.

Als Lucie in die Küche ging, um das warmgestellte Hauptgericht aufzutragen, sprang ich rasch auf, um meine Hilfe anzubieten. Ich wollte unbedingt erfahren, wo meine Freundin diese Frauen kennengelernt hatte. Lucie war, da sie sich mitten in der Endphase ihres kulinarischen Werkes befand, nicht besonders mitteilsam. Angespannt testete sie mit einem Holzstäbchen die Zartheit der gebratenen Wachteln und nickte beifällig.

»Prima«, sagte sie zufrieden.

Ich warf einen Blick auf die mit Speck umwickelten Vögelchen, die auf frischem Blattspinat ruhten.

Lucie verstreute orangefarbene Kapuzinerblüten über dem Kunstwerk.

Ein Totenbett, dachte ich.

»Wo hast du diese Frauen aufgegabelt?« fragte ich. »Die sind doch sicher nicht von hier...«

Lucie schob die Platte mit den Wachteln in den noch warmen Ofen und begann, den Kartoffelbrei aufzuschlagen. »Birgit wohnt seit ein paar Monaten hier in Weinheim. Ihr Mann ist ständig auf Geschäftsreisen, ihre Tochter studiert in Kanada. In der unfreiwilligen Einsamkeit kam ihr die Erinnerung, daß sie in ihrer Jugend mit Leidenschaft im Schulchor gesungen hat. Wohl um neue Leute kennenzulernen, ist sie in Gottfrieds Chor eingetreten. Zufällig hat er neulich erfahren, daß sie vor hundert Jahren gemeinsam mit Reinhard studiert hat.«

»Und die andere?« fragte ich.

Lucie drückte mir eine Schüssel mit Salat in die Hand. »Trag schon mal auf«, befahl sie, »ich komme nach.«

Ich blieb jedoch wie angewurzelt stehen.

»Also gut«, sagte Lucie etwas ungeduldig und riß sich die Küchenschürze herunter. »Mia ist Birgits Freundin und gerade zu Besuch hier. Was blieb uns anderes übrig, als beide einzuladen, zumal Birgits Mann schon wieder in China herumreist.«

»Ist Mia verheiratet?«

»Weiß nicht genau, wohl eher geschieden.«

Gemeinsam betraten wir, mit Schüsseln und Platten beladen, die Terrasse und servierten. Wahrscheinlich war das Essen köstlich, denn es wurde von allen Seiten über den grünen Klee gelobt.

Als das Geplauder etwas erlahmte, weil alle mit Kauen und Schlucken beschäftigt waren, richtete ich erstmals das Wort an die beiden Unbekannten. »Seid ihr selbständige Architektinnen oder arbeitet ihr in einer Firma?« fragte ich.

Alle Anwesenden schauten neugierig von ihrem Teller hoch.

Mia antwortete zuerst: »Ich habe auf Innenarchitektin umgesattelt, das hat mir seinerzeit mehr Spaß gemacht. Als Frau kann man besser...«

Sie wurde von Birgit unterbrochen: »Und ich war blöd genug, das Studium abzubrechen, als ich schwanger wurde. Na ja, mit einem Mann, der keine Zeit zum Babysitten hat, war es auch unmöglich. Ich hätte besser erst Examen machen und dann Mutter werden sollen.«

Lucie hakte streng nach: »Aber eure Tochter ist doch jetzt erwachsen, da könntest du...«

Birgit schüttelte den Kopf. »Noch mal mit dem Studium anfangen, das schaffe ich nicht. Aber einen kleinen interessanten Job, nicht unbedingt, um die große Kohle zu machen, sondern aus Liebhaberei – das könnte ich mir gut vorstellen.«

Hat die eine Ahnung, dachte ich. Vermutlich verdient ihr Mann einen Haufen Geld, und sie hat es nie nötig gehabt, sich nach einem Nebenerwerb umzusehen. Und jetzt bildet sie sich ein, interessante Jobs zur Selbstverwirklichung würden ihr nur so nachgeschmissen...

Man aß weiter, man trank reichlich, ich lauschte verbissen rechts und links, ohne nennenswerte Gesprächsanteile beizusteuern. Lucie mußte mehrmals nach der kleinen Eva schauen, die leichtes Fieber hatte. Die Innenarchitektin Mia, die einen Laden für Schickimicki-Möbel zu besitzen schien, machte sich für geschmiedete Eisenstühle stark, deren Sitzflächen aus rohen Ästen bestanden. »Ein einmaliges Gefühl, direkt auf Rinde zu thronen.«

Reinhard staunte. Mia erzählte mit viel Witz, wie sie ihrer Kundschaft noch andere Unbequemlichkeiten andrehte.

Birgit sprach auf den neben mir sitzenden Gottfried ein und erbat mit gedämpfter Stimme Informationen über andere Chormitglieder, über das Programm zurückliegender Konzerte und über das Liebesleben des Kassenwarts. »Die Lieder aus dem blauen Buch machen mir keine großen Probleme«, behauptete sie, »aber ich zittere vor dem Herbstkonzert! Vielleicht brauche ich dann ein paar Nachhilfestunden von dir.«

Bevor wir anderen wußten, wie uns geschah, sangen die beiden ein anmutiges Liedlein auf französisch im Duett: »Belle, qui tiens ma vie«. Artig wurde geklatscht, was sie leider zu einer Fortsetzung animierte. Schließlich artete das

Programm in ein regelrechtes Wunschkonzert aus. Silvia verlangte: »Wie schön leuchtet der Morgenstern« und sang dabei kräftig mit, es folgten diverse Kanons, an denen sich fast alle beteiligten. Selbst der Kater Orfeo saß lauschend im Gebüsch, wo ihn seine phosphoreszierenden Augen verrieten. Lucies mahnender Appell, daß wir im Freien tafelten und die Nachbarn vielleicht schlafen wollten, wurde übertönt. Schließlich meldete sich Reinhard mit dem Vorschlag, einen Evergreen aus seiner Studentenzeit zu singen: »Memories of Heidelberg«.

Die geschulten Chorsänger mußten passen; geeicht auf Renaissance-Madrigale, war ihnen ein derart triviales Stück fremd. »Wie geht'n das?« fragte Gottfried.

Reinhard stand auf – mein Gott, im Gegensatz zu mir vertrug er nur wenig Alkohol – und sang solo mit seiner unbeschreiblichen Fistelstimme, noch dazu ganz falsch und in ziemlich schwäbischem Englisch. Alle schienen seine Darbietung als peinlich zu empfinden, mir platzte schier der Kragen. Und aus diesem Impuls heraus fing ich, die ich mich als einzige die ganze Zeit ziemlich still verhalten hatte, als erste an zu pfeifen. Udo konnte es sogar auf zwei Fingern, Silvia schrie »Buh«, Mia stieß gellende Unmutstöne aus, Birgit hielt sich die Ohren zu. Nur das Gastgeberpaar versuchte durch sachte Einsprüche dem Pfeifkonzert Einhalt zu gebieten.

Reinhard ging hinein. Erst nach einiger Zeit fiel uns auf, daß er sich nicht auf die Toilette, sondern nach Hause geflüchtet hatte.

Lucie war die Sache äußerst peinlich. »Meinst du, er ist beleidigt?« fragte sie mich.

»Das ist klar wie dicke Tinte«, sagte ich, »aber du kannst nichts dafür. Geschieht ihm recht, wenn er sich so aufspielt.«

Als mich Gottfried eine knappe Stunde später heimbrachte, weil mein Mann unser Auto mitgenommen hatte, lag Reinhard im Bett und schnarchte.

Am folgenden Morgen fiel kein Wort mehr über unsere unrühmlichen Rollen in Lucies Boulevardstück. Kaum war Reinhard aus dem Haus und ich widmete mich endlich wieder meiner geliebten Hinterglasmalerei, da klingelte es.

Vor der Haustür stand Birgit. »Mein Mann ist nicht zu Hause«, sagte ich unfreundlich, ließ sie herein und bot ihr keinen Kaffee an; der Küchentisch war mit Pinseln, Farben und einem schmierigen Backblech besetzt, ich steckte in meinem vollgekleckerten Malkittel. Birgit trug diesmal einen seidenen Blazer und sportliche Hosen, sicher oberste Preisklasse. Ich roch zartes Maiglöckchenparfum. Was wollte sie?

Ganz unbefangen bat sie mich, Reinhard im Büro anzurufen und ihm ihre Anwesenheit mitzuteilen, denn sie habe nicht viel Zeit.

Ich gehorchte.

Er fragte – zu seiner Verteidigung sei es gesagt – im Tonfall leichten Erstaunens: »Was will sie denn?«

Ich wußte es nicht.

Als Reinhard zwanzig Minuten später eintraf, begrüßte sie ihn mit Küßchen und Umarmung, was er sich steif, aber nicht ablehnend gefallen ließ.

Birgit zog ein Geschenkpäckchen aus der dunkelroten

Handtasche aus Boxcalfleder. »Für euch beide«, sagte sie und reichte es Reinhard, der eine große Glaskugel aus lila Seidenpapier auswickelte.

Sie gefiel mir.

»Wie hübsch«, sagte mein Mann, »die macht sich gut als Briefbeschwerer auf meinem Büroschreibtisch.«

Schließlich kam Birgit zur Sache. Reinhard habe ihr erzählt, daß er dringend eine Sekretärin brauche, sie habe Interesse an diesem Job.

»Nun ja«, sagte er, »Annerose hat mit den Kindern so viel zu tun, daß ich ihr den Schreibkram nicht mehr zumuten kann. Aber Birgit, ist das tatsächlich dein Ernst? Für diese Arbeit bist du doch überqualifiziert!«

Sie lachte. »O nein! Ganz im Gegenteil, ich verstehe von Architektur rein gar nichts mehr, von Büroarbeit eigentlich auch nicht viel. Aber ich komme mir immer wie eine Drohne vor, weil ich nicht wenigstens mein Taschengeld selbst verdiene. Alle meine Freundinnen sind berufstätig.«

»Wir können es ja probeweise versuchen«, sagte Reinhard, nicht ganz überzeugt. Wahrscheinlich dachte er einerseits an die unerledigte Korrespondenz, die sich angesammelt hatte, andererseits an unseren knappen Etat. Letzten Endes hätte er es lieber gesehen, wenn ich mich erneut zum Tippen bereit erklärt hätte.

Aber Birgit fragte gar nicht, was er zu zahlen gedachte, sondern bloß: »Wann soll ich anfangen?«

»Morgen«, antwortete Reinhard und stand auf.

Sie zögerte noch. »Ich soll von Mia einen Gruß an ihren Holzwurm ausrichten. Und wenn du etwas für sie fändest, das wäre einfach Klasse!«

Ich war neugierig genug, um plump »Wie, wo, was?« zu fragen.

Mia suche für ihren Laden antikes Baumaterial; bei Abbruchhäusern habe Reinhard doch sicher die Möglichkeit, etwas Außergewöhnliches zu requirieren.

Er nickte stolz und wies auf die vielen Eichenbohlen, die unser Haus erdrückten.

»Ja, Holz käme auch in Frage«, sagte Birgit und ließ einen kritischen Blick über unsere Bauernstube gleiten, »aber Mia denkt eher an Messingbeschläge, Schmiedegitter, Kamine, Türklinken, Natursteinsäulen, sogar Pflastersteine und Viehtränken für den Garten.«

Reinhard versprach, die Augen offenzuhalten.

Von vornherein hatte ich ein ungutes Gefühl. Zwar lehnte ich die ungeliebte Büroarbeit ab, die mir kaum Zeit für meine kreativen Pläne ließ, es gefiel mir indessen gar nicht, daß diese Birgit in Zukunft eng mit Reinhard zusammenarbeiten würde. Schließlich mußte sie ihn dauernd entweder im Büro oder hier zu Hause aufsuchen, um sich diktierte Kassetten zu holen und fertig geschriebene Sachen abzuliefern. Schon sah ich die beiden vor meinem geistigen Auge auf dem neuen Ledersofa turteln.

Als Birgit fort war, bekam ich, wahrscheinlich von ihrem Maiglöckchenparfum, einen allergischen Niesanfall. Reinhard meinte: »Ich dachte, du freust dich, daß dir das leidige Tippen jetzt abgenommen wird. Aber du machst ein Gesicht wie drei Tage Regenwetter.«

Ich konnte mich nicht beherrschen: »Merkst du eigentlich nicht, daß es diese verwöhnte Kapitalistengattin auf dich abgesehen hat? Der Mann auf Reisen, die Tochter in Kanada! Sie ist allein zu Hause und langweilt sich in ihrem Bett. In Gottfrieds Chor hat es wohl nicht gleich mit einem Liebhaber geklappt, jetzt versucht sie es über einen Job.«

»Du blede Schnall!« sagte Reinhard.

Lucie rief mich an, besorgt, wie es uns beiden gehe. Ich war ein wenig verlegen, da ich mich für den Mißton auf ihrem schönen Sommerfest verantwortlich fühlte. Fast war ich in der richtigen Stimmung, um ihr von der durch Imke ausgelösten Ehekrise zu berichten. Ich fragte aber nur: »Lucie, bin ich krankhaft eifersüchtig?«

Sie lachte. Das Wort »krankhaft« in Verbindung mit Eifersucht sei eine männliche Erfindung, sagte sie. Der gesunde weibliche Instinkt, der schon im Vorfeld eines Ehebruchs gewisse Zeichen richtig deute, werde durch diese abwertende Bezeichnung als pathologisch hingestellt. In einer früheren Beziehung habe sie folgendes erlebt: Wenn ihr Verflossener (sie sagte »Kindsvater«) mit einer gewissen Frau sprach, bemerkte sie eine Veränderung in seiner Stimme, beim Anblick der Betreffenden ein Glitzern in seinen Augen und ein gesteigertes Interesse, wenn von ihr die Rede war. Lucie habe alles viel eher als er selbst geahnt. »Man kennt schließlich seine Pappenheimer«, schloß sie ihren Bericht.

»Ach Lucie«, seufzte ich, »du warst weise genug, um dich beizeiten von Moritz' Vater zu trennen. Aber wie soll ich mich verhalten? Reinhard sozusagen vorwarnen? Oder mache ich ihn dadurch auf seine unbewußten Begierden erst aufmerksam und wecke seinen Trotz?«

Lucie lachte. »Wenn du auf die kleine Birgit von neulich anspielst, dann mußt du dir keine Sorgen machen. Das ist doch ein total unemanzipierter Tuschkasten, tut den Mund kaum auf und hat wenig Grütze im Kopf, ganz unter unserem Niveau.«

Stille Wasser seien tief, meinte ich, und zur Ehebruch-Tauglichkeit brauche eine Frau keine Grütze, sondern einen vollen Busen und eine doppelte Portion Östrogen.

Lucie gab mir recht, meinte aber abschließend: »Nimm es doch mit Humor.«

Ich beschloß, die neue Sekretärin nicht allzu ernst zu nehmen, jedoch eine gewisse Wachsamkeit walten zu lassen. Reinhard versuchte im übrigen, das Klima im Haus etwas aufzuwärmen. Er kam früher nach Hause, unterhielt sich freundlich mit den Kindern und lobte das Essen. Ich grübelte, ob er sich aus einem latent schlechten Gewissen heraus einschmeicheln wollte, während er insgeheim den Ehebruch schon plante, oder ob ich die Unausstehliche war, die hinter allem und jedem Verrat witterte. War ich eine derart mißtrauische Person geworden, weil ich in jungen Jahren – noch bevor ich Reinhard kennenlernte – es selbst mit der Treue nicht so genau genommen hatte? Hatte mich meine Mutter mit ihrem besitzergreifenden Symbiose-Anspruch verdorben? War mein Verhalten eine Folge meiner pubertären Nächte im »kranken Bett«?

Ich träumte schlecht: Reinhard betrog mich mit Birgit, ich erwischte die beiden in zweideutigen Situationen. Im Schlaf weinte ich, wollte mich selbst oder wenigstens das ehebrecherische Paar umbringen. Aber stets sagte man mir, ich sei neurotisch und ein Seitensprung habe heutzutage überhaupt keinen besonderen Stellenwert mehr. Wer anders darüber denke, sei altmodisch.

Nach einer schlechten Nacht rief ich meine alte, aber mir wohlgesonnene Schwester an.

»Wie geht's euch denn?« fragte sie ungezwungen, ohne mit meinem Schwall wirrer Tag- und Nachtphantasien zu rechnen.

»Ellen, glaubst du an sogenannte negative Prophezeiungen? Kann ich einen Ehebruch dadurch provozieren, daß ich ihn geradezu erwarte?«

»Vielleicht sollte sich ein Psychologe deines Problems annehmen«, riet meine Schwester, »du bedarfst dringend fachlicher Hilfe.« Ich erstarrte. Zweimal der Genitiv in einem Satz, das hatte sie von unserem gemeinsamen Vater. Außerdem glaubte auch sie, ich sei nicht richtig im Kopf.

Fünf Minuten später rief Ellen noch einmal an. Sie hatte nachgedacht, aber ihre Worte waren kein Balsam für meine Seele. Freunde von ihr lebten in einer »offenen Ehe«, berichtete sie, beide hätten die volle Freiheit für eine außereheliche Beziehung, und es funktioniere ausgezeichnet.

Verstand mich denn niemand? Ich wollte meinen Mann für mich allein. Sollte ich mich an Silvia wenden, die wegen Udo sicher schon einiges durchgemacht hatte? Eine gewisse Scham hielt mich davon ab; meine Freundin sollte weiterhin glauben, daß ich zwar weniger Geld, aber mehr Sex als sie auf meinem Konto zu verbuchen hätte.

Bereits nach zwei Jahren Ehe hatte mich Reinhard, wie

ich glaubte, schon einmal hintergangen. Im Verbandskasten seines Autos fand ich Präservative, die ich abzählte. Nach zwei Wochen fehlte eines. Die uralte Frage quälte mich: Was hatte seine Geliebte, was ich nicht hatte? Als ich ihn zur Rede stellte, entschuldigte sich Reinhard damit, daß es ein einmaliger Ausrutscher gewesen sei. Silvia hatte mir erzählt, daß Udo seine Herzrhythmusstörungen als Begründung für seine Techtelmechtel anführte. Er müsse das Leben genießen, solange es ihm möglich sei. Auch bei Reinhard mutmaßte ich immer wieder, daß er zwecks Abbau seiner Komplexe fremdgehen könnte, aber ich konnte nie mehr einen Beweis entdecken. War Reinhard besonders attraktiv für Frauen? Wahrscheinlich projizierte ich eine übermächtige Sexualität in ihn hinein, um meine eigene stärker zu empfinden.

Beim Abendessen fragte ich mit unverfänglicher Anteilnahme: »Hat Birgit ihre Sache gut gemacht?«

Reinhard wußte es nicht; sie habe die Kassetten mit nach Hause genommen und noch nicht zurückgegeben. »Es wäre sicher nicht verkehrt, wenn du ihre Arbeit anfangs durchsiehst«, schlug er vor. »Ich bin es gewohnt, alles blindlings zu unterschreiben.«

Die Glaskugel hatte Reinhard übrigens ganz vergessen, sie lag noch immer am Fenster. Als ich sie eines Morgens hochnahm, um mit dem Staubtuch darüberzuwischen, entdeckte ich einen kleinen Brandfleck auf dem hölzernen Fensterbrett. Hatten die Kinder gekokelt? Mittags versäumte ich es, sie zu fragen. Aber als ich das Geschirr abräumte, traf mich ein böses Funkeln von der Fensterbank, als wolle mir die Glaskugel etwas sagen; die hochstehende Sonne schien direkt auf das glatte runde Kristall. Mit zusammengekniffenen Augen peilte ich die Kugel an und sah ein hauchdünnes Rauchfähnchen aufsteigen.

## 10

# *Vorsicht Glas*

Briefbeschwerer aus Venedig und Karlsbad waren bereits vor hundert Jahren als Andenken oder Mitbringsel beliebt. Die geheimnisvollen Paperweights aus kunstvoll geschliffenem Glas, die in ihrer Mitte oft eine bunte Blüte oder eine andere Überraschung bergen, liegen angenehm schwer und kühl in der Hand. Das vom Lesen und Schreiben ermattete Auge gleitet beglückt über den kleinen funkelnden Luxus. Für Kinder, die sich an solchen Dingen ebenfalls erfreuen können, gibt es die preiswerten »Schneekugeln«; durch heftiges Schütteln wird eine Landschaft oder Figur von einem Schneegestöber heimgesucht. Als kleines Mädchen besaß ich einen solchen Schatz. Meine Wißbegierde siegte über alle Bedenken: Ich habe meine Kugel bewußt zerschmettert, um mitten im Sommer rieselnde Schneeflocken zu gewinnen. Die Enttäuschung über das wäßrige Seifenpulver war schmerzlich.

Die gläserne Kugel, die uns Birgit mitgebracht hatte, war ein modischer Artikel und stammte wahrscheinlich aus Mias Laden. War allgemein bekannt, daß solche Kugeln als Brennglas wirken konnten, wenn sie nur das Sonnenlicht im richtigen Winkel brachen? Nicht ungefährlich, dachte ich, und stellte das Kristall auf den Küchentisch, wo kein zündelnder Strahl einfallen konnte. Dort sprang sie aber

Reinhard in die Augen, und er nahm sie anderntags mit ins Büro.

Auf dem Vanitas-Gemälde eines unbekannten Meisters aus der Werkstatt von Pieter Claesz findet sich außer den üblichen Symbolen der Vergänglichkeit auch eine Glaskugel.

Im trüben, graugrünen Dämmerlicht erscheint vor allem der Totenkopf in der rechten Ecke als drohendes Menetekel: Sieh, o Mensch, was du in Kürze sein wirst – ein nackter Schädel ist das einzige, was von dir bleibt. Als ob der Totenkopf allein nicht ausreichte, gemahnt ein großer Röhrenknochen ans unausweichliche Ende. Ein golden schimmernder Prunkpokal ist umgestürzt, ein Glas geleert, die Gänsefeder hat den Schlußstrich gezogen. Am unteren Bildrand verweisen indes drei unterschiedliche Muscheln, Symbol des Heiligen Grabes, auf die Auferstehung und das ewige Leben. Was aber sagt uns die Glaskugel, die auf olivgrünem Tuch dem Totenschädel gegenüber ruht? Nicht nur der reich verzierte Stiel des Pokals, auch die Doppelflügel eines kleinen Fensters spiegeln sich in ihrer glatten Rundung, bei längerem scharfen Hinsehen erkennt man schließlich eine Staffelei mit einer schemenhaften Figur davor: niemand anderes als der Künstler selbst. In einer Zeit, wo das Signieren mit vollem Namen keineswegs selbstverständlich war (häufig nur ein rätselhaftes Monogramm), erscheint einleuchtend, daß der Schöpfer eines Gemäldes durch einen Fingerzeig auf seine Urheberschaft hinwies. Meine künftigen Bilder werde auch ich mit einer kleinen Heckenrose kennzeichnen.

Ich nehme an, daß ein Maler des niederländischen Barock

alle Mittel einsetzen mußte, um etwas Licht in die dunklen Stuben zu bringen. Die Glaskugel wurde sicher nicht bloß vom Schuster, der ja stets in einem dunklen Kellerloch hockte, sondern auch von anderen Handwerkern verwendet. Als Maler konnte man die vergrößernde Wirkung und die Lichtbündelung mit der ästhetischen Freude an einem vollendet schönen Gegenstand verbinden. Und die Zerbrechlichkeit des Glases war ein zusätzlicher Hinweis auf die zeitliche Begrenztheit allen Seins, auf die Vergänglichkeit von Liebe und Glück.

In meinem persönlichen Auf und Ab kam endlich wieder das lang erwartete Hoch, das sich jedoch nur als kurzes Zwischenhoch entpuppte. Seit dem Vorfall mit Imke hatten Reinhard und ich nicht mehr miteinander geschlafen, nun rutschte er in einer heißen Nacht unerwartet und stürmisch in meine Betthälfte herüber. Ich kam nicht dazu, lange zu überlegen, ob ich ihm damit eine endgültige Verzeihung gewährte, denn ich empfand bei seiner Überrumpelung starke Erregung.

Am nächsten Morgen hatte er bereits vor mir die Zeitung aus dem Briefkasten geholt, Kaffeewasser aufgesetzt und eine zarte Knospe aus dem Garten gepflückt. Mit dem nicht ganz neuen Spruch »Eine Rose für Annerose« wurde sie mir überreicht. Sekundenlang bildete ich mir ein, das sei der Anfang neuen Glücks.

Am gleichen Tag brachte Reinhard abends die zur Unterschrift vorgelegten Schriftsätze mit. Ich war darauf gefaßt, alles noch einmal abtippen zu müssen. Aber Birgit hatte vorzügliche Arbeit geleistet, wobei sie natürlich den PC ihres Mannes benutzte und nicht – wie ich – eine altmodische Schreibmaschine mit Karbonband. »Neue Besen kehren gut«, mußte ich zugeben. »Was zahlst du ihr denn dafür?«

Reinhard wußte es nicht, sie hatten sich bisher um diesen Punkt gedrückt.

Als das Telefon klingelte, war es Silvia, die euphorisch »Good news!« kreischte. »Wir können im Herbst mit dem Bau beginnen!«

Wieso, sie hatten doch schon längst ein Haus?

Nein, es handele sich endlich, endlich! um die neue Reithalle. Reinhard solle Tattersall und Klubhaus entwerfen, alles von feinster Qualität.

Ich rief ihn herbei.

Reinhard war geradezu beglückt. »Das ist eine Herausforderung!« meinte er. »Etwas Derartiges habe ich noch nie gebaut. Und die Auftraggeber besitzen Geld genug, damit es eine solide Sache wird.«

Er verabredete sich mit Silvia und dem Vorstand des Reitvereins zu einem Lokaltermin. »Darf Anne auch mitkommen?« fragte er.

Ich machte ein ablehnendes Zeichen, da Pferdeställe und Allergien schlecht zueinander passen.

Schließlich holte Reinhard eine Flasche Wein aus dem Keller – sonst bevorzugte er Bier – und trug sie in den Garten, wo ich an diesem sommerlichen Abend den Tisch gedeckt hatte. Er stieß mit mir und den Kindern an. »Auf das Ende der Fehde«, sagte er.

»Welche Feder?« fragte Jost.

Ich hatte das Gefühl eines großen Mißverständnisses, war

aber angesichts neugieriger Kinderohren unfähig zu einer entsprechenden Formulierung. Durch einen spitzen Schrei von Lara wurde das Thema ohnehin gewechselt: Eine Wespe zappelte in ihrem Apfelsaftglas.

»Gehst du heute nicht zum Tennis?« fragte ich. Reinhard hätte es beinahe vergessen und fand es ausgesprochen aufmerksam von mir, ihn daran zu erinnern.

»Dr. Kohlhammer wäre sicher beleidigt, wenn er vergeblich warten müßte!«

Zum Malen war ich zu müde. Ich saß noch eine Weile mit den Kindern im Garten und ließ mir erzählen, daß sie in den Sommerferien im Grand Cañon klettern oder vierzehn Tage lang ins französische Disneyland fahren wollten.

»Mit euch zusammen«, versicherte Lara.

»Zu teuer«, sagte ich. »Vielleicht bringe ich euch zu Oma.«

Jost schlug vor: »Dann lieber in den Freizeitpark nach Haßloch, da leben echte Zwerge in winzigkleinen Campingwagen...«

Dabei fiel Lara ein, daß es im Fernsehen einen wahnsinnig interessanten Dokumentarfilm über die Paralympics gebe, und beide Kinder liefen ins Haus.

Mit im Schoß verschränkten Händen saß ich untätig und still auf der hölzernen Bank. So einfach ist das für die Männer, dachte ich, einmal ins Bett, und alles ist wieder im Lot. Eine Amsel flötete melodisch ihr Abendlied vom Kirschbaum herunter. Es war ein wenig schwül; war ich deswegen so gereizt und unzufrieden? Ich war noch keine Vierzig und besaß fast alles, was ich mir als junge Frau gewünscht hatte – zwar keinen Beruf, aber eine Familie, ein Haus, einen Garten. Mein Blick fiel auf eine riesengroße Brennesselpflanze, die sich mitten unter Eisenhut und Taglilien breitgemacht hatte. So ähnlich sieht es mit meinem Eheglück aus, dachte ich, streifte mir die Gartenhandschuhe über, riß den Eindringling mit aller Kraft aus der Erde und fühlte mich besser. Angriffslustig blickte ich in die Runde. Reinhards geliebte Tännchen, die er vor ein paar Jahren aus dem Wald entwendet hatte, bedrängten meine Rosenstöcke. Ich hatte die düsteren Nadelbäume bereits als Setzlinge gehaßt, inzwischen waren sie größer als unser Sohn. Ob es Reinhard überhaupt auffiele, wenn sie fehlten? Schon lange hatte er nicht mehr im Garten gewirkt. Ich holte die Axt und war verwundert, wie flott ich die unerwünschten Schattenspender umgehackt hatte.

Am nächsten Morgen sah die Welt verhangen aus, ein leichter warmer Landregen hatte eingesetzt. Als Mann und Kinder das Haus verlassen hatten, schlich ich barfuß in den nassen Garten. Wie tote Soldaten, die auf ein eilig ausgehobenes Massengrab warteten, lagen die Tännchen am Boden. Sie mußten verschwinden. Ich fühlte mich wie eine Verbrecherin, als ich, in ein graues Regencape gehüllt, die kleineren Zweige mit der Rosenschere abtrennte und in einen Plastiksack stopfte. Den Rumpf und die großen Extremitäten mußte ich mit der Axt zerkleinern. Es war eine Tätigkeit, die mich den ganzen Morgen über ins Schwitzen brachte. Ich schaffte es aber, noch vor dem Mittagessen alle Säcke im Kofferraum des Autos zu verstauen. Später wollte ich sie zur Kompostieranlage fahren.

Wieder saß ich grübelnd vor Familienfotos. Wie unbequem mußte es für meine Urgroßmutter gewesen sein, einen Pelzkragen, der den Hals eng umschloß, über einem wollenen Tuchkleid zu tragen! Die langen Streifen des Platinfuchses baumelten über Taille, Bauch und Oberschenkel, die Schwänze endeten kurz vor den Füßen. Sollte ich dieser majestätischen Gestalt auf meinem Familienbild einen Platz einräumen? Doch da mußte ich an Silvia denken. Ihr Faible für Eleganz hatte sie wohl von unserer gemeinsamen Urgroßmutter – und an Silvia sollte mich dieses Bild nun wirklich nicht erinnern. Sinnend betrachtete ich mein unvollständiges Werk, als sich plötzlich Reinhard zwischen mich und mein Gemälde schob. »Weg da, du bist nicht aus Glas«, sagte ich eher scherzhaft.

Aber ihm war nicht nach Spaß zumute, das sah ich an seinem finsteren Gesicht. »Seit wann sind die Tannen abgeholzt?« fragte er.

So schnell hatte er es bemerkt! Leugnen half wohl nichts; ich gab zu, daß mir die Nadelbäume schon immer im Weg gestanden hatten.

Reinhard sah mich mit einem Blick an, der mein Blut gefrieren ließ. »Das da«, sagte er und packte mein Bild, »steht mir auch schon lange im Weg!« Er ließ mich mit den Scherben allein.

Doch schon betraten die Kinder die Bühne. »Hat Papa dein Bild kaputtgemacht?« fragte Lara, weil sie die Haustür ins Schloß hatte knallen hören.

»Aber nein«, sagte ich, und Tränen liefen mir übers Gesicht. »Es ist mir hingefallen, Papa kann nichts dafür.«

Jost tröstete: »Ich besorge dir eine neue Scheibe!«

»Doofkopp«, sagte Lara, »sie heult doch nicht wegen dem Glas, sondern wegen der ganzen Arbeit und der Kunst! Mama, am besten malst du in Zukunft auf Papier, dann kann nichts passieren.«

Ich legte den Arm um meine Kinder, was sie jedoch zum Anlaß nahmen, auf die baldigen Ferien hinzuweisen.

»Susi fährt nach Kanada«, sagte Lara, und Jost führte ebenfalls attraktive Reiseziele auf.

»Allmählich müßt ihr euch mal Gedanken machen«, sagte Lara, »sonst kriegt ihr kein Ferienhaus mehr. Was meint denn Papa dazu?«

»Fragt ihn doch selbst«, schluchzte ich, denn ein gemeinsamer Urlaub kam mir im Augenblick wie ein absurder Traum vor.

Jost legte die Scherben des Familienbildes wie ein Puzzle auf dem Küchenboden aneinander. »Ich kann es kleben«, schlug er vor.

Ich schüttelte den Kopf, ich mochte keine gekitteten Brüche, die immer wieder an das Unglück erinnerten.

»Sieh mal«, sagte er, »Lara und ich sind kaputt, aber die Oma und der fremde Junge sind noch fast ganz. Darf ich die haben?«

Ich nickte, sammelte die Bruchstücke auf und wollte sie in den Mülleimer werfen. Aber aus einem ähnlichen Impuls heraus wie Jost legte ich vorher die Kinderscherben auf ein Tablett und schob es ganz oben auf den Küchenschrank.

Wie ich es geahnt hatte, stand die nächste Zeit im Zeichen einer erneuten Krise: Wir sprachen fast nur in Gegenwart der Kinder einige belanglose Worte. Reinhard ließ sich möglichst wenig zu Hause blicken, und wir gingen uns aus dem Weg. Nachts lagen wir nebeneinander, drehten uns jedoch die Rücken zu. Ich fürchtete, daß er Trost bei Birgit fand.

Als der Reithallentermin anstand, konnte ich davon ausgehen, daß in den nächsten zwei Stunden niemand in Reinhards Büro sein würde. Die Kinder waren mit ihrer Klasse zu einem Wandertag aufgebrochen, ich brauchte nicht zu kochen und konnte das Haus verlassen. Mit dem Schlüssel aus Reinhards Sekretär öffnete ich die Bürotür und inspizierte als erstes mit äußerstem Argwohn das Ledersofa; wie erwartet, stellte es sich dumm.

Das Rosenstöckchen am Fenster brauchte Wasser, ich konnte nicht umhin, es zu gießen. Als ich mich dann an den Schreibtisch setzte, um eine Schublade nach der anderen aufzuziehen, sah ich sofort ein fremdes Fotoalbum vor mir liegen. Es gehörte offensichtlich Birgit. Ein Lesezeichen markierte die Seite, auf die es ankam: Bilder aus der gemeinsamen Studienzeit. Reinhard, Mia und Birgit – alle drei lachend von einer Neckarbrücke herunterwinkend, mit anderen Personen auf der Burgruine Windeck, vor der Uni, mit großen Sonnenbrillen in einem offenen Wagen und so weiter.

Es war ziemlich klar, daß eine uralte Romanze wieder aktiviert wurde. Mußte unsere Ehe an einer Sekretärin scheitern? Sollte ich tatenlos hinnehmen, daß nicht nur mein Familienbild, sondern auch die Familie selbst zerbrach? Ich ballte die Faust fest um die Glaskugel, die direkt neben dem Album lag.

Jetzt um die Mittagszeit schien die Sonne genau auf einen metallenen Aktenschrank, der unter dem Fenster stand. Ein kleines Experiment war fällig. Im Regal für Zeichenmaterialien fand ich zwar kein Seidenpapier, aber immerhin ein Päckchen Papierservietten. Mißbilligend stellte ich fest, daß die Rasierklinge immer noch in der Toilette auf der Fensterbank lag, sonst hielt Gülsun allerdings mustergültige Ordnung. Unter dem Waschbecken waren in einem Schränkchen Spülmittel, Scheuerpulver und Brennspiritus zum Fensterputzen aufbewahrt. Um keine Spuren auf dem Aktenschrank zu hinterlassen, legte ich die mit Spiritus getränkten Servietten in einen flachen Aschenbecher, bettete die Kugel obenauf und schob dieses Arrangement direkt unter den mittäglichen Sonnenstrahl. Ich brauchte nicht lange zu warten, bis ein niedliches Flämmchen aufstieg. Das Feuer war rasch erstickt, die verschiedenen Hilfsmittel wurden wieder einsortiert.

Auf dem Heimweg war ich sowohl mit finsteren Racheplänen als auch mit physikalischen und chemischen Problemen beschäftigt. Der Haupteinwand dämmerte mir erst zu Hause: Der Spiritus würde zu rasch verdunsten. Wenn ich an einem Samstag abend, nachdem Gülsun geputzt hatte, die Chance wahrnahm, um in Reinhards Büro zu gelangen, dann wäre der Spiritus noch vor Sonnenaufgang verflogen. Außerdem konnte ich nicht genau wissen, ob Reinhard am Wochenende arbeiten mußte. Noch bevor das Album brannte, würde ihm die seltsame Installation am Fenster verdächtig vorkommen.

Also kein Spiritus. In meiner Küche versuchte ich es mit wachsgetränkten Tempotüchern, die ungewachst aber viel besser brannten. Ohne die Glaskugel konnte ich mein Experiment allerdings nicht adäquat ausprobieren. Die Vorstellung des brennenden Fotoalbums bereitete mir teuflisches Vergnügen. »Für Imke – die Tännchen, für Birgit – das Flämmchen«, murmelte ich. Wenn nur die Sonne schien, könnte es auch ohne Spiritus klappen.

Abends belagerten Lara und Jost ihren Vater. »In einer Woche sind Ferien! Alle wissen schon, wohin sie verreisen!«

Reinhard kam die Idee offensichtlich zupaß, die komplette Familie auf unverfängliche Weise loszuwerden. »Kinder, so leid es mir tut! Ich muß die Reithalle für Silvias Pferdeklub bauen, ich kann im Augenblick keinen Tag Urlaub nehmen. Die Mama wird mit euch zur Oma fahren.«

Die Kinder maulten. Etwas Blöderes könnten sie sich kaum vorstellen, dann könnten sie auch gleich zu Hause bleiben. Ich sagte nichts, malte mir aber im Geist mein Abschiedsgeschenk in Form eines kleinen Bürobrands aus, der zwar Zeichnungen und Baupläne verschonte, aber Fotoalben und Liebesbriefe vernichtete.

Als ich Ellen anrief, um zu fragen, ob ihr ein Besuch immer noch willkommen sei, blieb sie einen Moment lang still.

»Ich bin im August nicht zu Hause«, sagte sie, »aber warte mal...«

Wir sagten beide nichts und setzten dann gleichzeitig wieder neu an.

»War ja nur eine Frage«, sagte ich, »Reinhard kann aus beruflichen Gründen nicht mitkommen, und für eine Reise ans Meer fehlt uns momentan...«

»Du sollst den Mund halten!« rief Ellen. »Und zuhören!«

Jahr für Jahr mache sie im gleichen Hotel eine Badekur, und zwar auf Ischia. »Ihr seid eingeladen! Kommt mit! Avanti, avanti!«

Ich war sprachlos. Ellen hatte zwar Geld genug, aber konnte ich ihr großzügiges Angebot annehmen? Und waren zwei Kinder, die in den Sommerferien toben und lärmen wollten, in einem Hotel für ältere Rheumatiker nicht störend? Meine Schwester zerstreute alle Bedenken. Das Meer liege vor der Hoteltür, wo es laut und fröhlich zugehe; die Kinder könnten sich nach Herzenslust amüsieren. »Und wir auch«, schloß sie.

Also stimmte ich zu.

Lara und Jost waren unsicher, ob das eine erfreuliche Nachricht sei. »Die ist noch älter als die Oma«, meinte Lara.

»Sie hat selbst keine Kinder, also auch keine Enkel«, erklärte ich. »Vielleicht seid ihr der Traum ihrer schlaflosen Nächte!«

Im übrigen hielten beide Kinder das Ziel für annehmbar. »Italien fehlt in meiner Sammlung«, sagte Jost. »Ich habe bloß Frankreich, Dänemark, Holland und die Schweiz, Kai hat viel mehr – Amerika und Israel und noch was.«

Abends lief er seinem Vater entgegen, um ihm die gute Botschaft als erster zu überbringen. »Papa, letztes Jahr warst du auch nicht mit, weil du die Schule renoviert hast! Bist du traurig, weil es wieder nicht geht?«

Papa gab natürlich nicht zu, daß er sich freute, sondern erklärte sich bereit, uns am kommenden Sonntag nach Frankfurt zu fahren.

Ellen rief noch fünfmal an; durch gute Beziehungen habe

sie in ihrem Stammhotel ein Doppelzimmer für die Kinder ergattert, ich müsse allerdings in der ersten Woche mit ihr zusammenwohnen.

Ich dankte meiner Schwester und begann zu packen. Aber mit meinen Gedanken war ich bei der Feuerkugel.

Es gelang mir tatsächlich, am Vorabend der Reise kurz zu verschwinden. Ich behauptete, von Lucie Reiselektüre ausleihen zu wollen. In Reinhards Büro plazierte ich dann die Zeitbombe: das aufgeschlagene Album auf den Aktenschrank, und mitten darauf die Glaskugel. Laut Wetterbericht würde am nächsten Tag die Sonne herniederbrennen. Bräunliche Senglöcher sollten Birgit die Freude am Betrachten des Albums vergällen. Außerdem würde sie Reinhard dafür verantwortlich machen.

## 11

## *Feuer und Flamme*

Reinhard ließ es sich nicht nehmen, das Auto in der Tiefgarage zu parken und unsere Koffer bis zum Schalter der ALITALIA zu tragen, wo ich mich mit Ellen verabredet hatte. Er begrüßte sie ein wenig befangen. Sicher erwartete seine Schwägerin, daß er sich mit einem Küßchen von mir verabschiedete. Er tat ihr nicht den Gefallen, umarmte Lara demonstrativ und strich Jost übers Haar.

Auf dem Flug nach Neapel verhielten sich die Kinder vorbildlich und wurden zur Belohnung von der Stewardeß zum Kapitän geleitet, um einen Blick ins Cockpit zu werfen. Eine Auszeichnung, die sie hoch befriedigte. Ich sah dauernd auf die Uhr. Um neun waren wir losgefahren, um elf war die Maschine gestartet, und die Sonne stand nun bald im Zenit.

Um zwölf Uhr bekam ich eine Panikattacke. Ich sah den gesamten Wohnkomplex um Reinhards Büro in Flammen stehen, hörte die Sirenen der Krankenwagen. Warum hatte ich nicht daran gedacht, daß Reinhard und Birgit derart beschäftigt auf dem Ledersofa lagen, daß sie den Schwelbrand überhaupt nicht rochen? Jetzt war es zu spät, beide konnten nur noch verkohlt aus dem Flammenmeer geborgen werden, von den unschuldigen Nachbarn ganz zu schweigen.

Das ungewohnte Mittagessen auf dem Plastiktablett lenkte mich ab, das Gläschen Rotwein beruhigte. Warum sollte Reinhard am Sonntag sein Büro betreten, wo er doch den ganzen Tag mit Birgit bei uns oder ihr zu Hause verbringen konnte? Sicher saßen sie bei einem späten Sektfrühstück in unserem Garten und legten sich hinterher aufs Ohr oder aufeinander. Die Vorstellung einer fremden Frau in meinem Bett verursachte mir Brechreiz, ich stand auf und verließ meinen Platz. Ellens besorgter Blick begleitete mich. Wie schön könnte diese Urlaubsreise werden, dachte ich, wenn ich Vertrauen zu meinem Mann haben könnte.

Es gibt zerstörerische und wärmende Flammen. Ein Haus ohne Heizung, eine Küche ohne Herd sind in unseren Breitengraden undenkbar, doch alles untersteht strengen Kontrollen. Auch die Flamme der Leidenschaft kann ein Paar zusammenhalten oder auseinanderbringen, aber kein technischer Überwachungsverein fühlt sich dafür zuständig.

Eine Kerze brennt friedlich auf Gottfried von Wedigs Stilleben und beleuchtet ein frugales Mahl. Was aß man zu Beginn des siebzehnten Jahrhunderts zu Abend? Brot und ein Ei, dazu ein Krug Wasser und ein Gläschen Wein, nicht gerade ein Festessen.

Sicherlich kann man sich ausführlich über den christlichen Symbolgehalt von Wasser, Wein, Licht und Brot auslassen, aber mich interessiert das Ei. Auf dem runden, fast modern anmutenden Holzbrettchen liegen die in längliche Stücke geschnittenen Brotstreifen und ein Messer. Eine ähnliche Jause könnte man sich auch heute – bereits im Morgenrock – zu später Stunde vor den Fernseher tragen. Aber das barocke Ei steht nicht etwa, wie wir es seit Generationen gewohnt sind, aufrecht in einem Eierbecher, sondern liegt in einem eigens dafür konstruierten Zinnschälchen. Nicht am Nordpol wurde es aufgeklopft, sondern mitten am Äquator hat der nächtliche Hungerleider mit dem Messer ein breites Loch gebrochen. Die Brotstreifen konnten in das flüssige Eigelb eingetaucht und genußvoll verzehrt werden. Wann wurde diese Gewohnheit aufgegeben?

Ohne den sanften Schein der Kerze hätte dieses Gemälde nicht die intim-geheimnisvolle, mitternächtliche Ausstrahlung. Der Hintergrund ist in Dunkelheit getaucht, nur der Wein schimmert golden im Glas, nur das Eigelb und die flackernde Kerze sind Lichtpunkte in der dichten Geschlossenheit der Komposition. Rötlichbraun erscheinen der glasierte Krug, Holz, Kerze und Brot, silbrig die Metalle, golden das Licht. Die Farben des Tages – Weiß, Blau, Grün, Rot – sind verschwunden.

Als wir durch Ischias Abgase in einem offenen Mini-Taxi zum Hotel fuhren, überwältigten mich die Farben des Südens. Korallenbäume, Hibiskus, Bougainvilleen, Hecken voll weißer Rosen brachten mich auf andere Gedanken. Störend waren nur die deutschen Touristen. Mußten alle sechzigjährigen Männer Shorts, Sandalen, hochgezogene weiße Socken, Bubihütchen tragen und eine Videokamera vorm Bauch haben? Meine Kinder jubelten, als sie in das warme Thermalwasser des Hotelschwimmbads sprangen, während ich die Koffer auspackte. Wohl wegen der hohen Luftfeuchtigkeit strömten Schubladen und Schränke einen muffigen Geruch aus, der mich an eine Totengruft erinnerte.

Schließlich lagen Ellen und ich ebenfalls am Pool und sahen den unermüdlichen Kindern zu. Ich ahnte es bereits, als ich die ersten Hotelgäste von ihren Ausflügen oder einer ausgedehnten Siesta zurückkommen sah, daß Josts Kopfsprünge und das permanente Gespritze von Lara nicht zur Völkerverständigung beitragen würden. Abgesehen von meinen Kindern war ich bei weitem die Jüngste in dieser Runde.

Ellen winkte den nuschelnden Kellner, der wie ein italienischer Hans Moser herumwieselte, an ihren Liegestuhl und bestellte Cappuccino für uns beide. »Was wollt ihr?« brüllte sie den Kindern zu, die sich für einen Eisbecher eine Weile aus dem Wasser locken ließen. Von nun an gedachte ich, sie lieber im Meer planschen zu lassen.

Ellen verriet mir, daß frühmorgens in dem menschenleeren Becken die Massagedüsen angestellt würden. Sie lasse bereits vor dem Frühstück den heilbringenden Strahl lustvoll auf Nacken und Rücken plätschern.

Nach dem Abendessen rief Lara zu Hause an, da sie es dem Papa versprochen habe. Es meldete sich niemand. Ich wußte viele mögliche Gründe zu nennen; den schlimmsten verschwieg ich tunlichst.

Die Kinder lagen früh in den Betten, erschossen nach einer dreistündigen Wasserschlacht. Wir saßen bei einem Glas Wein beisammen.

Der Geschäftsführer küßte Ellen und mir die Hand und fragte in flüssigem Deutsch nach unseren Wünschen. So bald wie möglich zwei Einzelzimmer, verlangte Ellen, wir seien schließlich kein Ehepaar. Bald, bald, beschied er uns und hatte einen ebenso blumigen wie undurchsichtigen Trost bereit: »Haben Sie Geduld, vor allem aber: Haben Sie Vertrauen!«

Da zischelte Ellen mir plötzlich zu: »Sieh mal, die Gräfin hat ihren Auftritt. Sie kommt jedes Jahr aus Rom, trägt zum Schwimmen eine große Sonnenbrille und eine Greta-Garbo-Bademütze und zitiert beim Lustwandeln *Les fleurs du mal.*«

Ich äugte hinüber und sah eine etwa siebzigjährige hagere Dame in silbrigen Leinenschuhen und violettem Gewand, die sich vor aller Augen yogaartig streckte und reckte.

Als sie meiner Schwester ansichtig wurde, näherte sie sich hoheitsvoll und begrüßte sie mit gemessener Wiedersehensfreude. Aus der Nähe erriet ich, daß die Gräfin nicht zum ersten Mal geliftet worden war.

»Wir hatten letztes Jahr ein paar kleine Differenzen«, plauderte Ellen, »weil wir uns beide auf den gleichen jungen Mann gestürzt haben...«

Ich starrte Ellen an. Jetzt erst fiel mir auf, daß sie sich zum Essen ein Kleid mit tiefem Ausschnitt angezogen hatte, während ich immer noch das Sackkleid trug. Was war meine Schwester für eine merkwürdige Frau! Sie strich sich die noch feuchten langen grauen Haare zurück, sah das Befremden in meinen Augen und kommentierte amüsiert: »Es war der Masseur.«

Ich beschloß, von nun an jeden Abend mein schwarzgrundiges Röschenkleid anzuziehen.

Am nächsten Morgen nahmen wir das Frühstück auf der Terrasse ein und hatten Probleme, das Cellophanpapier von den Käse-Scheibletten abzulösen, die durch die Wärme eine intensive Klebrigkeit angenommen hatten. Frische Tomaten und Mozzarella wären mir lieber gewesen; die gummiartigen Scheiben waren ein Zugeständnis an den deutschen Gaumen. Dafür konnten wir uns am zauberhaften Blick auf Meer, Hafen und Leuchtturm erfreuen.

Zu Fuß starteten wir schließlich nach Porto, allerdings auf einer belebten Straße. Ellen wollte uns ihr Ferienparadies zeigen. Es war ihr gelungen, das Interesse der Kinder für das Castello Aragonese zu wecken; glücklicherweise konnte man mit einem Lift hinauffahren. In einer leeren kleinen Kapelle, die durch ihre weiße Strenge sehr edel wirkte, sang sie mit Lara zusammen ein paar Echotöne. Endlich betraten wir den spektakulären unterirdischen Friedhof, auf den alle so versessen waren. Früher fanden die toten Nonnen ihre letzte Ruhe auf steinernen Stühlen mit einem Loch in der Mitte.

»Sieht wie ein Klo aus«, kommentierte Jost.

Während der langsamen Verwesung rutschten die Leiber gemächlich in die Tiefe; direkt daneben mußten die Mitschwestern ihre täglichen Gebete verrichten, im steten Gedenken an den eigenen Tod. Meinem sensationslüsternen Nachwuchs gruselte es.

Die kinder- und enkellose Ellen lotste uns schließlich in einen Touristenladen, wo es Taucherbrillen, Schwimmflossen und Kescher zu kaufen gab. Sie erfüllte alle Wünsche.

»Jetzt müssen wir aber den Papa anrufen«, beharrte Lara, »sonst vergesse ich am Ende, was ich ihm erzählen will.«

In Ponte aßen wir noch *fritto misto* mit Salat und fuhren

schließlich mit dem Taxi zurück. Die Siesta sei ihr heilig, sagte Ellen.

Im Hotel rief Lara sofort zu Hause und im Büro an, niemand meldete sich, auch der Anrufbeantworter war nicht angestellt. Was hatte das zu bedeuten? Ich legte mich zwar aufs Bett, das mit frischem kühlem Leinen bezogen war, tat aber kein Auge zu. Ellen schnarchte nach drei Minuten, mir wollte Reinhard nicht aus dem Sinn.

Aber als wir am frühen Abend vom Strand zurückkamen, hatte Lara Erfolg. Offensichtlich war Reinhard am Leben, denn sie quasselte unentwegt auf ihn ein – Cockpit, Strand, Nonnen, grünes Pistazieneis, Taucherbrille –, sie hörte gar nicht auf. Ich nahm ihr schließlich den Hörer aus der Hand, weil ich es nicht mehr aushalten konnte. »Gibt es irgend etwas Besonderes?« fragte ich.

»Was soll's schon geben außer einem Haufen Arbeit«, behauptete Reinhard und legte auf.

Anscheinend hatte die Glaskugel versagt.

Das Abendessen – *vitello tonnato* – schmeckte mir über alle Maßen. Die Kellner, nur kränkliche Nörgler gewohnt, schäkerten mit den übermütigen Kindern, nannten sie *signorina* und *signorino* und servierten ihnen doppelte Eisportionen. Nach aller Anspannung konnte ich mich endlich gehenlassen, trank nach Herzenslust, lachte und prostete der großartigen Ellen zu, die uns diese schönen Ferien spendiert hatte. Erst als ich um Mitternacht neben ihr im stickigen Zimmer lag, kam die alte Angst zurück: Reinhard war zwar zum Glück nicht tot, aber er schlief bestimmt mit einer anderen. Und ich Närrin hatte ihm für drei Wochen freie Bahn gegeben.

Ellen knipste plötzlich das Licht an und fragte: »Warum kannst du nicht schlafen?«

Ich heulte los. »Mein Mann betrügt mich.«

Ob ich es nur vermute oder Beweise habe?

Ich antwortete nicht, sondern schneuzte mich.

Ellen spielte die Therapeutin. »Such dir einen hübschen jungen Lover«, empfahl sie, »das ist das einzige, was hilft.«

»Jetzt? Hier?«

»Wo sonst? Wenn du meinst, daß die Kinder ein Hinderungsgrund sind, die kann ich dir vom Leib halten. Und nun mach die Äuglein zu, morgen wird ein schöner Tag.«

Ellen setzte ihren Vorsatz unverzüglich in die Tat um. Sie manipulierte die Kinder mit dem Geschick einer erfahrenen Pädagogin: Ich müsse in die Stadt, um auf der Bank Geld zu wechseln, das sei eine zeitraubende und langweilige Angelegenheit. Jost und Lara folgten ihr bereitwillig an den Strand.

Nun sollte ich mir also in aller Eile jemanden anlachen. An der Bushaltestelle wartete ich mit anderen Touristen und musterte sorgenvoll jeden allein herumstehenden Mann. Viele waren es nicht, bis eine ganze Gruppe unternehmungslustiger Rentner herbeischlenderte. Auf ihren Stofftaschen las ich »Ökumenischer Reisedienst« und machte mir wenig Hoffnung. Ein Blinder mit Stock schien ebenfalls Urlaub zu machen; was konnte er von der Schönheit dieser paradiesischen Insel und meinen blonden Strähnen wahrnehmen? Direkt neben mir stand ein pickliger dicker Mann mit nacktem Oberkörper; da der Bus übervoll zu werden drohte, würde er mit allen Nachbarn in engen Körperkontakt kommen. Ich beschloß, zu Fuß zu gehen.

Plötzlich hielt ein scheppernder Wagen vor mir. Ein gebräunter Bauer oder Fischer riß mit einladender Geste die rostige Tür für mich auf: Ich könne mitfahren. Verwirrt stieg ich ein, er strich mir mit hornigen Fingern bewundernd übers Haar. *Tedesca?* Unsere Unterhaltung fiel aus sprachlichen Gründen spärlich aus, aber immerhin hatte er einen Satz parat: »Du kommen mein Boot.« Ich müsse zur Bank, erklärte ich mit kleinmädchenhafter Bravheit. Dann begleite er mich eben, sagte er. Mir wurde mulmig, und aus purer Ängstlichkeit behauptete ich, meine Kinder warteten im Hotel. Mein Held gab auf, ohne zudringlich zu werden. Vor der Sparkasse verabschiedete er mich mit Grandezza.

Leicht verunsichert tauschte ich tatsächlich einen Euroscheck ein, kaufte für mich eine Korallenkette, für Lara eine aus Vesuvio-Lava. Nun fehlten bloß noch die Mitbringsel für Jost und Ellen, und die artige Familienmutter konnte wieder nach Hause gehen.

Als ich, erschöpft von der brütenden Mittagshitze und dem Gewicht einer Riesentüte duftender Pfirsiche, am Strand anlangte, machte Ellen in Gegenwart der Kinder eine anzügliche Bemerkung: »War wohl eine anstrengende Affäre...«

Kaum hatten wir uns zur Siesta zurückgezogen, horchte sie mich aus.

»Ich wurde im Auto mitgenommen...«, stotterte ich.

Meine Schwester war ganz Ohr.

»Mit einem Ferrari«, sagte ich, »zu einer Jacht, dort gab es Hummer und dann…«

Wie leicht kann man einen Menschen glücklich machen. Ellen war Feuer und Flamme. »Wann seht ihr euch wieder?«

»Nie mehr«, sagte ich mit Tränen in den Augen, »es war sein letzter Tag. In Paris erwartet ihn seine krebskranke Frau.«

Ellen umarmte mich mitfühlend. »Morgen versuchst du dein Glück aufs neue«, empfahl sie.

Die Kinder hielten keine Siesta, sondern lungerten in der Küche herum. Das Personal hatte einen Narren an ihnen gefressen. Als ich gerade meine Mittagspause beenden wollte, stürmten sie, ohne anzuklopfen, in unser Zimmer. Lara hielt Ellen eine junge Katze unter die Nase. »Hat mir Luigi geschenkt!« rief sie.

»Raus!« brüllte ich. Ellen hielt mich für übergeschnappt, aber die Kinder gehorchten.

Natürlich war ich ihr eine Erklärung schuldig. »In Deutschland gibt es 5,6 Millionen Katzen und etwa 3 Millionen Katzenallergiker. Obwohl ich nie eine Katze besessen habe, gehöre ich dazu. Es geht los mit leichtem Jucken in der Nase, tränenden Augen, Niesreiz. Wenn es schlimm wird, kommt es zu asthmatischen Anfällen, die lebensbedrohlich werden können. Wegen der Nebeneffekte rät man mir von einer Desensibilisierung ab.«

»Und was machen wir nun mit der Mieze?« fragte Ellen. Lara würde sie unverzüglich zurückgeben müssen.

Doch dann kam mir die Natur zu Hilfe: Das Kätzchen hatte Flöhe, und die Begeisterung der Kinder ließ nach dem ersten Biß deutlich nach.

Obwohl ich es für taktlos hielt, fragte ich Ellen, warum sie selbst nie schwanger geworden sei.

»Das wollte unser gemeinsamer Vater auch wissen, und dabei machte er das gleiche verlegene Gesicht wie du«, sagte Ellen. »Am guten Willen lag es nicht; ich war auch bei verschiedenen Ärzten. Es hat nun mal nicht geklappt.«

Der Gedanke drängte sich mir auf, daß meine eigene Existenz durch Ellens Kinderlosigkeit zustande gekommen war, denn wenn unser Papa beizeiten Großvater eines Knaben geworden wäre, hätte er nicht versucht, noch einen späten Thronfolger zu zeugen. »Und wäre Malte am Leben geblieben«, sagte ich zu ihr, »dann gäbe es keine Annerose.«

Meine Schwester lachte. »Mein Gott, global gesehen werden zwar die wenigsten Kinder geplant, trotzdem aber geliebt. Im Gegensatz zu ihnen wurdest du bewußt gezeugt. Ich hatte übrigens nie das Gefühl, daß unser gemeinsamer Vater mich ablehnte, obwohl ich auch nur eine Tochter bin.«

»Du warst sein erster Versuch, ich sein letzter.«

Später steckten Ellen und die römische Gräfin die Köpfe zusammen und tuschelten. Als sie mich entdeckten, verstummten sie abrupt und setzten mit einer Wetterplauderei wieder ein.

Die Kinder schrieben Postkarten an ihre Freunde, an Reinhard, an meine Mutter. Ich fügte nichts hinzu, sondern unterzeichnete mit kleinen Symbolen: für Reinhard mit einer geknickten Rose, für Mutter mit einem Mäuschen. Die Kinder waren amüsiert. »Weißt du, Ellen«, sagte Jost – der sich die »Tante« in der Anrede bereits schenkte –, »daß unsere Oma meine Mutter ›Mäuschen‹ nennt?«

Lara, Ellen und Jost lachten herzlich. Ich hatte das Gefühl, daß sie auch ohne mich ganz gut auskamen, und machte mich erneut auf den Weg zum Hafen.

Was wollte ich eigentlich? Das Herumschlendern ohne Begleitung war wunderbar. Ich konnte vor allen Geschäften stehenbleiben, so lange wie mir der Sinn danach stand; ich konnte essen und trinken, wann, was und wo ich wollte.

Bei einem Porträtmaler blieb ich länger stehen. Er hatte sich gerade die Besitzerin eines ansehnlichen Kropfes vorgenommen, die möglichst jung und schön gemalt werden wollte. War sie sein Opfer, oder war er ihres? Ich schaute zu, wie er mit Rötel rasch und routiniert eine oberflächliche Ähnlichkeit herstellte, was mir bei meinem Familienbild schwergefallen war. Als die Dame hochzufrieden bezahlte, sah sich der flinke Mann nach neuen Kunden um und erblickte mich.

»Nein, nein, hab' kein Geld dafür, nur Interesse. Ich male auch«, sagte ich kühn.

Der Künstler sprach Deutsch, wie anscheinend jeder auf Ischia. Dann müsse er sich schämen, meinte er, denn seine Schnellporträts seien alles andere als gut, aber er verdiene in der Saison trotz der großen Konkurrenz ausgezeichnet damit. Er wühlte in seiner Mappe und zeigte mir Bilder, die er für besser erachtete. Es waren surrealistische, poetische Versuche in verträumten Farben; seltsame Fabelwesen trieben sich in elysischen Gärten herum.

»Wunderschön«, sagte ich mit Nachdruck. So ein Lob kommt an.

Paolo packte seine Sachen zusammen und bat einen Kollegen, der zehn Meter weiter sein Handwerk ausübte, auf die Klappstühle und das Zeichenbrett aufzupassen. Wir gingen Espresso trinken und fachsimpeln. Wie und was ich denn male? wollte er wissen, und ob ich im Urlaub von einem gewaltigen Schaffensdrang erfüllt sei?

Das Ende vom Lied war leider keine Affäre – denn Paolo erzählte stolz von einem frischgeborenen Stammhalter –, sondern ein gemeinsamer Besuch in einem Fachgeschäft. Wir suchten Tusche, Federn, Pinsel, Aquarellfarben und mehrere Blocks in verschiedenen Formaten aus. Ein herzliches »*Ciao, bella!*« klang mir noch den ganzen Heimweg wie Musik in den Ohren.

Meine Schwester hielt die Malsachen bloß für ein Mittel, um den schwarzhaarigen Paolo zu ködern. »Es ist immer gut, mehrere Eisen im Feuer zu haben«, empfahl sie. »Zieh gleich morgen wieder los! Hier am Schwimmbad herumhängen kannst du noch, wenn du mein hohes Alter erreicht hast.« Aber meine zwei Solo-Ausflüge blieben vorläufig die letzten, weil ich wie eine Besessene zu zeichnen anfing.

Zuerst nahm ich mir eine Artischocke vor, dann das Gerippe einer Meeräsche, Blüten von Oleander und Hibiskus, einen Teller voller Feigen ... Ich zeichnete mit der Feder, kleckste, schmierte, aquarellierte und wurde zunehmend glücklich. Meistens saß ich dort, wo die Kinder herumtobten – am Pool, am Strand, auf der Terrasse –, und ließ mich durch nichts auf der Welt stören. Wahrscheinlich langweilte ich meine Schwester mit dieser Tätigkeit zu Tode. Wie sehr hatte sie sich gewünscht, als Ersatz für eigene Romanzen ein erotisches Abenteuer aus zweiter Hand zu erleben.

Intuitiv hatte Lara begriffen, daß es zwischen ihren Eltern nicht zum besten stand. Alle paar Tage versuchte sie, Reinhard anzurufen, meistens war er nicht zu erreichen. Unsere Tochter schlüpfte in meine Rolle hinein, um den Vater und Ernährer für die Familie zu erhalten. Ich war nur froh, daß sein Büro nicht abgebrannt war, denn das wäre uns sicherlich, Feuerversicherung hin oder her, teuer zu stehen gekommen.

12

## *Papageienkrankheit*

Bekanntlich werden auf Ischia teutonische Krankheiten aus dem rheumatischen Formenkreis kuriert; manche Lokale werben mit dem launigen Motto »Morgens Fango, abends Tango«. Aber Klischees trügen. Am Strand traf ich viele junge italienische Familien und Liebespaare, die vor der schlechten Luft des neapolitanischen Festlands geflüchtet waren. Wenn ich die glückliche Jugend beobachtete, kam ich mir uralt vor. Eine Frau mit halbwüchsigen Kindern, deren vierzigster Geburtstag immer näher rückt, gehört nicht mehr zur Generation der Studenten. Sie wird von empörten Omas auf die Seite des Alters gezerrt: »Schauen Sie doch mal, wie die da drüben sich benehmen...«

Ein Pärchen war es, das mir das Herz schwer machte. Wie schön waren beide! Ölig glänzten ihre schlanken Körper, schwarz die Locken, und sie strahlten. Wie ausgelassene Kinder spielten sie Ball, warfen sich lachend in den Sand, schleckten Eis aus einer einzigen Waffel. Aber das Rührende war ihr Glück, ihre unschuldige Freude aneinander. Und ich? Mit meiner Schwester saß ich zeichnend am Strand, schalt gelegentlich die Kinder, wenn sie allzu frech wurden, brütete häufig über finsteren Plänen. Mit meiner Jugend war es vorbei, diesen Zustand der ersten Liebe würde ich nie mehr erleben, falls ich ihn je gekannt hatte.

Die Bewohner von Ischia unterschieden sich von den italienischen Festlandtouristen durch Zurückhaltung und Eigenwilligkeit; die Männer taugten nicht zum Papagallo. Mein Maler Paolo gehörte ebenfalls zu den scheuen Individualisten; ich dachte noch häufig mit Wehmut an ihn.

Viele Touristinnen aus dem Norden angelten sich ganz bewußt einen Latin Lover. Es war mir mitunter peinlich, wie bereitwillig sie sich anmachen ließen, wie provozierend sich selbst ältere Jahrgänge entblößten. Da waren mir die südländischen Matronen in ihren schwarzen Röcken lieber, eher wollte ich zu ihnen als zu den erlebnishungrigen, auf jung getrimmten Fünfzigjährigen gehören. Die wiederum schienen mich für dumm zu halten. Ich empfand es als lästig, ständig einen Bewunderer meiner blonden Haare abwimmeln zu müssen.

Der Italiener Gabriele Salci hat 1716 auf einem Papageienbild alle Sinnenfreuden verschlüsselt dargestellt. Nur eine Frau konnte den Tisch so lasziv gedeckt haben: Auf blauem Seidengrund dient ein hauchfeines Batisttüchlein mit duftigem Spitzenrand als Unterlage für einen Obstkorb, eine Geige und ein Tablett mit kunstvoll geschliffenem Weinglas. Der Appetit wird durch einen zuckerüberstreuten Löffelbiskuit und das köstliche Obst angeregt, das Ohr freut sich auf das Violinkonzert, die Nase schnuppert an einer halb geöffneten Rosenblüte, die Finger tasten über die zarte Spitze und die Glasgravuren, das Auge erfreut sich am Zusammenspiel der frischen Farben. Auch der Papagei schielt begehrlich nach der aufgebrochenen Feige, die er mit der Kralle festgeklemmt und genießerisch angepickt hat. Wahrscheinlich ist der lüsterne Vogel mit dem Krummschnabel ein Sinnbild der sexuellen Begierde, die ein Maler früherer Zeiten diskreter anzudeuten wußte, als wir es beispielsweise von einem heutigen Film gewohnt sind. Man wußte um den erotischen Symbolgehalt der Feige, auf deren weiches rosa Inneres der Papageienschnabel so scharf ist, daß er Melone, Weintraube und Pfirsich links liegenläßt.

Auch ein moderner Papagallo gleicht in seiner heiter-charmanten Eindeutigkeit dem bunten Vogel auf diesem Bild, stets bereit, die süßesten Früchte aufzustöbern und ohne schlechtes Gewissen anzubeißen. Aber gehörte ich zu den überreifen Feigen?

Ellen redete mir gelegentlich zu wie einem störrischen Gaul. »Mich hat man so sehr zu einer ›anständigen Frau‹ erzogen, daß ich selbst nach dem Tod meines Mannes kaum über meinen Schatten springen kann. Ich hatte allerdings die Hoffnung, daß ihr jungen Frauen mutiger vorgeht!«

»Ich bin keine Witwe«, sagte ich. »Vielleicht tu' ich mich mit den Männern so schwer, weil ich in Vaters Augen eine taube Nuß war.« Ellen meinte, alle Frauen täten sich schwer mit den Männern, und die mit ihnen.

Ich wollte meiner Schwester etwas schenken, aber was? Schmuck trug sie kaum, den eigenwilligen Geschmack ihrer Kleider konnte ich nicht einschätzen. Ihretwegen trieb ich mich einen ganzen Nachmittag in verschiedenen Orten und Läden herum, bis ich schließlich in Casamicciola eine Obstschale erstand, die mit bunten Porzellanfrüchten dekoriert war.

Ellen freute sich. »Ich hätte noch einen Wunsch«, sagte sie, »und zwar ein Porträt von mir!«

Paolo könnte das viel besser, dachte ich. Auf meinem zerstörten Familienbild war die Ähnlichkeit der einzelnen Personen nur mit gutem Willen erkennbar gewesen; ich versuchte es trotzdem. Ellen saß mir geduldig Modell, aber das Ergebnis war unbefriedigend. Sie sah es bald ein.

»Weißt du was, Anne«, sagte sie, »mit Menschen hast du Probleme, mit Gegenständen scheint es eher zu klappen. Zeichne mir doch ein Erinnerungsbild mit lauter Dingen, die mich an Ischia denken lassen.«

Wir stellten Muscheln, das filigrane Skelett eines Seeigels, rote Oleanderblüten und den neuen Obstteller auf eine mit Bougainvilleen umrankte Balustrade und versuchten, ein anmutiges Insel-Stilleben zu komponieren.

Lara unterbrach uns, sie habe Edelsteine in den Fluten entdeckt, die es zu bergen gelte. Beide Kinder tauchten – unter Lebensgefahr, wie sie behaupteten – und brachten die Schätze schließlich an Land, wo sie sich als Fragmente von Schwimmbadfliesen entpuppten, vom Meer in gefällig glatte Formen geschliffen. Wir fügten sie unserem Arrangement hinzu.

Von einem Ausflug nach Forio brachte mir Ellen anderntags ein Gegengeschenk mit, einen erotischen Kupferstich nach einem pompejanischen Motiv: Zentaur umarmt Nymphe. »Häng es dir übers Bett«, empfahl sie, »und nimm den heiligen Joseph von der Wand!«

Wir sahen uns an und lachten beide. Zwei Faulenzerwochen, Sonne, Meer und gutes Essen hatten mich dem Image einer sinnenfrohe Nymphe ein Stück nähergebracht.

In dieser letzten Woche wurde Lara, die bisher die gute Laune in Person gewesen war, unruhig und zankte sich dauernd mit ihrem Bruder. »Schaff dich mal vom Acker«, hörte ich sie sagen.

Jost, der – als einziges männliches Wesen in unserer Runde – öfters den starken Mann markierte, freundete sich mit fremden Kindern an.

Ich beobachtete, wie ein Mann mittleren Alters einigen halbwüchsigen Knaben das Kraulen beibrachte. Als Jost in eine Glasscherbe getreten war, geleitete er den humpelnden Patienten zu unserem Stützpunkt. Für die Erste Hilfe hatte ich nur Aquarellpapier in der Tasche.

Der Fremde, der sich artig als Rüdiger Pentmann vorstellte, lieh den Verbandskasten eines Eisbudenbesitzers aus. Beim Anblick des eigenen Blutes wurde Jost bleich, und dann sollte er auch noch nicht ins Meer dürfen!

Rüdiger Pentmann hatte Erbarmen. »Was hältst du von einer Runde Poker?« schlug er vor. »Ich habe Karten dabei. Das lernt ihr ganz fix, denn deine Schwester will sicher mitmachen.«

In einer Pause kam Lara zu mir gelaufen. »Rüdiger ist echt cool«, sagte sie. »Der kann voll gut ein Pokerface machen.«

Zwar empfahl ich meiner Tochter, einen Fremden nicht gleich mit dem Vornamen anzureden, malte aber zufrieden weiter, ohne zu ahnen, daß er in den nächsten Tagen ein anderes Spiel beginnen würde.

Später erfuhren wir, daß Rüdiger Pentmann Versicherungsmathematiker aus Hannover war. Es war sein erster Urlaubstag, im Gegensatz zu uns konnte er noch keine gebräunte Haut vorweisen. Leider gefalle ihm das Hotel, in dem er vorläufig abgestiegen sei, ganz und gar nicht. Eventuell fahre er weiter nach Capri und suche sich dort eine Bleibe.

»Unser Hotel ist Klasse«, sagte Jost. »Vielleicht haben sie hier noch ein Zimmer frei!«

Ellen pflichtete ihm sofort bei.

Rüdiger beschloß also, mit uns zu essen und sich bei dieser Gelegenheit das Haus anzusehen. Er kam, aß und blieb.

Ellen fing sofort an zu spekulieren. »Es ist klar, daß er bloß deinetwegen bleibt«, sagte sie. »Auf die olle Gräfin wird er's schwerlich abgesehen haben. Hast du's gemerkt? Er trägt keinen Ehering! Aber das ist sekundär, Hauptsache, er hat im Moment keine Frau dabei. Findest du nicht auch, daß er gut aussieht?«

Doch, er sah gut aus und hatte ausgezeichnete Manieren, er war nett zu den Kindern und niemals aufdringlich. Vielleicht ein bißchen schüchtern, dachte ich, aber das war mir lieber als Angeberei.

Als uns Jost das »Du« förmlich aufdrängte, wurde Rüdiger beinahe rot. Wir erlebten ihn als gebildeten Feingeist, der ein wenig Italienisch sprach, viel gelesen hatte und halb Europa kannte. Ellen fragte ihn vorsichtig aus. Er wiederum schien von den Kindern bereits zu wissen, daß sie einen Vater hatten, der nicht ständig getrennt von der Familie lebte.

Undenkbar, daß ein attraktiver Mann von etwa vierundvierzig Jahren ledig war, keine Familie besaß, keine Freundin. Entweder war er frisch geschieden, oder er hatte eine entsprechende Trennung hinter sich. Andererseits benahm er sich nicht wie ein Junggeselle auf Brautschau. Es gab genug Frauen, die nicht mit einer grauhaarigen Schwester und zwei Kindern am Strand saßen; es gab auch Hotels, in denen jüngeres Publikum überwog. Lara fragte ihn ungeniert: »Hast du keine Kinder?«

Nein, hatte er leider nicht.

Von da an ging es an unserem Tisch immer heiterer zu. Lara und Jost fühlten sich ernst genommen und wollten gefallen, ich blühte ein wenig auf, Ellen war begeistert. Wir verbrachten alle fünf den lieben langen Tag miteinander.

»Dieser Mann braucht unbedingt eine Familie«, sagte Ellen. »Er hat ein angeborenes Talent, mit Kindern umzugehen. Schade, daß wir ihn nicht schon am ersten Tag kennengelernt haben.«

Schüchternen Männern muß man mitunter einen kleinen Schubs geben. Beim Frühstück log ich: »In Lacco Ameno habe ich eine Handtasche gesehen, die mir nicht aus dem Kopf will. Wer mag mitkommen?«

»Ich«, sagte Lara, aber Ellen schaltete sich diplomatisch ein. »Kinder, ich habe mit Luigi ausgemacht, daß ihr heute auf dem Pferd seines Bruders reiten dürft ...«

»Da mache ich Fotos«, sagte Rüdiger sofort. Meinen Plan, mich für einige Stunden mit ihm von der Familie abzusetzen, hatte er leider nicht durchschaut.

Ich mußte deutlicher werden: »Eigentlich habe ich gehofft, daß *du* mich beraten würdest«, sagte ich mutig und sah ihn strahlend an. »Ich tu' mich manchmal schwer bei modischen Entscheidungen.«

Rüdiger sagte: »Ich auch. Deine Schwester ist sicher eine bessere Ratgeberin als ich. Aber ich komme gern mit.«

Lara eskortierte uns bis zur Bushaltestelle. »Eigentlich bin ich schon oft genug auf Silvias Pferd herumgezockelt«, sagte sie. Ich atmete tief durch, da fuhr sie schon fort: »Aber Tante Ellen soll ihren Spaß haben.«

Wir mußten lange auf den Bus warten. Diesmal war mir die Aussicht auf dichtes Gedränge ganz recht. »Mama«, rief Lara, »es kommen zwei Busse. Der zweite ist voll leer!« Aber ehe sie es sich versah, winkte ich ihr aus dem ersten zu.

Meine lustvollen Versuche, mich in jeder Kurve gegen Rüdiger fallen zu lassen, wurden bald durch einen freien Sitzplatz beendet. In Lacco Ameno lotste ich meinen Begleiter durch den öffentlichen Park zur Villa Arbusto. Der Park war liebevoll mit schattigen Laubengängen, Rosen und Myrten bepflanzt. Auf einer gekachelten Bank hatten wir einen Postkartenblick auf das Wahrzeichen der Stadt, »Il Fungo«, einen pilzförmigen Tuffblock, der vom Monte Epomeo ins Meer gepurzelt ist. Aus dem Reiseführer las ich die Geschichte einer unglücklichen Liebe vor, denn der Pilz stellte ein zu Stein erstarrtes Paar dar.

Allmählich hatte ich den Eindruck, daß auch Rüdiger aus Stein war. Kurz entschlossen fragte ich: »Bist du verheiratet?«

Er antwortete nicht besonders prompt: »Im Gegensatz zu dir bin ich seit zehn Jahren geschieden.«

»Warum?«

»Wir paßten nicht zueinander. Vielleicht waren wir zu jung, als wir heirateten.«

Tröstend griff ich nach seiner linken Hand. Einer von uns beiden mußte schließlich den Anfang machen. Er ließ es sich zwar gefallen, blätterte aber gleichzeitig mit seiner freien Rechten in meinem Ischia-Führer und sah nach, wann das Museo Archeologico geöffnet hatte. Was machte ich bloß falsch?

Nach Museumsbesuch, Handtaschenkauf und einem Tellerchen Antipasti fuhren wir zurück. Inzwischen wohnten Ellen und ich längst in Einzelzimmern; leicht verzagt zog ich mich zu einem einsamen nachmittäglichen Schläfchen zurück.

Nach fünf Minuten klopfte meine Schwester an die Tür und sah mich erwartungsvoll an. »Nichts«, sagte ich.

»Ist er vielleicht schwul?« fragte Ellen.

Ich schüttelte den Kopf.

»Warum verbringt er dann seine Ferien mit uns?« sagten wir beide gleichzeitig.

»Ich nehme an, er trauert um eine Frau«, schlug Ellen vor. »Er kann sie nicht vergessen, hat sich innerlich noch nicht von ihr gelöst.«

Ich gab ihr recht. Wahrscheinlich war es ein aussichtsloser Fall; schließlich wollte ich Rüdiger nicht vergewaltigen. Außerdem hatte bereits die Tatsache seiner ständigen Präsenz etwas Gutes, denn von Stund an hielt er mir, ohne sich dessen bewußt zu sein, die Papagalli vom Leibe.

Warum wurde es meinem Ehemann daheim von seiner Sekretärin so leichtgemacht, während ich bei aller Mühe leer ausging?

Als wir nachmittags wieder gemeinsam am Strand saßen, zeigte ich auf das schöne Pärchen und meinte: »Beneidenswert diese beiden, findest du nicht auch?«

Mein steinerner Kavalier nickte zustimmend. »Noch halbe Kinder«, sagte er versonnen.

War ich ihm zu alt? Schließlich war er selbst nicht mehr zwanzig. Ich startete einen weiteren Versuch und ließ mir den Rücken einreiben; er gehorchte ebenso willig und freundlich, wie es meine Schwester tat, aber ich wußte, daß man auch anders einölen kann.

Lara war taktvoll; unter vier Augen fragte sie: »Magst du den Rüdiger lieber als den Papa?«

Ich lachte etwas künstlich. »Schatz, was für ein Blödsinn! In ein paar Tagen sind wir wieder zu Hause und sehen Rüdiger nie wieder.«

Ich sah mein Kind forschend an. »Hast *du* ihn etwa lieber als deinen Vater?« fragte ich vorsichtig.

Sie schüttelte den Kopf. »Er mag Jungs viel mehr als Mädchen«, sagte sie.

Laras Worte machten mich hellhörig; von nun an beobachtete ich Rüdigers Kinderspiele mit Adleraugen. Warum hatte ich bisher nie in Erwägung gezogen, daß dieser Mensch Gefallen an meinem kleinen Sohn gefunden hatte?

»Ellen«, sagte ich bestürzt, »vielleicht spinne ich. Guck mal zu den Kindern hinüber!«

Rüdiger hielt Josts Fuß in der Hand und untersuchte die gut verheilte Wunde. Behutsam strich er über das braune Beinchen und sah Jost mit so großer Zärtlichkeit in die Augen, daß der Junge verlegen wurde und sich losriß.

»Alles klar«, sagte Ellen. »Was machen wir jetzt?«

»Ich werde ihn mit verdorbenen Muscheln vergiften«, schlug ich vor, dampfend vor Wut.

Wie gebannt starrten wir auf Rüdiger, der jetzt in etwa zwanzig Meter Abstand in einer italienischen Zeitung blätterte, während die Kinder den Eisverkäufer belagerten. Das Geld hatten sie nicht von mir.

»Eigentlich brauchst du ihn nicht gleich kaltzustellen«, sagte Ellen nach längerem Schweigen. »Er scheint harmlos zu sein. Nie war er auch nur eine Minute mit den Kindern allein. Das Strandleben spielt sich in aller Öffentlichkeit ab, und die italienischen Mütter lassen ihre Söhne keine Sekunde aus den Augen. Ich lege die Hand dafür ins Feuer, daß er unserem Jost nichts getan hat und nichts tun wird.«

»Woher soll man das wissen?«

Aber sie hatte wahrscheinlich recht. So wie mir das schöne Pärchen eine Augenweide war, so las ich auch in Rüdigers Miene die Freude an meinem hübschen Sohn, gleichzeitig aber auch die Trauer über das absolute Tabu.

Die letzten Tage verbrachten wir in gutem Einvernehmen. Rüdiger bekam zu spüren, daß ich ihn durchschaut hatte, denn ich konnte mir eine diesbezügliche Bemerkung nicht verkneifen: »Wegen meiner schönen Augen sitzt du nicht an unserem Tisch; auch Ellen hat dir nicht das Herz gebrochen, Lara genausowenig. Wer bleibt noch übrig?«

Es war eigenartig, daß Rüdiger diese Demütigung wortlos hinnahm, nichts bestritt oder beschönigte. Später sagte er: »Annerose, wir sind beide unzufrieden, weil wir aus unterschiedlichen Gründen verzichten müssen. Sicher wirst du eher Glück haben, denn ich muß bis ans Ende meiner Tage gegen diese Sehnsucht ankämpfen.« Er sah traurig aus.

Äußerlich gaben wir uns den Anschein einer intakten Familie und glaubten es beinahe selbst, als wir am letzten Tag mit allen Einwohnern von Ponte das Fest ihres Schutzheiligen Giovanni Giuseppe feierten. Es gab eine wunderbare Prozession zu Land und zu Wasser und ein abschließendes Feuerwerk. Ich überlegte, was Reinhard dazu sagen würde, daß mein neuer Freund ein platonischer Päderast war. Seit die Fronten geklärt waren, verstand ich mich mit Rüdiger immer besser.

Am letzten Abend machte ich nur mit Ellen einen kleinen Abschiedsspaziergang. Sie fragte neugierig: »Ich habe dich zwar besser kennengelernt, aber eins ist mir nicht klar: Du hast erzählt, daß du vor deiner Ehe mit einer ganzen Reihe von Männern geschlafen hast. Warum tust du dich im Urlaub so schwer damit?«

»Vielleicht hatte ich die vielen Freunde nur, um meine Mutter zu ärgern, denn es hat mir wenig Spaß gemacht. Reinhard war der erste, bei dem die Glocken läuteten. Und zwar auf einem Baugerüst.«

Ellen lachte. »Mädchen, wenn du keinen anderen magst, dann sei doch nett zu deinem Mann!«

»Ja, Mama!« sagte ich.

Je näher das Wiedersehen mit Reinhard rückte, desto unsicherer wurde ich. Nur die Kinder hatten zu Hause angerufen. Ich hatte nie die Initiative ergriffen, weder eine Karte geschrieben noch ein Mitbringsel besorgt. Während er angeblich nur gearbeitet hatte, waren wir verwöhnt worden.

Ich konnte mir lebhaft vorstellen, wie gereizt und neidisch Reinhard sein würde. Falls er uns aber in freundlicher Stimmung entgegentreten würde, ließe das auf ein schlechtes Gewissen schließen. Was sollte ich mir eher wünschen? Einen gutgelaunten Betrüger oder einen mürrischen, fleißigen, aber treuen Ehemann?

Als es ans Packen ging, mußte ich eine Unzahl winziger Muscheln, Korallenzweige, Steinchen und getrockneter Seepferdchen in Taschentücher wickeln. Es waren aber nicht die Schätze der Kinder, sondern meine eigene Sammlung: Vorrat für künftige Stilleben. Ich freute mich auf die Zeiten am Küchentisch, die mir ganz allein gehörten. Mir schwebte ein Bild vor, auf dem ich in den abgeteilten Fächern einer leeren Pralinenschachtel alle Meeresfunde versammeln wollte. Zusätzlich boten sich leere Schneckenhäuser, Scherben aus dem Familienbild und getrocknete Blumen als Augenweide an; ein Hühnerknochen, ein Schmetterling, eine blaue Distel kamen ebenfalls in Frage. Ich machte mich voller Tatendrang und guter Ideen auf den Weg nach Hause.

Rüdiger brachte uns an den Flughafen nach Neapel, Reinhard würde uns in Frankfurt abholen.

# 13

## *Schafskopf*

Der strömende Regen bei unserer Landung paßte durchaus zu meiner schlechten Laune. Die Kinder stürzten sich auf ihren Vater und umarmten ihn so überschwenglich, als hätten sie ihn monatelang nicht gesehen. In seiner Rührung schloß mich Reinhard ebenfalls in die Arme, dann lud er das Gepäck auf ein Kofferwägelchen und schüttelte den Kopf über die vielen Plastiktüten mit sperrigem Angelzubehör, Taucherbrillen und noch nassen Badehosen. Im Auto ging das große Erzählen los, Lara redete ohne Punkt und Komma bis vor unsere Haustür.

Wie sah es zu Hause aus? Ordentlich oder total verdreckt? Weder noch, stellte ich fest, genauso wie auch Reinhards psychische Verfassung weder als beschwingt noch als verdrossen einzuordnen war. In den letzten zwei Tagen hatte niemand aufgeräumt, aber es sah auch nicht nach dreiwöchiger Mißwirtschaft aus. Während sich die erste Portion Wäsche in der Maschine drehte, lief ich in den Garten. Ich war mir fast sicher, daß ich auf neugepflanzte Tännchen stoßen würde. Das hatte Reinhard zwar unterlassen, das Unkrautjäten und Gießen leider auch. Gut, daß es regnete.

»Papa, kannst du pokern?« hörte ich Jost fragen.

Reinhard unterstellte zwar, Skat sei spannender, holte

aber bereitwillig die Karten aus der Schublade, um vor dem Essen mit den Kindern eine Runde Poker zu spielen. Ich wusch in der Küche schmutzige Tassen (ohne Lippenstiftrand) und verkrustete Teller ab und konnte durch die geöffnete Durchreiche hören, wie die Kinder mit jedem zweiten Satz behaupteten: »Rüdiger hat aber gesagt…«

Erst als Lara und Jost im Bett lagen und wir leicht befangen beisammen saßen, fragte Reinhard mißtrauisch, wer dieser Rüdiger sei. Ich kramte Fotos heraus, die wir mit der Polaroidkamera aufgenommen hatten. »Ist dieser Mensch eigentlich auf jedem Bild dabei?« fragte Reinhard leicht pikiert. »Ich dachte, du wärest mit deiner Schwester verreist?«

Ja nun, Ellen war tatsächlich fast nie zu sehen, weil sie die meisten Aufnahmen gemacht hatte. Seltsamerweise hatten wir in den ersten beiden Wochen, als wir noch ohne Herrenbegleitung waren, gar nicht ans Fotografieren gedacht. Ellen war erst durch Rüdiger angesteckt worden.

Nach eingehender Betrachtung polterte Reinhard los: »So ist das also! Du hast dir einen Kurschatten zugelegt!«

»Reg dich ab«, beschwichtigte ich ihn amüsiert, denn von dieser Seite kannte ich ihn noch gar nicht, »für Rüdiger war ich uninteressant. Der steht auf kleine Buben.«

Hätte ich doch den Mund gehalten! Reinhard war derart entsetzt über meine Worte, daß er sich gar nicht mehr beruhigen konnte. Ob ich wahnsinnig sei! Vergeblich beteuerte ich, daß sich Rüdiger niemals eines Vergehens schuldig machen würde. Mein Mann hielt mich für verantwortungslos, grenzenlos dumm und unfähig, seine Kinder zu schützen. Ich sei ein Schafskopf, der nur Heu und Stroh im Hirn und keine Spur von Mutterinstinkt und gesundem Menschenverstand habe.

Auf dem Küchenbild eines anonymen Meisters ist ein abgetrennter Schafskopf der zentrale Blickfang: Mit seinen geöffneten Augen und seinem schmerzlich verzogenen Maul scheint dieses arglose Tier eher ein Symbol des Leidens denn der Dummheit zu sein. Im Hintergrund tafelt der auferstandene Jesus mit zwei Jüngern, eine Magd hält das Feuer in Gang, damit das opulente Essen auf dem großen Küchentisch zubereitet werden kann.

Im Wirtshaus zu Emmaus lagern neben dem Schafskopf auf dem Eichentisch graugrüne Erbsenschoten, weiße Rüben, Wirsing, Karotten, Zwiebeln, frisches Einbackbrot und ein Hering; ein Obstkorb ist mit Kirschen, Äpfeln und Birnen gefüllt, im Hintergrund funkelt ein blankgeputzter Messingkessel. Am unteren Bildrand verläuft die Tischkante, auf der kleine und winzige Objekte ihren Platz finden: Fliege und Schmetterling, Röschen und Malvenblüte, Kirsche und Johannisbeere.

Die vier Elemente werden durch das prasselnde Herdfeuer, den luftigen Schmetterling, den Fisch und die Gemüse aus tiefem Erdreich dargestellt. Ganz im Hintergrund spielt sich die biblische Szene ab, denn der unbekannte Maler wollte seine Kunst lieber an den satten Farben und Kontrasten des Kücheninventars als an moralisierenden Inhalten beweisen. Im tönernen Wasserkrug spiegelt sich das Licht des Fensters, das auch den polierten Kessel und die Fischschuppen aufleuchten läßt. Die Struktur des gewebten

Leintuchs, des geflochtenen Korbs, der hauchzarten Blüten, der pelzig-weichen Schafsnase und der derben Kohlrippen ist derart plastisch dargestellt, daß man ihre Oberflächen mit dem Zeigefinger abtasten möchte. Und dennoch ist die ganze Pracht der Schöpfung ohne die Kunst des Malers ebenso flüchtig und zeitlich begrenzt, wie es leider die Mühe einer Hausfrau um ein festliches Essen ist. Vanitas, die barocke Vergänglichkeit, ist zumindest bei der täglichen Kocherei eine Konstante geblieben.

Und so empfand ich meine Pflichten im Haushalt stets als Sisyphusarbeit – täglich wurde gespült, gekocht, gewaschen, geputzt und Unkraut gejätet, und am nächsten Morgen konnte ich wieder von vorn damit anfangen. Mein großes Familienbild hatte Reinhard zerstört; nichts blieb mir, nichts war so beständig, wie es die häßlichen Häuser meines Mannes waren. Meine Kinder würden mich in zehn Jahren verlassen. Wofür lebte ich eigentlich?

An jenem ersten Abend wurde unser ungutes Tête-à-tête durch Telefonklingeln unterbrochen. Erleichtert begab ich mich an den Apparat, Reinhard knipste den Fernseher an. »Seid ihr heil zu Hause angekommen?« fragte Ellen. »Bist du allein, kannst du reden?«

Ich stand im Flur, zog die Wohnzimmertür ein wenig zu und erstattete meiner Schwester Bericht über die aktuelle Lage: »Es war schlimm, auf allen deinen Fotos ist Rüdiger zu sehen! Zuerst war Reinhard eifersüchtig, dann bin ich mit der Wahrheit herausgerückt. Du kannst dir gar nicht vorstellen…«

Ellen schien ein Kichern zu unterdrücken. »Aber er hat es unterdessen mit seiner Sekretärin getrieben?«

Während ich noch überlegte, ob ich in den wenigen Stunden bereits auf Indizien gestoßen war, blieb mein Blick am Fenster hängen. »Du, Ellen, ich glaube fast, die Häkelgardinen sind frisch gewaschen! Ist das nicht seltsam?«

Meine Schwester erachtete eine solche Tat auch als untypisch für eine Geliebte. »Es sei denn, sie wollte beweisen, daß sie ein Superweib ist, das besser für Reinhard sorgt als eine Schlampe wie du! Aber weißt du, in eine leere Wohnung zurückzukommen, ist auch nicht gerade schön. In der Post waren nur Mahnungen und eine Todesanzeige. Die Kinder meiner besten Freundin haben das einmal so formuliert: ›Zwei treue Mutterhände haben aufgehört zu schlagen‹...«

Doch mir stand der Sinn nicht nach Kalauern, denn von meinem ungewohnten Platz hatte ich ein Küchenregal entdeckt, auf dem zehn wohlgefüllte Einmachgläser standen. »Warte mal«, schnaubte ich und flitzte zu den Marmeladengläsern. »Es ist einfach nicht zu fassen, aber das Superweib hat Sauerkirschmarmelade eingekocht! Handbeschriftet! Kannst du dir etwas Perverseres vorstellen?«

Ich hörte Ellen einen Laut der Verblüffung ausstoßen und gleichzeitig ein Türenknarren. Reinhard hatte meinen letzten Satz gehört. »Ruft dein Rüdiger bereits an?« fragte er.

Ich überreichte ihm den Hörer. »Anne-Kind, was ist?« brüllte Ellen in Reinhards Ohr.

Er legte auf, ich heulte los und wies fassungslos auf die mit Spitzenpapier und rotem Bändchen adrett dekorierten Gläser.

»Ach so«, sagte Reinhard, »meine Mutter war eine Woche lang hier.«

Beinahe kam es zu einem Versöhnungsbeischlaf. Aber als wir uns im Bett aneinanderschmiegten, mußte ich plötzlich ununterbrochen niesen und mich unentwegt schneuzen. Der allergische Anfall hörte erst auf der dunklen Terrasse auf. Als ich nach einer halben Stunde frierend ins Bett zurückschlüpfte, wurde ich durch einen lauten Schnarcher auf meine Untauglichkeit als liebende Gattin hingewiesen.

Einerseits konnte ich aufatmen, denn Reinhard hätte niemals eine fremde Frau während der Anwesenheit seiner prüden Mutter nach Hause gebracht, andererseits mochte ich es gar nicht, daß diese altgediente tüchtige Hausfrau meine kleinen Nachlässigkeiten entdeckte. Schon längst hätte ich den Kühlschrank gründlich auswaschen müssen; sie hatte es offensichtlich mit Hingabe und Essigwasser getan, außerdem die Küchenregale von ihrer Fettschmiere befreit und den Inhalt in neuer Anordnung eingeräumt. Unter größter Anstrengung rückte ich den Herd aus seiner Nische, weil sich erfahrungsgemäß eine hübsche Ansammlung von Nudeln, Erbsen, Kassenbons, Lorbeerblättern und Zwiebelschalen dahinter befand, die durch einen schwärzlichen Ölfilm am Fußboden angeleimt waren; hinter unserem Herd hätte man ein Picknick veranstalten können. Jetzt sah es dort wie in der Höhle des Putzdrachens aus.

An diesem Morgen gab es viel zu tun. Die Kinder hatten zwar noch Ferien, aber sie waren gleich nach dem Frühstück zu ihren Spielkameraden geradelt, um mit unserem italienischen Urlaub anzugeben. Ich schaute in alle Schränke, kramte in Schubladen, stöberte im Nähkorb herum, um immer wieder neue Beweise des schwiegermütterlichen Fleißes aufzuspüren. Bloß den Garten hatte sie vernachlässigt, aber für eine einzige Woche war Beachtliches geleistet worden. Ob sie es gut gemeint hatte und mir eine Freude machen oder aber mir zeigen wollte, wie es eigentlich immer auszusehen hätte – ich wußte es nicht genau.

Jedes Jahr an Weihnachten kam Reinhards Mutter aus Backnang angereist und kochte dann zwei Wochen lang für die Familie, das heißt eigentlich nur für ihren Bub, den angebeteten Hardi. Alle seine Lieblingsgerichte kamen auf den Tisch, wobei Jost und Lara zwar für geschmälzte Maultaschen und Käsespätzle zu begeistern waren, aber die zweimal fälligen sauren Kutteln verabscheuten. Doch eigentlich hatte ich keinen Grund zur Klage, sie stellte keine besonderen Anforderungen und war von schweigsamer Art. Ich konnte mir lebhaft vorstellen, wie sie Reinhard bekocht und geduldiger als ich auf seine späte Heimkehr gewartet hatte. Beim Anblick der von ihr selbst gehäkelten, inzwischen stark ergrauten Spitzengardinen war ihr wohl höchstens ein klagendes »Heidenei! Da geht mir's Zäpfle 'nunter!« entfahren, dann war sie zur Tat geschritten.

Nachmittags wollte ich meine Freundinnen anrufen. Lucie war noch mit Gottfried und den vier Kindern im Urlaub, ich hätte es wissen müssen. Bei Silvia meldete sich nur die chronisch beleidigte Korinna. »Mama ist beim Pferdequälen«, näselte sie. »Soll ich etwas ausrichten?«

Nein, ich würde mich wieder melden. Aus einer vagen

Laune heraus wählte ich Birgits Nummer; eigentlich wollte ich nur ihre Stimme hören und gleich wieder auflegen. Der Anrufbeantworter spielte ein paar Takte Musik, dann kam eine männliche Stimme: »Bis Anfang September sind wir in unserem Ferienhaus zu erreichen.« Eine solche Ansage war ein gefundenes Fressen für Einbrecher. Birgits weitgereister Mann sollte so etwas doch wissen.

Seit wann waren die Herrschaften im Ferienhaus? Ich öffnete Reinhards Schreibtischschubladen. Zehn volldiktierte Tonkassetten warteten auf eine fleißige Sekretärin. Wie praktisch wäre es, wenn meine Schwiegermutter tippen könnte. Nun würde ich über kurz oder lang wieder Reinhards Lieblingswort ›delegieren‹ zu hören bekommen. Trotzdem war ich erleichtert.

Eigentlich war ich wirklich ein Schafskopf, weil ich mir den Urlaub durch die ständige Vorstellung von Reinhards Schäferstündchen mit Birgit verdorben hatte, nicht ahnend, daß er diese drei Wochen ebenso unfreiwillig treu wie ich verbracht hatte.

Aber irgend etwas stimmte trotzdem nicht. Warum hatte ich allergisch auf Reinhards Umarmung reagiert? Kein neues Aftershave stand im Badezimmer, kein unerprobtes Waschpulver im Keller, keine exotische Blume in der Vase. Ich schnüffelte an seinem Kopfkissen herum und mußte erneut niesen, allerdings nur einmal. Ein frischer Bezug war fällig. Heute abend sollte kein Mißgeschick passieren, falls Reinhard in meine Betthälfte wechseln wollte. Falls.

Im Briefkasten lag ein größerer Umschlag, dessen auffallend kleine Beschriftung mich sekundenlang an Imke erinnerte. Rüdiger schickte uns viel schönere Aufnahmen als die von meiner Schwester. Einfühlsam die kleinen Eitelkeiten anderer Menschen bedenkend, hatte er wohl die schwächeren Bilder einfach aussortiert. Sollte ich Reinhard zeigen, wie hübsch und sonnengebräunt sich seine Familie auf der Strandpromenade ausnahm? Vorläufig lieber nicht; damit mir auch die Kinder keinen Strich durch die Rechnung machten, schob ich den Umschlag rasch unter meine Matratze.

Im allgemeinen stelle ich beim Bügeln das Radio an oder schleppe mir das Plättbrett ins Wohnzimmer, um den Fernseher dabei laufen zu lassen. Diesmal hatte ich anderes im Sinn. Ich heftete meine Urlaubszeichnungen, Skizzen und Bildchen mit Stecknadeln an die Rauhfasertapete und betrachtete meine Werke, während die linke Hand automatisch die Wäsche glattstrich und die rechte das Eisen auf- und abgleiten ließ. Am besten gefielen mir die Federzeichnungen, die ich mit Aquarellfarben koloriert hatte und die mir origineller als meine früheren Hinterglasbilder erschienen. Die Welt stellte mir einen gigantischen Fundus zur Verfügung: Gegenstände, deren stille Existenz durch die Kunst der Malerei lebendig wurde. Wenn ihre realen Vorbilder längst in der Mülltonne gelandet waren, würden sie zukünftigen Generationen noch Geschichten vom heutigen Alltag erzählen.

Kaum war ich mit meiner Bügelarbeit fertig, als ich mir einen grauen Gurkentopf aus Steingut holte, den ein kobaltblaues Schnörkelornament schmückte. Der seitliche Lichteinfall modellierte Schatten und Wölbung; mit der Feder konnte man feinste Reflexe stricheln und dem bauchigen

Leib zu Fülle und Glanz verhelfen. Eine reizvolle Aufgabe, dachte ich, wollte aber das Stilleben noch komplexer gestalten. Drei hölzerne Kochlöffel, die ich in den Topf steckte, ein blaukariertes Küchentuch als Unterlage, ein Sträußchen Lavendel und eine Handvoll Pflaumen erwiesen sich als ideale Zugaben für mein fast monochromes Küchenbild. Ich rückte die Objekte so lange zurecht, bis es zu spät zum Malen wurde, weil meine hungrigen Kinder hereinstürmten.

Als Reinhard abends die Küche betrat, schrie Lara auf, denn sein linker Arm war bandagiert und steckte in einer Schlinge. Auch ich wurde blaß. »Bist du vom Gerüst gefallen?« fragte ich, denn ich hatte am Anfang unserer Ehe häufig unter entsprechenden Phantasien gelitten.

»Vom Pferd«, sagte Reinhard und lachte etwas kleinlaut. »Silvia hat mich dazu überredet, auf ihren angeblich lammfrommen Gaul zu steigen. Kaum saß ich oben, ging das blöde Vieh mit mir durch.«

»Aber Papa, wir dachten, du bist bei der Arbeit!« sagte nun auch Jost interessiert.

Ja schon, aber um einen Reitstall perfekt zu planen und demnächst zu bauen, müsse man sich doch bei den tückischen Rössern einmal umschauen.

»Konntest du denn einarmig Auto fahren?« fragte ich besorgt.

Es sei keine Fraktur, beruhigte mich Reinhard, Silvia habe ihn sofort zum Radiologen gebracht. In ein paar Tagen könne der Verband abgenommen werden; das kurze Stück sei er selbstverständlich gefahren, er sei schließlich kein Krüppel.

Ohne linken Arm war er jedoch zu vielen Verrichtungen nur bedingt tauglich. Ich schnitt Reinhard das Fleisch und schmierte sein Butterbrot, Jost stieg zu ihm in die Badewanne und paßte auf, daß der Verband nicht naß wurde. »Papa, wir sind im Urlaub auch geritten, aber niemals heruntergefallen«, hörte ich ihn sagen.

Lara brachte mir die verdreckten Jeans und das blutbefleckte Hemd. Ich steckte alles unter heftigem Niesen in die Waschmaschine.

Mit schlechtem Gewissen rief Silvia an. »Tut mir furchtbar leid, alles meine Schuld. Ich hatte ihn gerade so weit, daß er Reitunterricht nehmen wollte…«

Davon wußte ich nichts.

Reinhard sei ein vorzüglicher Tennisspieler, sagte Silvia, da könne man doch voraussetzen, daß er auch an anderen Sportarten Gefallen fände. Der Reitverein habe zudem viele solvente Mitglieder, die ihn sicherlich das eine oder andere Häusle bauen ließen. »Vielleicht magst du auch…«, begann sie.

»Liebe Silvia, du weißt seit langem, daß mich keine zehn Pferde in einen Stall kriegen. Übrigens ahne ich jetzt, warum ich gestern so allergisch auf meinen eigenen Mann reagiert habe.«

»So sorry.« Silvia entschuldigte sich etwas zu ausgiebig.

»Du kannst nichts dafür«, behauptete ich. »Ein erwachsener Mann muß auf sich selbst aufpassen können.« Aber ich war mir in diesem Punkt nicht ganz sicher.

In dieser Nacht hörte ich meinen Mann zwar gelegentlich stöhnen, aber sicher nicht aus Lust. Geschieht ihm recht, dachte ich, muß er unbedingt fremde Gäule besteigen!

Reinhard ließ sich das Frühstück ans Bett bringen, und weil ihm das gut gefiel, beschloß er, überhaupt nicht aufzustehen. »Das war eine schlimme Nacht«, sagte er. »Sei so nett, Anne, und bring mir meine Unterlagen aus dem Büro, wenn du einkaufen gehst. Ich muß verschiedene Handwerkerrechnungen prüfen, das kann ich ebensogut zu Hause machen.« Ausnahmsweise war es mir recht, so konnte ich das Büro inspizieren.

Die Glaskugel stand auf dem Schreibtisch, als könnte sie kein Feuerlein schüren. Birgits Fotoalbum war verschwunden, auf dem schwarzen Ledersofa lagen keine Haarnadeln.

Rasch hatte ich die angeforderten Papiere gefunden. Zuunterst lag eine Rechnung, die nicht an Reinhards Bauherren, sondern an ihn selbst gerichtet war: Birgit verlangte für stundenweise aufgelistete Sekretariatsarbeiten eine geradezu horrende Summe. Das können wir uns nicht leisten! dachte ich verdrossen. Andererseits hatte Reinhard nun schwarz auf weiß die Summe vor Augen, für die ich unentgeltlich gearbeitet hatte. Vermutlich hatte er Birgit angesichts dieser überzogenen Ansprüche bereits gekündigt und wartete nur auf eine günstige Gelegenheit, um mich erneut einzuspannen. Ade, Küchenstilleben! Falls er nach seinem Unfall immer noch reiten lernen wollte, war das sicher teurer als der Tennisklub; und Silvias Gerede neuerdings von einer Segeljacht brachte ihn womöglich auf noch anspruchsvollere Wünsche. Das paßte alles nicht zu meinem stoffligen Mann, der sich stets über die Schickeriaszene mokiert hatte, der aus einfacher Familie stammte und bei unserem Hochzeitsmahl nicht wußte, wie man Spargel ißt.

Am Abend erschienen Silvia und Udo mit Blumenstrauß, Sektflasche und Bettlektüre zur Krankenvisite. In Pantoffeln und Schlafanzug saß der Patient vorm Fernseher und sah sich ein Fußballspiel an. Unsere Freunde gaben sich aufmunternd, Udo entschuldigte sich für seine »unmögliche Frau«, die meinen armen Mann zum Reiten gezwungen habe. Als ich in die Küche ging, um Sektgläser zu holen, folgte er mir. »Wenn sich Silvia und Reinhard im Pferdestall amüsieren, dann könnten wir beide doch zum Ausgleich…«

Ich unterbrach ihn sofort, denn ich konnte auf seine Anzüglichkeiten verzichten. »Aber sicher doch, Udo«, sagte ich. »Und dann fahren wir gemeinsam zu einer Talkshow, wo Paare über ihre Erfahrungen beim Partnertausch plaudern.«

Udo sah mich entsetzt an, bevor er mühsam lächelte.

In der darauffolgenden Nacht plagte mich ein Traum, den ich nie vergessen werde; wieder spielte eine Badewanne die entscheidende Rolle. Reinhard und ich waren an einem heiteren Sommersonntag mit den Kindern zum Grillen eingeladen. Anfangs tat jeder etwas anderes: Udo pinselte Öl auf Bratwürstchen und Lammkoteletts, Silvia lag faul im Liegestuhl, Reinhard bediente den Fön, um die Holzkohle schneller zum Glühen zu bringen, die Kinder spielten mit den Meerschweinen. Ich inspizierte den Garten, kroch hinter Büsche, besah mir die Geräte im Holzhäuschen und fiel plötzlich in eine Grube, die mit Jauche gefüllt war.

Mein schönes helles Sommerkleid war ruiniert, ich stank drei Meilen gegen den Wind. Kein Mitleid der anderen, nur schallendes Gelächter. »Marsch, in die Badewanne!« rief Reinhard, und ich beeilte mich, in das große sonnendurchflutete Badezimmer zu kommen.

Schließlich fühlte ich mich frisch und sauber, zog Silvias seidenen Kimono an und betrat erneut den Garten. »Hast du denn auch die Wanne geputzt?« fragte meine Freundin. Ich sah sie groß an. Hatte ich? Gemeinsam gingen wir zurück ins Bad. Die Wanne war so schmutzig, wie ich noch keine gesehen hatte.

## 14

## *Fleischeslust*

Anders als im Traum war der nächste Sonntag ein eher angenehmer Tag; am Abend zuvor hatten Reinhard und ich nach langer Abstinenz ohne allergischen Zwischenfall miteinander geschlafen. Ich muß zugeben, daß die Initiative einzig von mir ausging. Nicht etwa ein Überschwang an alles verzeihender Liebe war mein Motiv, sondern drängendes Verlangen. Vor, während und nach den Ferien hatte ich verzichten müssen, plötzlich konnte ich es nicht mehr aushalten. Zwar reichte diese eine Liebesnacht längst nicht aus, um wochenlange Versäumnisse wettzumachen, aber es war doch der Anfang einer Normalisierung. Gern wäre ich am frühen Morgen erneut umarmt worden, aber als ich erwachte, war Reinhard bereits aufgestanden und spielte mit den Kindern das neue Lieblingsspiel. Sein Arm war wieder funktionsfähig, seine Laune ließ jedoch zu wünschen übrig.

In den letzten Tagen hatte ich wiederholt eine fahrige Nervosität an ihm beobachtet, was ich mit dem Fehlen eines dringend nötigen Erholungsurlaubs entschuldigte.

Es bleibt mir doch gar nichts anderes übrig, als mich mit meinem Mann zu vertragen, betete ich mir vor und erinnerte mich an Ellens Ratschläge. Falls unsere Ehe nicht wieder besser wurde, sah ich eigentlich nur die Scheidung als

Alternative – waren meine Gründe für einen solchen Schritt schwerwiegend genug? Wo sollte ich mit den Kindern hingehen? Verdiente Reinhard genug, um zwei Haushalte zu finanzieren? Vor allem Lara und Jost würden unendlich leiden; wie lustig hörte ich sie gerade über ihren Papa lachen. Und ich müßte einsam und allein in diesem engen Vogelbauer alt werden. Unsere Differenzen sind teilweise meine Schuld, sagte ich mir, ich bin eifersüchtig und neurotisch, er dagegen ist ein normaler Mann in seiner mimosenhaften Eitelkeit. Die Sache mit Imke, die ich nicht verzeihen konnte, hatte gezeigt, wie empfänglich er für jede Anbetung war. Wahrscheinlich sollte ich ihn ebenfalls umschmeicheln.

Am Anfang des siebzehnten Jahrhunderts war ein kundiger Bildbetrachter in der Lage, eine vordergründige Küchenszene als Predigt wider fleischliche Begierde zu interpretieren. Jeremias van Winghe hat wie viele seiner Kollegen den Küchentisch im Gasthaus mit guten Gaben gefüllt. In meiner eigenen Küche gibt es eine ähnliche Durchreiche wie auf dem Gemälde. Der Einblick ins Restaurant zeigt drei Herren, die sich die Wartezeit mit einem Brettspiel verkürzen. Die Kundschaft interessiert den Maler weit weniger als das Treiben in der Küche, denn hier dominiert das Fleisch in allen Variationen: das gerupfte cremefarbene Huhn, die rosa Lammkeule und die Küchenmagd, deren cremig-rosa Teint beide Farben wieder aufgreift. Das blütenweiße Hemd, das ihr Décolleté nur notdürftig bedeckt, wird zwar von ihrer linken Hand zusammengehalten, sie ist aber dennoch in der Lage, die Wölbung der Brust kokett zur Schau zu stellen.

Ihre Rechte wehrt ebenso unentschlossen wie kraftlos den sie bedrängenden Mann ab, doch der Blick auf die Münze in seiner Hand beweist, daß ihr Freier das Spiel bereits gewonnen hat.

Das barocke Paar zeigt zwar deutlich seine Bereitschaft zum Sündenfall, aber das eigentlich Unanständige auf diesem Bild ist das Huhn. Auf dem Rücken liegend, die Schenkel hochgestreckt, bietet es sein aufgeschlitztes Hinterteil schamlos dar. Ebenso anschaulich beweist der verstohlene Griff eines kleinen Knaben nach einem rotwangigen Apfel die Parallele zum Paradiesgarten. Die üblichen Zutaten wie Kohl und Möhre erhalten in diesem Kontext eine lüsterne Bedeutung. Einzig der Fisch, der direkt vorm Auge des Betrachters auf einer einfachen Holzplatte ruht, deutet eine enthaltsame Möglichkeit an.

Hatte ich mich in jener Nacht ebenso lüstern verhalten wie die Magd, wie das Hühnchen, wie der kleine Apfeldieb? Nun, ich hatte mein Verlangen schließlich auf den eigenen Mann gerichtet, dessen Verführung selbst ein Moralapostel aus puritanischer Zeit mir nicht als Sünde angerechnet hätte.

Kurz nach dem sonntäglichen Mittagessen klingelte das Telefon. »Ich laß es läuten«, sagte ich, »es wird Ellen oder meine Mutter sein, ich rufe später selbst mal an.«

Reinhard sprang sofort auf. »Und wenn mein Büro abbrennt?« fragte er gereizt und lief an den Apparat, um mir gleich darauf zu winken. »Es ist Silvia«, sagte er kurz, blieb aber in Hörweite.

»Scheißwetter, auch bei euch?« fragte Silvia. »Ich bin seit

gestern bei meiner Mutter in Rhede. Dummerweise habe ich meine Lesebrille vergessen, es ist zu blöd! Korinna und Nora behaupten natürlich, meine Vergeßlichkeit käme vom Fleischessen. Aber meine Töchter sind auch nicht besser, sie haben ihre Zahnspangen liegengelassen.«

Ich versicherte, das tue mir leid, und ich hätte gar nicht gewußt, daß sie bereits eine Brille brauche.

»Schließlich bin ich älter als du«, gab sie schnippisch zurück. »Aber wenn es hier ein Pferd gäbe, würde ich die Brille gar nicht vermissen. Könntest du mir einen riesigen Gefallen tun?«

Ich brummte ein »Was denn?« und stellte mich auf Blumengießen ein.

»Ich versuche schon den ganzen Vormittag, Udo zu erreichen. Gestern habe ich auf seinem Anrufbeantworter hinterlassen, daß er zurückrufen soll, aber nichts tut sich. Es ist mir unverständlich, aber vielleicht ist der Apparat defekt. Morgen muß Udo auf Dienstreise, es ist wichtig, daß er uns vorher die Sachen schickt!«

Natürlich versprach ich, noch heute Udo zu besuchen und ihm die Botschaft auszurichten. Die Lesebrille befinde sich entweder auf ihrem Nachttisch oder beim Fernsehprogramm unter der Stehlampe im Wohnzimmer, und die Zahnspangen...

Aber wenn Udo nicht zu Hause war?

»Du weißt doch, wo der Hausschlüssel versteckt ist«, befahl mir Silvia. »Wenn er nicht aufmacht, geh bitte hinein und such die Brille! Und wenn Udo mal wieder besoffen im Bett liegen sollte, dann rüttle ihn wach!«

Ein bißchen verstimmt setzte ich mich wieder zur Familie an den Tisch. Reinhard sah mich fragend an, und ich berichtete.

»Eigentlich eine Zumutung«, urteilte er.

»Finde ich nicht«, sagte ich. »Was soll man in Rhede schon machen außer lesen! Aber es wäre mir lieber, du kämst mit.«

Ich hatte keine große Lust, mutterseelenallein an das Lager eines besoffenen Casanovas zu treten. Ein wenig hatte ich auch den Verdacht, daß Silvia mich nachsehen lassen wollte, was Udo so trieb. Außerdem rechnete sie mit Sicherheit damit, daß ich – und nicht Udo – Brille und Zahnspange verpackte und zur Post brachte. Wie sollte er das auch schaffen, wenn er morgen verreisen mußte?

Als wir im Auto saßen, fragte ich möglichst beiläufig: »Wie kamst du ausgerechnet darauf, dein Büro könnte brennen?«

Reinhard drehte am Radio herum. »Ach so, das habe ich dir gar nicht erzählt. Als ihr verreist wart, ist um ein Haar eine Katastrophe passiert. Gülsun hat die Glaskugel ans Fenster gestellt. Beinahe sind wichtige Dokumente verbrannt, weil das Ding wie ein Brennglas wirkte. Doch zum Glück änderte sich dann das Wetter, und es sind nur ein paar Senglöcher entstanden.«

Udos Wagen stand vorm Haus. Unser Klingeln blieb ungehört, Silvia hatte recht, irgend etwas war nicht in Ordnung. Im letzten Jahr hatte ich während des heißen Sommers, als sie im Urlaub war, regelmäßig die Geranien gegossen. Wie damals steckte der Hausschlüssel im Übertopf einer Palme. Kein gutes Versteck, befand Reinhard, ein erfahrener Einbrecher wisse, daß die meisten Leute ihre Ersatzschlüssel unter einem Stein oder der Fußmatte deponierten, aber Blumentöpfe seien auch nichts Ungewöhnliches.

Wir traten ein. »Hallo, Udo!« rief Reinhard; es rührte sich nichts.

»Hab' mir schon gedacht, daß *ich* ihr die Brille nachsenden muß«, seufzte ich und machte mich auf die Suche. Was hatte Silvia gesagt? Entweder hier oder da? Wohnzimmer, Küche, Eßzimmer, Gästeklo waren schnell inspiziert, Reinhard folgte mir nach oben. Ich hatte ein mulmiges Gefühl, als sei ich eine Einbrecherin. Wenn jetzt Udo plötzlich hereinkam?

Im Bad lagen die Zahnspangen der Töchter. Ich umwickelte sie mit Kleenex und stopfte sie nur ungern in meine Handtasche. In den Kinderzimmern erwartete uns das übliche Chaos, hier hätte Silvia ihre Brille nicht liegengelassen. Als letztes betraten wir das Schlafzimmer.

Udo lag friedlich schlafend im Ehebett. »Komm, wir gehen lieber«, flüsterte ich, »wir schreiben ihm einen Zettel.«

Reinhard war wohl anderer Meinung und zog die Gardinen auf. Das grelle Licht fiel jetzt auf Udos geschlossene Augen, die sich aber keineswegs erschrocken öffneten. Ein Schauder überlief mich, als meine Hand die Kälte seiner Stirn spürte, und ich schrie auf. In meinem ganzen Leben hatte ich noch keinen Toten angefaßt.

Gott sei Dank war ich nicht allein. Reinhard befühlte einen starren Fuß, fragte nach meinem Taschenspiegel und hielt ihn unter Udos Nase, weil er diesen Todesnachweis in einem Fernsehkrimi gesehen hatte.

»Was machen wir jetzt?« fragte ich.

»Soviel ich weiß, hatte er Probleme mit dem Herzen«, sagte Reinhard. »Sieh mal, sein Nachttisch ist ja die reinste Apotheke!«

In diesem Moment hätte ich gern selbst zu Udos Tropfen gegriffen, denn mein Herz spielte verrückt. Noch vor wenigen Tagen hatte mich dieser Mann zu einem Treffen überreden wollen!

»Wir müssen den Hausarzt rufen«, sagte Reinhard. »Weißt du zufällig, welchen Arzt sie haben?«

Ich wußte es, denn wir hatten denselben Doktor. Am Bett stand ein Telefon. Während Reinhard telefonierte, sank ich schwer atmend auf den einzigen Sessel, wo Udos Wäsche lag. Das Ehebett meiner Freunde stand wie eine Theaterbühne vor mir. Was mochten sich hier für Dramen abgespielt haben? Auf Silvias Nachttisch entdeckte ich tatsächlich ihre Lesebrille, diverse Romane, Ohrringe, Taschentücher, ein Lavendelsäckchen. Auf Udos Ablage, die ich nur ungern anpeilte, vereinten sich Sachbücher, Sprays, Tropfen und Salben, eine Flasche mit Grapefruitsaft, ein Teelöffel, Hustenbonbons, ein Wecker, Ohrenstöpsel und ein winziges Radio zu einem einzigartigen Stilleben. Auf dem flauschigen Bettvorleger sah ich die Tageszeitung und ein sogenanntes Herrenmagazin mit aufgeklapptem Faltblatt liegen. Die dargestellte Maid kam mir allerdings so langweilig vor, daß Udo schwerlich einen Herzanfall bei ihrem Anblick bekommen haben konnte. Unpassenderweise vermißte ich meinen Skizzenblock.

»Komm, laß uns nach unten gehen und auf den Arzt warten«, sagte Reinhard, selbst so käseweiß wie ein Toter.

Auf der Treppe fragte ich: »Müßten wir nicht als erstes Silvia anrufen?«

»Eins nach dem andern«, sagte Reinhard und suchte im Wohnzimmer nach Kognak. »Übrigens haben wir Glück, daß der Hausarzt an einem Sonntag überhaupt zu erreichen war! Vielleicht sollte *er* Silvia die Hiobsbotschaft überbringen, schließlich ist er ein Profi.«

Da war ich anderer Meinung und setzte mich durch, Silvia hatte ein Recht, die traurige Wahrheit von uns zu erfahren. Aber schon als ich mutig zum Hörer griff, plagten mich Skrupel, und ich jammerte: »Wie soll ich es ihr nur sagen? Kannst du das nicht besser als ich? Du bist immer so diplomatisch!« Meine letzten Worte waren glatt gelogen, aber ich sah bestätigt, daß Reinhard auf plumpe Schmeichelei hereinfiel.

»Gern tu' ich das zwar nicht«, sagte er, »aber dir zuliebe...«

Reinhard wählte die Nummer in Rhede; ich drückte auf die Lautsprechertaste, um mitzuhören. Silvia war selbst am Apparat. »Ich muß dir etwas sagen: Anne und ich sind gerade bei euch zu Hause«, begann er unbeholfen.

Aber sie schwätzte schon los: »Ihr seid wirklich lieb! Auf euch kann man sich verlassen! Wo war denn meine Brille?«

»Silvia, setz dich mal hin. Wir haben Udo tot im Bett gefunden.«

Reinhard schnaufte, Diplomatie fiel ihm schwer.

Silvia hatte ihn nicht verstanden. »Im Bett? Und ich dachte, sie läge auf dem Nachttisch«, plapperte sie. Aber dann: »Was hast du gerade gesagt?«

Schließlich übernahm ich den Hörer und beschwor Silvia, die Kinder bei ihrer Mutter zu lassen und die Bahn, nicht das Auto zu nehmen.

»Nein«, sagte sie, »ich brauche den Wagen zu Hause. Wir fahren sofort los. War der Arzt schon da? Dann macht ihm bitte das Tor auf, damit er direkt vors Haus fahren kann.«

Ich flüsterte Reinhard zu, er solle ihr noch einmal gut zureden und übergab ihm den Hörer. Dann lief ich zur Toreinfahrt.

Als wir wieder wartend im Wohnzimmer saßen, hatte Reinhard ausnahmsweise einen guten Einfall: »Weißt du was, ich geh' noch mal schnell nach oben und lasse die Zeitschrift verschwinden.«

Innerlich tat ich Abbitte, weil ich Reinhards Taktgefühl unterschätzt hatte.

Dr. Bauer kam bald, schüttelte uns die Hand und begab sich nach oben. Fünf Minuten später erschien er wieder und wühlte in seiner schweinsledernen Tasche nach Formularen. »Ich fülle den Totenschein aus«, erklärte er und schien einen Augenblick zu grübeln. – Später lasen wir die Diagnose: ›Kammerflimmern? bei Herzrhythmusstörungen‹. – »Er war noch viel zu jung!« sagte der Arzt bedauernd. »Zwar hat er mich oft zu den unmöglichsten Zeiten angerufen, wenn es ihm gerade schlechtging, aber leider ist er fast nie in meiner Praxis erschienen, um das EKG kontrollieren zu lassen; typisch für diese erfolgreichen Manager, daß sie sich chronisch überfordern und Warnsignale in den Wind schlagen! Die Familie fährt in den Urlaub, der Vater bleibt zu Hause und schuftet.«

Ich blickte mit schlechtem Gewissen zum urlaubsreifen Reinhard hinüber.

»Die Ursache der Tachyarrhythmie ist nie richtig abgeklärt worden«, überlegte Dr. Bauer, »vielleicht sollte man obduzieren. Aber dazu müßte sich seine Frau äußern.« Er verabschiedete sich eilig.

»Wir sollten jetzt auch nach Hause gehen«, sagte ich, »die Kinder warten.«

Während ich einen starken Kaffee braute, dachte ich über Silvia nach. Seltsam kühl hatte sie reagiert – aber gab es ein normales Benehmen bei einer so unerwarteten Todesnachricht? Jedenfalls hätte ich mich völlig anders verhalten.

Als das Telefon klingelte, war ich mir sicher, daß Silvia einen schweren Autounfall erlitten hatte und im Krankenhaus lag. Doch Reinhard, der abgenommen hatte, verlor kein Wort über Udos Tod, sondern wurde beinahe lebhaft: »Wir werden die Konkurrenz auf dem Euro-Markt noch zu spüren kriegen! Neunzigtausend Architekten arbeiten allein in Deutschland, in zehn Jahren kommen etwa dreißig- bis vierzigtausend dazu!«

Auf wen wollte er solchen Eindruck machen?

»Sandsteintränken? Kann ich besorgen, Mia«, sagte er abschließend.

»Reinhard«, begann ich und schenkte ihm Kaffee ein, »wir haben einen Fehler gemacht. Man hätte Udo sofort ins Leichenschauhaus bringen sollen, man kann doch Silvia nicht zumuten, daß sie mit den Kindern...«

Reinhard verstand meine Bedenken nicht. »Du hast doch auch gedacht, daß er bloß schläft«, argumentierte er, »ein absolut friedliches Bild. Die meisten Angehörigen wollen in Ruhe Abschied nehmen, das geht zu Hause besser als in einer Leichenhalle!«

Jost flitzte zur Tür herein. »Papa, Kai hat jetzt endlich einen Ohrring bekommen, ich will auch einen!«

»Kommt überhaupt nicht in die Tüte«, sagte Reinhard ärgerlich. »Das ist doch nichts für Buben!«

Ich schloß aus dem Kindertreffen, daß Lucie wieder aus dem Urlaub zurück war, und rief sie sofort an, um die Neuigkeit zu berichten.

Lucie regte sich auf. »Ich komm' schnell vorbei«, bot sie an und war zehn Minuten später bei uns. »Wie konntet ihr zulassen, daß sie mit dem Wagen fährt!« rief sie anklagend.

»Sie hat nicht auf mich gehört«, verteidigte ich mich, »sie brauche ihr Auto, hat sie behauptet!« Bei der Vorstellung, wie Silvia mitten in der Nacht mit heulenden Töchtern eintraf, die Treppe zum Schlafzimmer hinaufwankte und neben dem Toten schlafen mußte, kamen mir beinahe die Tränen. Ich bat Reinhard, beim Bestattungsinstitut anzurufen und den sofortigen Abtransport der Leiche zu verlangen. Er erwischte aber nur einen Anrufbeantworter – es war Sonntag abend.

»Wir sind ihre Freunde«, sagte Lucie, »wir müssen zur Stelle sein, wenn sie uns braucht. Gottfried kann wunderbar trösten, er soll in Silvias Haus auf sie warten. Wenn nicht einer von uns bei den Kindern bleiben müßte, würde ich es natürlich selbst übernehmen.«

Reinhard wollte so viel Güte noch übertreffen. »Laß man«, sagte er großmütig, »das übernehmen wir, das heißt,

Anne sollte auch lieber zu Hause bleiben, sie hat schwache Nerven.«

Ich war erleichtert. Gegen elf verließen mich sowohl Lucie als auch Reinhard. Obwohl ich todmüde war, ging ich nicht ins Bett, denn ich war völlig überdreht. Also verrichtete ich allerhand unwichtige Hausarbeit, räumte in der Küche herum und begab mich mit dem vollen Müllsack auf die Straße. Außenbeleuchtung anmachen! dachte ich, denn Reinhard sollte bei seiner späten Rückkehr nicht im Dunkeln zur Haustür tappen. In der Mülltonne lag eine Zeitschrift, die nicht hineingehörte, denn ich trennte Glas, Papier, Biomüll und Haushaltsabfälle. Amüsiert zog ich Udos Herrenmagazin heraus, das Reinhard offensichtlich sofort weggeworfen hatte. So prüde war mein Mann, daß er sich die harmlosen Spielgefährtinnen gar nicht erst angeguckt hatte.

Unter der Zeitschrift lag eine Flasche, die wiederum in den Glascontainer gehörte. Gewissenhaft nahm ich sie ebenfalls heraus, aber diesen Grapefruitsaft hatte ich nicht gekauft. War es etwa die Flasche, die auf Udos Nachttisch gestanden hatte? Was hatte das zu bedeuten? Reinhard war in seinem Taktgefühl zu weit gegangen, wenn er Silvia nicht an Udos nächtliches Gluckern, über das sie sich früher einmal beschwert hatte, erinnern wollte. Ich tat die leere Flasche zum Glasmüll in den Keller und nahm mir die Zeitschrift mit ins Haus. So etwas lasen also gutbetuchte Herren über vierzig! Verwundert bemerkte ich, daß es nicht nur um nackige Mädchen, sondern auch um Motorboote, Drei-Sterne-Restaurants, Politik, Herrenmode und Börsentips ging.

Schließlich suchte ich mir den Autoatlas und sah nach, wo Rhede eigentlich lag und wie lange die Fahrt dauern mochte. Eigentlich mußte Silvia jetzt längst zu Hause sein. Wie lange braucht man, um einer trauernden Witwe Beistand zu leisten? Wann konnte ich mit Reinhards Rückkehr rechnen? Probeweise rief ich an, aber weder er noch Silvia oder eine der Töchter meldete sich.

Allmählich wurde mir die Vorstellung, wie Reinhard Trost spendete, immer unangenehmer. Andererseits würden sich zwei halbwüchsige Mädchen weinend an ihre Mutter klammern, da konnte Reinhard doch nicht gut … Ich verwarf meine argwöhnischen Gedanken, rief aber trotzdem ein weiteres Mal an, ohne daß in Silvias Haus der Hörer abgenommen wurde. Wo mochten sie gerade sitzen? Im Wohnzimmer oder am Totenbett? Auf einmal ärgerte ich mich über Lucie, die es zwar als barmherzige Pflicht ansah, Silvia in ihrer schweren Stunde beizustehen, sich aber ziemlich elegant aus der Affäre gezogen hatte.

Als der Morgen bereits dämmerte, konnte ich die Warterei nicht mehr ertragen. Ich zog mir Schuhe an, griff nach Handtasche und Autoschlüssel und machte mich auf, um Reinhard abzulösen und mit sanfter Gewalt nach Hause zu dirigieren. In wenigen Stunden hatte er einen Termin, er mußte dringend noch ein wenig ruhen.

## 15

# *Bittere Mandeln*

Es erschien mir aufregend, so früh am Tag unterwegs zu sein, kaum ein Mensch war auf der Straße. Ich vergaß meine überreizte Unausgeschlafenheit und fühlte mich aus irgendeinem Grund beschwingt, froh, am Leben zu sein.

An der Bushaltestelle stand eine einsame Gestalt. Als ich näher kam, erkannte ich Imke. Also hatte man sie aus der Psychiatrie entlassen, Gott sei Dank! Wenn sie so zeitig am Tag auf den Bus wartete, schien sie wieder im Krankenhaus zu arbeiten und zur Frühschicht anzutreten. Hoffentlich war sie von Reinhard geheilt, der sie wohl erst richtig krank gemacht hatte.

Die Straße, in der Silvia wohnte, wurde aufgerissen. Mühsam fuhr ich halb auf dem Bürgersteig an der Baustelle vorbei und hielt kurz vor ihrem Haus in einer kleinen Parkbucht an. Ich stieg aus, um die letzten zehn Meter zu Fuß zu gehen. Udos, Silvias und Reinhards Wagen standen eng hintereinander auf der herrschaftlichen Einfahrt. Der Garten war stets tadellos gepflegt, Udos Werk. Wer sollte in Zukunft Silvias Kommandos ausführen? Plötzlich hörte ich meinen Namen und versteckte mich schnell hinter einem buschigen Rhododendron.

Silvia und Reinhard schienen sich gerade vor der Haustür zu verabschieden. »Wie oft soll ich es dir noch sagen«, ereiferte sie sich. »Das kommt davon, daß er sich so verausgabt hat, ständig hat er es mit ihr getrieben.«

Reinhard schien ihr nicht zu glauben. »Ich kann und kann es mir nicht vorstellen. Anne ist zwar schwierig und krankhaft eifersüchtig, jedoch völlig auf mich fixiert. Aber ich muß jetzt wirklich heim, sonst gibt es eine Katastrophe!« Er umarmtc sie. »Alles wird gut!« sagte er.

Mir wurde übel. Da beschuldigte mich Silvia, der ich stets vertraut hatte, die eine entfernte Verwandte und eine Freundin war, auf üble Weise gegenüber meinem Mann. Was war denn bloß in sie gefahren? Glaubte sie tatsächlich, was sie sagte, und Udo hatte sich mit erfundenen Abenteuern gebrüstet? Wie ein getretener Hund machte ich kehrt, um erst einmal nachzudenken. Es war nicht der richtige Moment, um Silvia zur Rede zu stellen. Ich verzog mich ins Auto und wartete. Da es eine Einbahnstraße war, würde mich Reinhard nicht zu Gesicht bekommen. Als ich seinen Wagen starten hörte, blieb ich noch fünf Minuten sitzen und fuhr dann ebenfalls nach Hause. Leise öffnete ich unsere Tür. Reinhard stand noch im Flur und starrte mich an, als sei ich ein Gespenst. »Wo kommst du denn her?« fragte er heiser.

»Ich wollte dich beim Samariterdienst ablösen, aber ich sah bloß noch dein Rücklicht aufleuchten.«

Reinhard schaute auf die Uhr. »Hast du überhaupt nicht geschlafen? Wie sinnlos, wo ich doch extra die Nachtwache übernommen habe. Ich leg' mich jetzt noch eine Stunde hin, und du solltest das auch tun.«

Plötzlich stand Jost im Schlafanzug vor uns. »Ist etwa wieder Schule?« fragte er verdöst.

»Erst in einer Woche, Schatz«, sagte ich, und Reinhard befahl: »Ab ins Bett, du Seckel!«

Merkwürdigerweise schlief ich sofort ein.

Kurz vor dem endgültigen Aufwachen hatte ich einen bösen Traum: Imke stand mit einem Sprengkörper vor unserem Haus. Die Bombe sah wie eine eiserne Frau aus.

Wir verschliefen alle. Reinhard mußte unrasiert und ohne Frühstück aufbrechen, um noch pünktlich zu seiner Verabredung mit einem potentiellen Kunden zu kommen. Für solche Fälle lag ein Elektrorasierer in seinem Büroschreibtisch. Während er in die Hosen fuhr, schmierte ich ihm rasch ein Pausenbrot und fragte nebenbei: »Wie haben es die Mädchen aufgenommen?«

»Welche Mädchen?« sagte er abwesend.

»Korinna und Nora, waren sie völlig verstört?«

Ich erfuhr, daß Silvia ihre Töchter doch lieber bei der Großmutter gelassen hatte.

Erst reichlich spät am Tag saß ich mit den Kindern beim Frühstück. »Wie sah denn der tote Udo aus?« fragte Lara mit wohligem Gruseln.

Jost legte das Herrenmagazin beiseite, um nichts zu verpassen.

»Ganz friedlich«, sagte ich, »er ist im Schlaf gestorben.«

Mein Junge meinte nachdenklich: »Ellen hat gesagt, Männer sterben früher als Frauen. Muß ich früher sterben als Lara?«

Seine Schwester belehrte ihn: »Du hast noch zehn Jahre Zeit, bis du ein Mann bist.«

»Dürfen wir zu Udos Beerdigung?«

Ich wußte es noch nicht, wollte die beiden ins Schwimmbad schicken, kramte in meiner Handtasche nach Geld für Bockwurst und Eis und stieß auf zwei Zahnspangen.

Ich hörte Jost ängstlich erklären: »Und die Oma sagt, mit nassen Haaren holt man sich den Tod.«

Mit meinen Sorgen allein gelassen, beschloß ich, zur eigenen Ablenkung die wenigen diesjährigen Mirabellen zu ernten und einzumachen. Insgeheim hatte ich vor, die Sauerkirschmarmelade meiner Schwiegermutter zu übertreffen.

Ein unbekannter neapolitanischer Künstler hat ein seltsames herbstliches Stilleben gemalt, das zwar um 1660 entstanden ist, aber in seiner Farbgebung hochmodern anmutet. Auf dem polierten Holztisch sieht man zwei Pilze, einen Korb mit Kastanien, eine Traube reifer Beeren, einen Teller mit Mandeln und zwei kleine Käselaibe. Auf den Gemälden seiner Zeitgenossen wird meist ein Überfluß an bunten, prächtigen Gegenständen, Früchten und Blumen präsentiert. Aber gerade in feiner Zurückhaltung liegt der Reiz dieser Darstellung. Die Farbe Braun dominiert: Hellbraun sind Tisch und Mandeln, dunkel glänzend die Kastanien, bräunlich der Käse, tief umbra der Hintergrund. Das bastfarbene Körbchen, die gelblich-weißen Champignons, die schwärzlichen Beeren und das grauweiße Käsepapier bieten nur einen schwachen Kontrast zu den braunen Schattierungen. Fast wäre diese Komposition in ihrer vornehmen Bescheidenheit etwas langweilig, wenn da nicht der Keramikteller wäre. Seine taubenblaue, leicht changierende Glasur bildet einen köstlichen Gegenpol zu den ruhigen Naturtönen.

Ein geheimnisvoller Zauber, der nicht durch vordergründige Symbolik erklärt werden kann, geht von der herbstlichen Ernte aus. Was sind das für schwarze Beeren? Handelt es sich wirklich um Champignons? Und die Mandeln, die so säuberlich im blauen Teller angerichtet wurden, sind sie süß oder bitter? Alles kann harmlos sein – oder auch nicht.

Auf wackliger Leiter stehend, stieß ich heftig mit einer Harke gegen die Zweige des Obstbaums, um die gelben Früchte herunterplumpsen zu lassen. Mit den Gedanken war ich ganz woanders. *Ich* sollte ein Verhältnis mit Udo gehabt haben! Ausgerechnet mit ihm! Wie konnte Silvia so etwas vermuten? Andererseits wußte ich aus eigener Erfahrung, wie leicht man sich in absurden Verdächtigungen verrennt. Ich reckte mich, um einen Ast zu erwischen, und wäre um ein Haar hinuntergefallen. Dann kam mir der Gedanke, daß Silvia womöglich aus Berechnung log. Wenn sie tatsächlich glaubte, ich schliefe mit Udo, dann hätte sie mich doch nicht auf Brillensuche geschickt und mir ihren Mann sozusagen auf dem Silbertablett serviert.

Wespen umsummten mich und machten mir die besten Mirabellen streitig. Gedankenverloren steckte ich mir so manche von Insekten angenagte Frucht in den Mund. Jede dritte spuckte ich wieder aus, weil sie nicht schmeckte.

Was hilft das Spekulieren, sagte ich mir, ich muß Marmelade machen! Nachdem ich das Obst gewaschen, entkernt und im Mixer zerkleinert hatte, vermischte ich das Mirabellenmus mit Gelierzucker und wollte es vorschriftsmäßig einige Stunden lang im großen Topf ziehen lassen.

Trotz schlechten Gewissens hatte ich vor, etwas zu mogeln und die Wartezeit abzukürzen. Mit einem großen Korb unterm Arm stieg ich in den Keller, um leere Einmachgläser zu holen und in der Küche heiß auszuwaschen. Beim Anblick des Glascontainers kam mir die Grapefruitflasche wieder in den Sinn. Ich zog sie heraus und stellte fest, daß sie noch Saft enthielt. Als ich die Flasche ansetzte, um einen Schluck zu probieren, zog es mir den Gaumen zusammen, so bitter war das Zeug.

Wahrscheinlich war der Saft verdorben. Gut, daß ihn die ewig durstigen Kinder nicht entdeckt hatten! Ich schob die Flasche hinter eine Weinkiste, weil ich keine Lust hatte, neben zwanzig Schraubgläsern noch weiteren Ballast mit nach oben zu tragen. War Udo vielleicht an vergorenem, bereits giftigem Obstsaft gestorben? Oder an vergiftetem Saft? Wenn Reinhard die Flasche mit dem verräterischen Inhalt beseitigt hatte, dann wußte er doch wohl, warum. Mir war benommen im Kopf. Ich stapfte mit meinem klirrenden Korb die Treppe hinauf, stellte gedankenverloren die Herdplatte an und wollte nicht glauben, daß mein Mann mit der falschen Silvia unter einer Decke steckte.

Ohne zu wissen, was ich eigentlich suchte, durchwühlte ich die Kleider, die er am Vortag getragen hatte. Das obligate Maßband steckte noch in der Hosentasche, ein Zeichen dafür, wie unkonzentriert Reinhard war. Auf einem vielbenutzten Zettel las ich eine Zahl, die mir bekannt vorkam. Es war die Telefonnummer von Silvias Mutter. In der Schreibtischschublade fehlten die Tonkassetten, also war Birgit wieder zurück. Außerdem entdeckte ich eine weitere Restaurantrechnung und eines von Rüdigers Fotos, die ich doch unter meiner Matratze wähnte. Also schien mein Mann ebenso zu schnüffeln wie ich.

Ein brenzliger Geruch und ein bedenkliches Zischen trieben mich wieder in die Küche zurück, wo mich eine furchtbare Sauerei erwartete. Es sollte lange dauern, bis ich die verbrannte, klebrige Masse von der Herdplatte abgekratzt hatte, vom Kochtopf ganz zu schweigen. Hätte ich die Mirabellen doch lieber den Vögeln überlassen!

Beim Schrubben und Wischen wurde mir schlecht. Warum hatte ich den bitteren Saft nicht sofort wieder ausgespuckt? Dazu war es jetzt zu spät, oder nicht? Lucie hatte mir gestanden, daß sie sich häufig den Finger in den Hals steckte, um damit den Folgen eines allzu üppigen Essens vorzubeugen. Unter qualvollem Würgen brachte ich eine Mirabelle zum Vorschein. Klopfte mein Herz immer so heftig? War es Angst oder bereits das Vorzeichen meines baldigen Endes? Sollte ich zum Arzt laufen und mir den Magen auspumpen lassen?

Überhaupt – war alles nur Einbildung? Voller Zweifel an mir selbst und meinen wilden Phantasien beschwor ich mich, Ruhe zu bewahren und nicht unüberlegt zu handeln. Schließlich hatte unser eigener Hausarzt, zu dem ich seit Jahren volles Vertrauen hatte, Udo einen natürlichen Tod bestätigt. Ich versuchte es mit Übungen aus einem halb vergessenen autogenen Trainingsprogramm, kochte mir Kamillentee und beschloß, den verdächtigen Flascheninhalt analysieren zu lassen. Aber wo und mit welcher Begründung? Auf jeden Fall durfte das Corpus delicti nicht wieder in Reinhards Hände fallen.

Nach drei Tassen Tee ging es mir eigentlich wieder gut, schließlich hatte ich nur ein paar Tropfen Saft getrunken. Ich beschloß, einen Test zu machen: Die Originalflasche ließ ich zwar gut versteckt, aber eine identische wollte ich morgen zum Frühstück servieren.

Es war früher Nachmittag, Lara und Jost würden noch nicht so bald hungrig vom Schwimmen zurückkommen. Ich fuhr zum Einkaufen. Der Supermarkt war menschenleer, so daß ich schon von weitem Imke beim Gemüsestand entdeckte, wo sie Bananen abwog. Obwohl es ein warmer Tag war, trug sie lange Hosen und ihr weites graumeliertes Sweatshirt. Kurz entschlossen schob ich meinen Wagen neben den ihren: »Na, wie geht's denn, Imke?« fragte ich freundlich.

»Ganz gut«, war die Antwort, und sie sah mich wie stets zu lange an.

»Sind Sie in ärztlicher Behandlung?« fragte ich und hätte mir sofort auf die Zunge beißen können.

Aber sie reagierte gelassen: »Ich mache jetzt eine ambulante Therapie. Es ist wichtig, daß ich wieder arbeiten gehe.« Damit wandte sie sich der Waage zu, und ich verabschiedete mich.

Im Getränkeregal des Supermarkts fand ich die gleiche Sorte Grapefruitsaft, die Udo nachts zu trinken pflegte. Außerdem kaufte ich Scheuermittel, fünf Pfund Nudeln, Hackfleisch, Ketchup, Gouda, zwei Kilo Birnen und zwanzig Hefte für den bevorstehenden Schulanfang.

Vor unserem Haus verfrachtete Lucie gerade die kleine Eva in den Kindersitz ihres Autos, während Moritz im Vorgarten giftigen Fingerhut abreißen wollte. Lucie erwischte ihn mit eisernem Griff, packte mir Evchen auf den Arm und sagte: »Es war keiner da, wir wollten schon wieder abdüsen! Ich habe vorhin mit Silvia telefoniert.«

Wir ließen uns im Garten nieder und behielten die Kinder im Auge. Silvia habe gesagt, sie brauche weder Hilfe noch Trost, der Tote sei bereits gegen Mittag abgeholt worden, die erforderlichen Papiere habe sie wohlgeordnet vorgefunden.

Wie immer steckte Lucie in schwarzer Kleidung – einem kurzen Rock mit knappem Blüschen. Eigentlich sah sie eher nach einer Witwe aus als heute früh Silvia in ihrem violetten Hemdblusenkleid. Nach den verleumderischen Worten, die ich erlauscht hatte, hatte ich wenig Lust, mit ihr in Kontakt zu treten.

Doch meine stets sozial denkende Freundin fragte: »Wie können wir helfen, Anne, was schlägst du vor?«

»Einen teuren Kranz schicken«, knurrte ich, und sie sah mich ganz erschrocken an. Was denn mit mir sei? Ich wirke so erschöpft.

Schnell fing ich die kleine Eva wieder ein, die zielstrebig zu ihrem Bruder auf den Komposthaufen krabbelte. »Ach Lucie, ich habe kaum geschlafen, weil ich die halbe Nacht auf Reinhard warten mußte. Dann ist mir ein Topf voll Mirabellen übergekocht. Die Beseitigung der Schweinerei hat mich Stunden gekostet und meine Laune nicht gerade gehoben!«

Lucie mußte lachen. Manche Tage seien verhext, konstatierte sie und sprang rasch dem dreijährigen Moritz nach, der seiner Schwester Erde in die Haare streute.

»Wie hältst du das mit vier Gören aus?« fragte ich. Die beiden Großen, die Gottfried mit ins Haus gebracht hatte – Kai und Gesa –, seien zum Glück pflegeleicht, Eva im Grunde auch, nur Moritz sei ein Teufel, ganz der Vater. Vorsichtig fragte ich, wer denn der geheimnisvolle Erzeuger sei.

Da vertraute mir Lucie endlich auch einmal etwas an. Bekanntlich sei sie eine geborene Meier und verheiratete Stüwer – daher der Doppelname »Meier-Stüwer« am Türschild. Stüwer hatte sich scheiden lassen, weil sie von einem gewissen Gerd schwanger wurde, dem Vater von Moritz. Gottfried, der mit vollem Namen Dr. Gottfried Hermann hieß, war der Vater von Eva; leider sei er nicht von der Mutter seiner ältesten Kinder geschieden... »Es ist ein einziges Kuddelmuddel!« Dabei grinste sie von einem Ohr bis zum anderen. »Mit Stüwer treffe ich mich gelegentlich, er hat mir längst verziehen, der Typ ist im Grunde okay. Meine einzige richtige Entgleisung war Gerd Triebhaber.«

Hatte ich richtig gehört? Mein erster Lover Gerd war der Vater von Moritz? Udo, Silvia und die Saftflasche waren vergessen, ich erging mich gemeinsam mit Lucie in Erinnerungen an Gerd, den ich ja lange vor ihr gekannt hatte. Was war aus ihm geworden?

»Rate mal«, sagte Lucie, »sein Beruf fängt mit P an! Gerd ist zum zweitenmal verheiratet und Vater zweier Kinder, das heißt, mit Moritz sind es drei.«

»Wo wohnt er denn?«

»Gar nicht weit von hier, in Ludwigshafen. Er arbeitet als Pharmakologe an einer Uni-Klinik, verdient das große Geld und hat nie einen Pfennig für Moritz bezahlt.«

Das war ja hochinteressant, wie gut, daß ich nicht auf Gerd Triebhaber sitzengeblieben war.

Ich nahm Moritz auf den Schoß und begutachtete ihn mit ganz neuen Augen und wacher Aufmerksamkeit. Das war ein echter kleiner Triebhaber, wie er leibte und liebte! »Hat das Kind eine Ahnung...?« fragte ich.

Lucie schüttelte den Kopf. »Anne, er ist gerade mal drei Jahre alt. Übrigens hätte ich Gerd nie im Leben geheiratet, schon wegen seines Nachnamens! Moritz und Eva heißen schlicht Meier. Sie können ja adlig heiraten, wenn es ihnen nicht paßt.«

Lucie riß mir ihren Teufel wieder weg und preßte ihn inbrünstig an sich, was Evchen Anlaß zu Eifersucht gab. Dann fragte sie neugierig: »Du scheinst auch nicht gerade eine loyale Ehefrau zu sein, Silvia hat so eine Andeutung gemacht...«

Ich wurde rot bis über beide Ohren. »Was hat sie gesagt?« fragte ich und wirkte sicherlich nicht wie ein Unschuldslamm.

»Udo und du«, begann Lucie und stockte wieder. »Ich konnte es mir eigentlich kaum vorstellen, aber Silvia behauptet, Udo habe alles zugegeben! Deswegen halte sich ihre Trauer auch sehr in Grenzen.« Sie blickte mir forschend ins Gesicht.

»Das ist eine unverschämte Unterstellung«, sagte ich wutentbrannt, »kein Wort ist daran wahr. Udo hat mir zwar gelegentlich nachgestellt, aber völlig erfolglos. Ich denke, er hätte es ungern riskiert, eine Ohrfeige zu bekommen.«

Lucie wiegte den Kopf nachdenklich hin und her. »Entweder hat Udo gelogen – oder Silvia.« Die dritte Möglichkeit, daß ich nicht die Wahrheit sagte, sprach sie zwar nicht aus, aber ich sah ihr an, daß sie auch das in Erwägung zog.

»Silvia lügt. Daß Udo ihr einen Bären aufgebunden hätte«, überlegte ich, »ist kaum denkbar. Die meisten Ehemänner würden genau umgekehrt handeln, nämlich eine tatsächliche Affäre leugnen, statt sich eine erfundene auszudenken. Warum sollte er sich so blöde benehmen?«

»Versteh' einer die Männer«, sagte Lucie. »Vielleicht hat's mit Silvia im Bett nicht mehr geklappt, sie hat ihn gedemütigt, und er hat aus Rache behauptet, mit anderen Frauen habe er keine Probleme!«

Das lag zwar im Bereich des Möglichen, aber warum mußte ausgerechnet ich als Sündenbock herhalten? Ich bat Lucie, niemandem, und schon gar nicht Reinhard, etwas von diesem Gespräch zu erzählen. »Die Leute denken rasch, es könnte etwas Wahres dran sein«, sagte ich. »Aber du hast mich doch sicher Silvia gegenüber verteidigt?«

»Ja, natürlich«, sagte Lucie etwas lau, »aber was sollte ich ihr schon entgegenhalten, als sie mir unter Tränen anvertraute, Udo habe ihr sein Verhältnis mir dir gebeichtet?«

Meine Freundin sammelte ihre Kinder wieder ein und begab sich auf den Heimweg.

Es klingt fast exzentrisch, daß ich mir gerade in dieser Situation meine Malsachen aus dem Schrank kramte. Ich wollte nur eins: der vertrackten Wirklichkeit, den untreuen Ehemännern, falschen Freundinnen und der unbewältigten Vergangenheit entfliehen.

Sollte ich heute mit dem geplanten Küchenstilleben beginnen? Sicher war die ganze Familie bald wieder versammelt und stellte Ansprüche. Ich legte mir trotzdem den Zeichenblock zurecht und begann, Udo auf dem Totenbett zu skizzieren, wobei ich feststellte, daß ich ihn mir überhaupt nicht mehr präzise vorstellen konnte. Dreimal mußte ich seine Mundpartie ausradieren, bis ich mich erinnerte, daß er einen ausgeprägt starken Unterkiefer hatte. Um so besser gelang mir das Stilleben mit Saftflasche, Teelöffel, Radio, Spray und Tropfen, Wecker und Ohrenstöpseln auf dem Nachttisch.

Die Kinder schreckten mich auf. »Wer hat meine Kompost-Dinos geklaut?« fragte Jost entrüstet.

Ich konnte nicht folgen.

Daraufhin erklärte er mir, daß er für seine kleinen grünen Gummisaurier auf dem Komposthaufen ein Urweltreich gebaut habe. Alle seine Lieblinge seien verschwunden.

Ich seufzte; das konnte nur Moritz, der kleine Teufel, gewesen sein.

16

## *Reiner Wein*

In meinen Träumen erleide ich gelegentlich den schlimmsten aller Unfälle: Ein Kind läuft mir vors Auto, ohne daß ich es verhindern kann. In der Realität habe ich noch nie ein Lebewesen überfahren. Im Gegenteil, kürzlich konnte ich eines retten. Mitten auf der Straße kauerte eine Katze und war derartig beschäftigt, daß sie seelenruhig verharrte, als sich mein Wagen näherte. Kurz bevor ich anhalten mußte, sprang sie auf und lief nach der linken Seite davon, nach rechts dagegen floh ein ungleich kleineres Tierchen, eine Maus. Den ganzen Tag über war ich in Hochstimmung, da ich es schon immer mit den Mäusen und nicht mit den Katzen gehalten hatte.

Auch in jener angstbesetzten Situation, als ich weder der Freundin noch dem eigenen Mann trauen konnte, teilte ich die Menschen in Katz und Maus, Räuber und Opfer ein. Obwohl Udo ehemals selbst zu den Jägern gehört hatte, war er jetzt als Toter zu beklagen. Silvia und Reinhard betrachtete ich als Raubtiere, mich dagegen als deren Beute. Falls ich mich nicht wehrte.

Zum gemeinsamen Frühstück stellte ich die frisch gekaufte, aber weitgehend geleerte Flasche mit Grapefruitsaft auf den Tisch. Ich konnte darauf vertrauen, daß die Kinder ihn nicht mögen würden. Wie so oft tauchte Reinhard hinter seiner Zeitung ab, er merkte daher nichts von dem ausgelegten Köder; doch als er sich eine weitere Tasse Kaffee einschenken wollte, entdeckte er plötzlich die Flasche, und ihm entfuhr ein schreckhaftes »Was'n das?«.

Meine Antwort klang harmlos: »Obstsaft!«

Reinhard ließ die Zeitung fallen. »Das sind ja ganz neue Sitten! Seit wann trinken wir Saft zum Frühstück?«

Ich schien weiterhin nur am dünnflüssigen Honig interessiert, den ich vom Löffel auf mein Butterbrot träufelte. »Reg dich nicht auf, ich habe keinen Pfennig dafür ausgegeben. Diese Flasche lag im Mülleimer, dabei war sie noch gar nicht leer. Vitamine für die Kinder, habe ich gedacht…«

Reinhard fuhr zusammen. »Haben sie etwa davon getrunken?«

Ich zuckte mit den Achseln und leckte Honig vom Finger.

Nun hielt es meinen Mann nicht mehr auf seinem Platz. Wo die Kinder hin seien, brüllte er.

»Sie wollten ins Hallenbad«, sagte ich. »Die paar Tage bis zum Ferienende müssen sie noch auskosten.«

Der geschockte Vater warf seine Tasse um und schüttelte mich. »Wie kann man so verantwortungslos sein und den Inhalt des Mülleimers auf den Eßtisch stellen! Willst du deine eigenen Kinder umbringen?«

»Du hast wohl schlecht geschlafen«, sagte ich freundlich, »daß du so heftig reagierst. Die Kinder mögen diesen Saft nicht, er ist ihnen zu bitter. Aber mir schmeckt er!« Damit setzte ich die Flasche an den Mund und trank. Reinhard verhinderte es nicht, sah mir aber mit ungläubig geweiteten Augen zu. »Kriege ich endlich meinen Anteil der Zeitung?« fragte ich und stellte die leere Flasche auf den Boden.

Zu seinen Gunsten nahm ich an, daß Reinhard Gewissensbisse hatte. Er lief in der Küche herum, beobachtete mich aus den Augenwinkeln heraus und konnte sich nicht zu einer Entscheidung durchringen. »Wieso hast du überhaupt diese Flasche aus dem Müll gefischt?« fragte er schließlich böse. »Vielleicht stammt sie von Nachbarn und...«

Ich unterbrach ihn. »Aber Reinhard, du hast sie doch selbst in den Biomüll geworfen, und da gehört kein Glas hinein. Aber du mußt los, es ist spät für dich!«

Bei Tieren, das wußte ich noch von meinem kurzen Biologiestudium, spricht man von Übersprunghandlung. Eine Vogelmutter, die eine Katze nahen sieht, wird von widersprüchlichen Instinkten gebeutelt – soll sie die Brut verteidigen oder sich selbst in Sicherheit bringen? Da dieser Konflikt nicht zu lösen ist, beginnt die arme Amsel, um überhaupt etwas zu unternehmen, mit einer intensiven Reinigung ihres Gefieders. Ähnlich verhielt sich Reinhard. Sollte er mich zum Arzt fahren, um mir den Magen auspumpen zu lassen? Wofür er zugeben mußte, daß er vom Gift in der Flasche wußte! Selbsterhaltungstrieb und Familienbewußtsein hielten sich die Waage, weswegen er schließlich damit begann, sich ausgiebig vorm Flurspiegel zu kämmen. Als sein Gefieder genug geputzt war, siegte der Egoismus. Ohne ein warnendes Wort verließ er mich, nahm also billigend in Kauf, daß unsere Kinder ihre tote Mutter vorfinden würden.

Kaum war ich allein in der unaufgeräumten Küche, mußte ich heftig weinen. Dieser Mann war feige, untreu und verlogen. Aber was noch schlimmer war, er wollte mich kaltblütig an vergiftetem Grapefruitsaft sterben lassen.

Allerdings geriet meine ganze Theorie ins Wanken, falls sich der Saft, den ich im Keller sichergestellt hatte, als völlig harmlos erwies. Das mußte schnellstens geklärt werden, von nun an mußte ich Nägel mit Köpfen machen. Wenn ich darauf hoffen wollte, daß mir Reinhard reinen Wein einschenkte, dann konnte ich lange warten; und es konnte sehr gefährlich werden.

Es ist sicher nicht leicht, durchsichtiges Glas zu malen, noch schwerer wird es, wenn die Flasche halb gefüllt ist. Der Hintergrund des Gemäldes muß teils durch das transparente Material, teils durch die Trübung der Flüssigkeit hindurchschimmern. Das Licht bricht sich, und die Fenster spiegeln sich im Glas, die bauchige Wölbung zaubert Reflexe unterschiedlichster Art. Welche Herausforderung für einen Künstler!

Auf einem Bild von Cristoforo Munari entzücken gleich drei verschiedene Gläser – ein hauchzarter Krug mit hellrotem Wein, ein zerbrechliches Stielglas und eine Karaffe mit klarem Wasser. Violette und gelbliche Feigen auf einem Silberteller, blau-weißes Porzellan, eine umgekippte Kupferkanne und einige Blumen runden das Stilleben ab. Die grünlich-kühlen Töne überwiegen, aber der funkelnde Rosé im Glas und zwei rote Blumen zeugen von verhalten köchelndem Temperament.

Wie viele seiner Kollegen des ausgehenden siebzehnten

Jahrhunderts hat auch Munari mit viel Liebe die unterschiedlichen Oberflächen der erlesenen Gegenstände abgebildet: Metall und Glas, Blumen und Früchte, Keramik und einen lederbezogenen Buchrücken. Am besten ist ihm aber der gläserne Weinkrug gelungen, dessen rubinroter Inhalt wie ein Edelstein leuchtet. Reiner Wein – ein Symbol für die Wahrheit. Wie leicht können Flüssigkeiten gezuckert, geschönt, gepanscht, verwässert, verfälscht oder vergiftet werden.

Mit klopfendem Herzen ließ ich mir von der Telefonauskunft die Nummer von Gerd Triebhaber nennen. Wie zu erwarten war, meldete sich seine Frau. Ich gab mich als Versicherungsangestellte aus, um zu erfahren, in welcher Klinik er arbeitete. Dann kam der nächste Schritt, das persönliche Gespräch mit Gerd.

»Welche Freude! Die Annerose, das Neuröslein! Nach so vielen Jahren!« jubelte er. Zum Glück konnte er meine sauertöpfische Miene nicht sehen; ich wollte etwas von ihm, ich mußte zuckersüß bleiben. Nachdem wir beide charmant miteinander geplaudert und uns das Leben nach unserer Trennung in grob-euphemistischen Zügen geschildert hatten, kam ich zur Sache. »Gerd, kannst du eine Flüssigkeit analysieren lassen?«

»Aber hallo«, sagte er, »Nachtigall, ick hör dir trapsen!«

Es handle sich um eine absolut vertrauliche Angelegenheit, sagte ich, man trachte mir eventuell nach dem Leben.

»Dann solltest du die Polizei einschalten«, riet er mir. »Willst du mir keine Einzelheiten verraten?«

Da meine Vermutung womöglich unbegründet sei, wolle

ich mich vor der Polizei nicht lächerlich machen. Außerdem solle sich die verdächtigte Person vorläufig in Sicherheit wiegen.

»Okay, verstehe«, sagte Gerd, obwohl er wenig begriffen hatte. Wenn ich ihm die bewußte Giftmischung sofort bringe, könne er mir morgen Bescheid geben.

Natürlich gehorchte ich und setzte mich, ohne lange zu überlegen, ins Auto. Von ferne hörte ich zwar noch das Telefon läuten, aber ich ignorierte es. Falls Reinhard anrief, sollte er ruhig glauben, daß ich bereits bewußtlos war.

Gerd hatte wenig Zeit, er steckte mitten in der Arbeit. Dessen ungeachtet betrachtete er mich neugierig. »Hübsch siehst du aus«, sagte er anerkennend, obwohl ich mir wirklich keine Zeit genommen hatte, mich herzurichten. »Also gib her«, befahl er und nahm die Flasche an sich. »Grapefruitsaft? Nicht schlecht, damit könnte man einen bitteren Geschmack gut überdecken. Wie hast du es mit den Fingerabdrücken gehalten? Ich ruf' dich morgen an, und dann treffen wir uns mal in aller Ruhe!«

Wahrscheinlich erwartete er demnächst eine Belohnung der speziellen Art. Dieser Punkt machte mir aber nicht viel Kopfzerbrechen; falls seine Frau nichts vom kleinen Moritz wußte, konnte ich Gerd mit seinem unehelichen Sohn erpressen. Auf der Rückfahrt war ich nicht mehr so weinerlich wie nach dem Frühstück, sondern fast euphorisch. Durchsuchen, erpressen, stehlen, belauschen – das Leben wurde spannend, wenn man selbst die Initiative ergriff.

Mit roten Chlor-Augen machte mir Lara die Tür auf. »Seid ihr schon zurück?« fragte ich dümmlich. Meine Tochter lachte. Länger als zwei Stunden könne man es im Hallenbad nicht aushalten. Wo ich gewesen sei, der Papa habe angerufen.

»Was wollte er?« fragte ich.

»Nichts Besonderes«, sagte Jost. »Mama, du hast Post von Rüdiger und von Ellen!« Er übergab mir zwei Briefe.

Rüdiger Pentmann schrieb an mich und an die Kinder, ob wir seine Fotos erhalten hätten? Lara und Jost sahen mich erwartungsvoll an. Doch, sagte ich, die Fotos hätte ich ganz vergessen. Ich ging ins Schlafzimmer, holte den Umschlag unter der Matratze hervor und zeigte den Kindern die Ferienbilder.

Der Umschlag von Ellen enthielt drei Geldscheine. »Ich bediene mich ausnahmsweise des Kugelschreibers und nicht des Telefons«, schrieb sie, »denn es bedarf meiner Unterstützung, um Euch einen schönen Tag zu bereiten. Fahrt in ein gutes Restaurant! Statt der ewigen Nudeln wird heute ein richtiges Menü verzehrt. Ich versichere Euch meiner Liebe, Ellen.«

Die Kinder fanden das »tierisch geil«. Sie ließen mir keine Ruhe, bis wir Ellens Wunsch in die Tat umsetzten. Bald saßen wir im Lokal, zwei fröhliche Kinder mit ihrer Mutter, die den eigenen Mann des Mordes verdächtigte.

»Warum schreibt sie so komisch?« fragte Lara.

Ich erklärte den Kindern, daß Ellens und mein Papa – also ihr Großvater – ein Meister des Genitivs gewesen sei und Ellen mehr als mich sprachlich geprägt habe.

»Mach mir auch mal den Genitiv!« verlangte Jost.

»Wohin des Weges, junger Mann?« fragte ich. »Sei guten Mutes! Ellen ist eine Frau mittleren Alters, grauen Aussehens und goldenen Herzens, die guten Willens ist, uns eines leckeren Essens teilhaftig werden zu lassen...«

Meine Kinder staunten.

Ellen hätte im übrigen auch gestaunt: Natürlich waren wir wieder beim Italiener gelandet, und selbstverständlich bestellten wir Pasta. »Kinder«, sagte ich, »es entbehrt nicht einer gewissen Komik, daß wir schon wieder Nudeln gegessen haben. Aber jetzt will ich heim und noch ein wenig der Ruhe pflegen.«

Als wir in unsere Straße zurückkamen, erspähte Jost mit scharfem Blick eine Gestalt vor unserem Haus.

»Sie ist wieder da!« rief er, und nun erst erkannte ich Imke. Sowie sie uns kommen sah, drehte sie sich jedoch abrupt um und verschwand.

Lucie rief an. »Was ziehst du morgen zur Beerdigung an, und wann genau ist der Termin? Ich mag keine Kränze, ich habe einen großen Strauß Rosen bestellt. Und ihr?«

Ich wußte zwar, daß die Trauerfeier für drei Uhr angesetzt war, aber über Blumen und Kleidung hatte ich mir keine Gedanken gemacht, in meinem Kopf spielten sich ganz andere Szenarien ab. »Ich ziehe nichts Schwarzes an«, sagte ich, »das ist heutzutage nicht nötig, und die Blumen soll Reinhard besorgen.«

Lucie war beeindruckt, daß sich mein Mann um solche Dinge kümmern würde. Wir waren noch mitten im Gespräch, als der Gelobte, viel zu früh für seine Verhältnisse, die Tür aufriß. Er warf mir einen forschenden Blick zu, wurde aber sofort von den Kindern in Beschlag genommen. »Papa, wir waren beim Italiener essen! Und Papa, willst du Fotos von Ischia sehen?«

Sie setzten sich an den Küchentisch, und ich konnte jetzt bei weit geöffneter Tür eine kleine Show abziehen. »Weißt du, Lucie«, sagte ich laut, »wahrscheinlich kann ich gar nicht zum Begräbnis mitkommen, mir geht es ziemlich schlecht heute. Ich war mit den Kindern italienisch essen, anscheinend ist es mir nicht bekommen. Also tschüs, ich melde mich wieder!«

Mit diesen Worten warf ich den Hörer hin und legte mich aufs Sofa.

Mit geschlossenen Augen wartete ich, daß Reinhard kam, um mir Stirn und Puls zu fühlen. Als ich tatsächlich seine Hand spürte, hörte ich nur ein sachliches Urteil: »Du hast kein Fieber.«

Bevor ich aber dazu kam, über unendliche Müdigkeit und merkwürdige Zustände zu klagen, läutete die Klingel.

Obwohl es meistens irgendwelche Kinder waren, sprang Reinhard auf und ging an die Tür. Ich vernahm Birgits Stimme: »Ich bin auf gut Glück hergefahren, weil ich dich im Büro nicht mehr angetroffen habe. Hoffentlich habe ich alles zu deiner Zufriedenheit getippt, die Rechnung liegt bei.«

»Komm doch rein«, sagte Reinhard. »Ich kann dich allerdings nur in die Küche bitten, Anne hat sich im Wohnzimmer aufs Sofa gelegt, sie hat Herzbeschwerden.«

Das war ja interessant, dachte ich, denn darüber hatte ich kein Wort verloren.

Abgesehen von allen anderen Problemen wollte mir Imkes traurige Erscheinung vor unserem Haus nicht aus dem Sinn. »Wie bestellt und nicht abgeholt«, hätte meine Mutter gesagt. Demnach war sie keineswegs geheilt und weiterhin auf der Jagd nach wahnhafter Liebe, obgleich ich sie für ein Mäuschen par excellence und nicht für eine wildernde Katze hielt. Aber war ich nicht selbst genauso verblendet? Hatte ich nicht jahrelang geglaubt, in einer halbwegs intakten Ehe zu leben?

Ich horchte erneut, um mir nichts von der Küchenkonversation entgehen zu lassen. »Wie schrecklich, daß Silvias Mann gestorben ist«, lamentierte Birgit. »Nach jener Einladung bei Lucie habe ich ihn zwar nie mehr gesehen, aber in guter Erinnerung behalten.«

»Sicher hast du auch gehört«, erzählte Reinhard, »daß ausgerechnet Anne und ich ihn gefunden haben. – Sehen wir uns morgen auf der Beerdigung?«

Nie im Leben würde sie einen Friedhof betreten, sagte Birgit, ein solcher Ort mache depressiv. Aber sie habe Silvia bereits ihr Beileid ausgesprochen. »Obwohl sie wahrscheinlich nicht gar so traurig ist, wie es eine andere in ihrem Fall wäre«, schloß sie geheimnisvoll.

Diese Worte verursachten mir nun wirklich Herzbeschwerden. Sowohl Lucie als auch Reinhard waren von Silvia über ein angebliches Verhältnis von Udo und mir informiert worden. Hatte sie am Ende auch Birgit, die sie nur flüchtig kannte, mit derartigen Lügen eingedeckt?

Morgen würde der Teufel los sein: Gerd wollte mich über das Ergebnis der Analyse benachrichtigen, und ich mußte an Udos Grab stehen, um mich als seine letzte Liebschaft begaffen zu lassen. Wahrscheinlich hatte Silvia die halbe

Stadt davon in Kenntnis gesetzt. Es war wohl in der Tat das beste, den nächsten Tag im Bett zu verbringen.

Als Birgit gegangen war, fragte Lara ihren Vater: »Darf ich zu Udos Beerdigung?«

»Ein Begräbnis ist nicht dafür gedacht, kindliche Neugier zu befriedigen«, sagte Reinhard streng und weckte dadurch meinen Widerspruch.

»Warum soll sie nicht mitkommen?« mischte ich mich ein, meine schwere Krankheit vergessend. »Erstens ist Lara schon ein großes Mädchen, zweitens kann sie Korinna und Nora zur Seite stehen. Und drittens könnte sie mich vertreten. Übrigens, Reinhard, hast du einen Kranz bestellt?«

Er sah mich verblüfft an.

Wie alle Frauen hatte auch die zehnjährige Lara nur eins im Sinn: Was zieht man an? Korinna und Nora seien immer so schick.

»Immer fein ist nimmer fein«, wiederholte Reinhard einen Spruch seiner Mutter, dann setzte er sich vor den Fernseher. Ich legte mich leidend ins Bett.

Am nächsten Tag erreichte mich gegen elf Uhr ein Anruf. Zum Glück waren die Kinder im Garten, Reinhard im Büro. Mit einem gewissen Stolz kam Gerd Triebhaber sofort zur Sache. »Deine Befürchtungen waren nicht unbegründet. Im Grapefruitsaft fand sich eine hohe Konzentration eines Digitalis-Präparats. Die natürliche Bitterkeit der Pampelmusen überdeckt recht raffiniert den Geschmack des Medikaments. Wahrscheinlich wurde es in flüssiger Form dem Saft beigegeben.«

»Wer nimmt solche Medikamente?« fragte ich.

Gerd belehrte mich, daß Digitalis bei diversen Herzkrankheiten, und zwar im allgemeinen in Tablettenform, verordnet werde, aber auch als Tropfen erhältlich sei. »Es gibt immer wieder Patienten, die meinen, keine Pillen schlucken zu können.«

Ich weiß nicht mehr, was er sonst noch alles redete. Auf jeden Fall empfahl er mir, die Polizei einzuschalten. Das war aber ein Punkt, über den ich erst einmal nachdenken mußte.

Vage erinnerte ich mich, daß der Hausarzt zwar etwas von Obduktion gemurmelt hatte, aber diese Entscheidung der Witwe überlassen wollte. Ich konnte mir ausrechnen, daß Silvia auf keinen Fall die Totenruhe des Verstorbenen durch einen Pathologen gestört wissen wollte. Aber was hatte Reinhard damit zu tun?

Reinhard hatte tatsächlich einen Kranz besorgt, der ganz seinem Geiz und schlechten Geschmack entsprach. Als er sich für die Beerdigung umzog, während sich Lara ihrer Latzhosen entledigte und in einen ungeliebten grauen Trägerrock schlüpfte, entschloß ich mich, doch teilzunehmen. Mit heuchlerischen Worten, es Silvia nicht antun zu können, daß ausgerechnet ich fehle, hüllte ich mich in einen meiner unscheinbarsten Säcke. Ich wollte beobachten und selbst nicht zur Kenntnis genommen werden.

Die schlechte Laune meines Mannes entlud sich an seiner fröhlich hüpfenden Tochter. Im allgemeinen pflegte er nur den armen Jost mit schwäbischen Kosenamen wie »Seckel« oder »Schafseckel« anzureden, nun war Lara plötzlich ein

»Henneseckel«. Sie zeigte sich aber nicht beleidigt, weil sie schon ganz gespannt auf die Beerdigung war.

Es lohnte sich nicht, das kurze Stück zum Friedhof zu fahren, also machten wir uns zu Fuß auf den Weg. Reinhard hatte den häßlichen Kranz über die Schulter gehängt und lief mit großen Schritten vor uns her, Lara hatte sich bei mir eingehakt und plapperte unentwegt.

Wir trugen uns in ein Kondolenzbuch ein und betraten eine kleine Kapelle, wo die Trauerfeier stattfand. Silvia saß mit den Töchtern und einem großen Verwandtschaftsaufgebot in der ersten Reihe. Als wir uns hinsetzten, drehte sie sich unwillkürlich um. Der sekundenschnelle Blick, den sie mit Reinhard tauschte, sollte völlig bedeutungslos wirken, aber ich las darin eine komplizierte Botschaft.

Es wurden die üblichen verlogenen Reden gehalten, von denen ich kein einziges Wort behalten habe. Schließlich versammelte man sich am Grab. Unter den vielen Trauergästen entdeckte ich Imke. Unauffällig stand sie im Hintergrund und verhielt sich nicht anders als ich: Sie beobachtete Silvia.

Lara merkte bald, daß es nichts Langweiligeres als eine Beerdigung gibt; eine gewisse Befangenheit hielt sie davon ab, mit Korinna und Nora zu tuscheln, die ihr plötzlich sehr fremd und erwachsen vorkamen. »Mama«, flüsterte sie mir zu, »wenn es vorbei ist, komme ich nicht mit zum Totenschmaus!«

»Wo hast du denn dieses Wort aufgeschnappt?« fragte ich. »Im übrigen sind wir gar nicht eingeladen. Das Essen ist für die Verwandten, die von außerhalb angereist sind, die sollen nicht mit knurrendem Magen heimfahren.«

Wir ordneten uns in die lange Reihe der Kondolierenden ein, die an der Witwe vorbeidefilierten. Wieder sah ich, daß Silvia Reinhard ganz besonders anschaute. Sie reichte mir eine eiskalte Hand und blickte dabei so feindselig an mir vorbei, daß ich Zahnweh bekam.

## 17

## *Vergißmeinnicht*

Nach der Beerdigung begleitete Reinhard Lara und mich heim, stieg aber, ohne hereinzukommen, gleich ins Auto, weil er noch ins Büro wollte. Lara beschloß, mit ihm zu fahren und sich bei Susi absetzen zu lassen. Jost war bereits zu einem Freund geradelt.

Eigentlich hatte ich Zeit zum Malen, aber stand mir der Sinn danach? Ich kramte die Skizze heraus, die ich nachträglich von Udos Nachttisch angefertigt hatte. Dieses Stillleben sah tatsächlich wie ein Sammelsurium aus der Apotheke aus, aber es handelte sich ausschließlich um Tropfen, Salben, Sprays – keine einzige Pillenpackung war dabei, falls ich mich richtig erinnert hatte. Udo gehörte offenbar zu jenem kleinen Personenkreis, der keine Tabletten schlukken kann oder sich das zumindest einbildet.

Wie ein Detektiv war ich der Wahrheit auf die Spur gekommen, aber was sollte ich mit meinen Erkenntnissen anfangen? Und welche Rolle spielte Reinhard?

Ein Anruf von Ellen riß mich aus meinen Gedanken. Sie schien zu ahnen, daß es mir nicht gutging. »Ich habe dein Ischia-Bild rahmen lassen«, sagte sie, »es hängt über meiner Anrichte und sieht bezaubernd aus. Meine älteste und beste Freundin Waltrud hat es sich angeschaut und ist begeistert.

Und nun kommt die gute Nachricht: Ich erteile dir deinen ersten Auftrag.«

Im Moment interessierte ich mich kaum dafür. Aber Ellens Angebot hörte sich verlockend an. Ich sollte aus ganz bestimmten Gegenständen ein »Persönlichkeits-Stilleben« für Waltruds fünfundsechzigsten Geburtstag komponieren und eine kolorierte Federzeichnung anfertigen.

»Was für Gegenstände?« fragte ich matt.

Meine Schwester wünschte sich nostalgische Dinge, die einen Bezug zu ihrer Besitzerin hatten, einen Jugendstilrahmen mit dem Foto von Waltruds Mutter, ein getrocknetes Vergißmeinnicht, eine Standuhr, einen grüngemusterten Schal, auch eine abgelegte Krücke ... Ziemlich rasch war ich zu begeistern, vor allem, weil Ellen tausend Mark für dieses Geburtstagsgeschenk ausgeben wollte.

Es war schon immer mein heimlicher Traum, eigenes Geld zu verdienen. Zwar sah dieser Auftrag nicht nach einer Dauerbeschäftigung aus, aber vielleicht war es der Anfang eines erfüllteren Lebens. »Ellen«, sagte ich leise und dankbar, »du ahnst wahrscheinlich nicht, wie gut mir dieser Anruf tut. Ich bin irgendwie richtig auf den Hund gekommen, aber das erzähle ich dir ein andermal.«

Wir vereinbarten, daß mir Ellen Fotos der Objekte zuschicken und dabei ihre Wünsche genau angeben sollte.

Welch ein Auf und Ab der Gefühle an einem einzigen Tag! Es ging nämlich weiter. Frohen Mutes begab ich mich in den Vordergarten, weil dort noch ein paar Vergißmeinnicht blühten. Ich wollte sofort einige Exemplare pressen, um sie dann als Vorübung für das geplante Gemälde abzumalen.

Vor unserem Haus stand Imke. Wir sahen uns an, ich schüttelte mißbilligend den Kopf und räusperte mich. »Imke«, begann ich, da unterbrach sie mich bereits. »Ich weiß, was Sie denken«, sagte sie leise und schielte auf die winzigen Blümchen in meiner Hand. »Es ist alles anders. Ich muß es Ihnen sagen.«

Nun bat ich sie freundlich herein, und wir setzten uns an den Küchentisch.

Eine Weile sagte sie nichts. »Ich hatte mich geirrt«, begann sie schüchtern. »Ich weiß jetzt, daß ich ihn nicht liebe und er mich auch nicht. Wahrscheinlich war ich ein bißchen krank.«

Ich nickte freundlich zu dieser Erkenntnis. Hoffentlich hatte sie sich jetzt stabilisiert.

»Als ich aus der Klinik kam«, sagte sie, »habe ich eine Therapie begonnen. Ich gehe jede Woche zu einer Psychologin.«

Wieder setzte ich ein verständnisvolles Lächeln auf. »Das finde ich sehr mutig, Imke«, sagte ich. »Sie werden sehen, daß sich jetzt alles zum Guten wendet.«

Als das Mädchen weinen mußte, setzte ich mich daneben und strich immer wieder über das Schnittlauchhaar. Unter Schniefen und Schluchzen sprach Imke weiter: »Ich wollte ja nur wissen, was er wirklich für ein Mensch ist. Deswegen habe ich ihn in den letzten Wochen beschattet!«

Fast mußte ich lachen, so absurd kam mir das vor. Ich konnte mir keine ungeeignetere Ermittlerin vorstellen.

»Ich war doch noch krankgeschrieben«, fuhr Imke fort, »und hatte viel Zeit. Sie waren mit den Kindern verreist.«

Nun wurde ich plötzlich hellhörig, denn das konnte interessant werden.

»Morgens fuhr er immer in Richtung Waldschwimmbad«, erzählte sie. »Ich dachte, er hätte dort eine Baustelle. Und dann bin ich mit dem Rad fast bis in den Odenwald gefahren, um zu sehen, wo er arbeitet. Zufällig sah ich sein Auto bei der alten Reithalle.«

»Das ist keine große Neuigkeit für mich«, sagte ich. »Reinhard entwirft für den Reitklub eine neue Anlage.«

Imke fuhr unbeeindruckt fort. Sie sei abgestiegen und habe sich dort ein bißchen herumgetrieben.

Bei ihrem kindlichen Aussehen schien es durchaus glaubwürdig, daß man sie nicht beachtet hatte, sondern für eines der vielen »Pferdemädchen« hielt, die sich in den Ferien nützlich machen.

»Im Stall haben sie sich geküßt«, sagte sie. Wer? Reinhard und die Reiterin.

Plötzlich wurde mir ganz heiß, immer neue Beweise für Reinhards Verstrickung kamen ans Licht. Aber ich bewahrte Haltung. »Ach, Imke«, sagte ich. »Reinhard und Silvia kennen sich schon länger, wir begrüßen uns alle mit einem Kuß, das hat nicht viel zu sagen...«

Imke schüttelte den Kopf. »Ich war jeden Tag dort. Man kann durch einen Spalt in den Futterraum sehen, wo sie sich eingeschlossen haben. Sie wollen doch nicht behaupten, daß Sie und Ihre Freunde sich beim Begrüßungskuß ausziehen?«

Verschiedene Gedanken schossen durch mein armes Hirn. Ob Imke wirklich die Wahrheit sagte? Hatte sie nicht vielmehr eine berechtigte Wut auf Reinhard und beabsichtigte, ihn anzuschwärzen? Oder haßte sie gar mich und wollte mir weh tun? Und überhaupt – wie weit konnte man ihren Wahrnehmungen trauen? War sie eine glaubwürdige Zeugin, oder ging in ihrem Kopf noch einiges durcheinander? Ich sah sie scharf an – und glaubte ihr alles aufs Wort.

»Hast du auch zugehört, wenn sie sich unterhalten haben?« fragte ich. Erst als es heraus war, merkte ich, daß ich sie geduzt hatte.

Imke nickte. »Silvia hat viel von Freiheit gesprochen.«

»Hat Reinhard dich denn nie gesehen?«

»Ich glaube, nur einmal«, sagte sie.

Das war einmal zuviel. »Es ist nicht gut, wenn er dich hier bei mir antrifft«, sagte ich, »sei so lieb und erzähle keinem anderen von deinen Beobachtungen. Aber wenn dir noch etwas Wichtiges einfällt, dann ruf mich an! Ich bin tagsüber meistens allein zu Hause.«

Sie habe ganz genau zugehört, sagte sie, wie das Paar mehrmals betont habe: »Sie weiß von nichts!« Damit habe man sicherlich mich gemeint. »Ich kann ihn aber jetzt nicht mehr überwachen«, schloß Imke, »ich arbeite wieder im Krankenhaus!«

Damit verabschiedete sie sich; ich umarmte sie herzlich und fing nun meinerseits an zu weinen.

Die drei Vergißmeinnicht lagen auf dem Küchentisch und sahen mich an. Wer weiß, wie viele Liebesleute sich dieses Blümchen gemalt, gepreßt, geschickt haben, auf wie vielen Ringen, Medaillons und Broschen es verewigt wurde, welche Treueschwüre ein kleines blaues Blümchen in vielfältiger Weise symbolisieren mußte!

In einem zierlich geflochtenen Körbchen hat Ambrosius Bosschaert der Ältere die schönsten Gartenblumen angeordnet, mit Schmetterlingen, Bienen und einer Libelle belebt und in heiteren Farben auf eine Kupfertafel gemalt. Rosen, Nelken, Tulpen, Alpenveilchen, Maiglöckchen, Hyazinthen, Akelei und ein Stiefmütterchen finden sich zu einem duftigen weiß-rosa-blau-gelben Frühlingsreigen zusammen. Ganz am Rand und im Hintergrund stecken ein paar bescheidene Vergißmeinnicht, unauffällig und blaßblau, aber mit vielen winzigen Blüten als liebevolle Erinnerung an Treue und Beständigkeit.

Vermutlich war dieses fein gemalte Bild eine Auftragsarbeit, denn es gab damals Sammler und Botaniker, die ihre Züchtungen für alle Ewigkeit konservieren wollten. Ich bewahrte also eine uralte Tradition, wenn ich ein Stilleben nach speziellen Wünschen anfertigte, und das blaue Blümchen war damals so aktuell wie heute.

Vergißmeinnicht – flüsterte ich vor mich hin. Heute würde man »Vergißmichnicht« sagen. Ich erinnerte mich an ein altes Volkslied: »Mein Herz, das leit in Kummer, daß mein vergessen ist!« Da hatten wir ihn wieder, ein alter Genitiv! Ich nahm die Blümchen erneut in die Hand und grübelte.

Das Vergißmeinnicht ist eine Blume für Scheidende, dachte ich bitter, und es gilt jetzt für mich, Abschied zu nehmen. Ein Leben als Ehefrau an Reinhards Seite war unmöglich geworden.

Und dennoch hatte ich panische Angst davor, Reinhard entgegenzutreten und in aller Deutlichkeit sagen zu müssen: »Du betrügst mich mit Silvia und hast ihr geholfen, Udo umzubringen.« Wie würde er reagieren? Vermutlich alles abstreiten. Aber wie sollte er es auf Dauer verheimlichen, falls er vorhatte, auch in Zukunft ihr Liebhaber zu sein?

Ich mußte ihm Beweise vorlegen. Für den Ehebruch bot sich zwar Imke als Zeugin an, konnte aber durch ihre psychische Erkrankung nicht als zuverlässig eingestuft werden. Um den Mord nachzuweisen, hatte ich immerhin einen Rest giftigen Grapefruitsaft im Keller versteckt. Aber sowohl Reinhard als auch Silvia würden behaupten, daß diese Flasche nie auf Udos Nachttisch gestanden hatte. Ich hatte schlechte Karten. Andererseits konnte ich es mir nicht vorstellen, mit einem Mörder das Bett zu teilen, mit ihm die Mahlzeiten einzunehmen und ihn mit den Kindern spielen zu lassen.

Silvia und Reinhard auf Heu und auf Stroh: Es war wirklich der Gipfel der Geschmacklosigkeit. Dabei fiel mir das Baugerüst ein, auf dem ich zum ersten Mal Gefallen am Liebesakt gefunden hatte. Vielleicht war es Silvia so ähnlich zwischen Gerstenkörnern, Reitstiefeln und Satteldecken ergangen. Was weiß man in Wahrheit vom Liebesleben einer Freundin? War sie leidenschaftlich? Brannte sie lichterloh in Reinhards Armen? Heu und Stroh würden sicher auch ganz gut brennen, vielleicht sollte ich die Glaskugel noch einmal auf die Probe stellen.

Laut Imke liebten sie sich am Vormittag – wahrscheinlich, weil dann wenig Betrieb war. Unter Umständen konnte es Silvia so einrichten, daß sie beim Stalldienst mit Reinhard allein war. Trotzdem schlossen sie sich ein. Ich müßte von außen einen Riegel vorschieben, um die beiden dingfest zu machen. Wie sollte ich das anstellen? Imke hatte berichtet, daß sie nur durch eine kleine Ritze hineinsehen konnte. Also gab es kein Fenster, durch das die Sonne ihre gefährlichen Strahlen hätte senden können. Ganz abgesehen davon, daß Reinhard sofort wüßte, wer ihm die Glaskugel ins Nest gelegt hätte.

Die Kinder kamen heim und hatten Hunger. Bald würde auch Reinhard eintreffen. »Ich muß heute bei Susi schlafen«, verkündete Lara, »ihre Eltern sind eingeladen, und sie graust sich allein. Oder darf sie zu uns kommen?«

Susi war ein überängstliches Einzelkind. Großmütig bot ich an, Lara nach dem Essen zu ihrer Freundin zu chauffieren. Die Idee kam mir gerade recht; dann würde ich mich in ihr Bett verkriechen. Gar nicht schnell genug konnte ich meine Tochter aus dem Haus schaffen und dem Sohn ebenso großzügig erlauben, sich einen Vampirfilm im Fernsehen anzuschauen.

»Wenn Papa kommt«, befahl ich, »sag ihm, daß ich heute in Laras Bett schlafe. Ich bin krank und brauche Ruhe.«

Jost sah mich verwundert an und nickte. Im Grunde saß er lieber in Gesellschaft vor der Flimmerkiste.

Wenn es aber sehr spannend werde und der Papa noch nicht da sei, sagte er, dann müsse er mich wecken.

Jost pflegte sich bei aufregenden Stellen ein Sofakissen vor die Augen zu drücken, »Rettet mich!« zu schreien und sich an einen Zipfel meines Kleides zu klammern.

Ich strich ihm übers Haar, wie ich es kurz zuvor bei Imke getan hatte, ging die Treppe hinauf und verschwand in Laras Zimmer. Es war gerade erst acht.

In Laras kleinem Reich herrschte meistens Unordnung. Ich schlüpfte in ihr Bett, roch den zarten Duft nach Kinderhaar auf dem Kopfkissen, knipste das Lämpchen an und betrachtete mir das Ambiente aus der allabendlichen Sicht meiner Tochter. Das Bett war in eine Nische eingepaßt. Über dem Fußende hatte Reinhard ein Bord angebracht, auf dem vier Teddys aus Mutters Werkstatt wohnten. Zwei Bärinnen im Dirndlkleid namens Barbie und Nicole und die Bärenbuben Seppi und Ken. Seppi trug doch tatsächlich Stiefel und Reithosen. Sofort begann es in meinem Kopf schmerzhaft zu pochen.

Aber ich hatte kaum Ruhe, meinen finsteren Gedanken nachzuhängen, da kam Jost hereingestürmt und schlüpfte zu mir. »Hilfe! Knoblauch!« japste er, schmiegte sich wohlig an mich und bleckte mit der Forderung: »Ich will dein Blut, ich bin Graf Dracula!« einen letzten Milchzahn. Als wenig später die Haustür knarrte, vergaß Jost sofort seine unheimliche Aufgabe und sprang wieder aus dem Bett, um den Vater zu begrüßen.

Natürlich knipste Reinhard als erstes den dröhnenden Fernseher aus. Ich schlich an den Treppenabsatz und lauschte. Viel konnte ich nicht hören; Jost erzählte von Transsilvanien, als wäre er gerade selbst dort gewesen.

»Wo ist Lara? Und die Mama?« fragte Reinhard. »Lara ist bei Susi«, antwortete Jost, »Mama schläft!«

Offenbar ging Reinhard in die Küche, um sich ein Brot zu schmieren, denn aus dem Wohnzimmer vernahm ich erneut vampirische Geräusche. Vorsichtshalber machte ich das Licht aus. Trotz aller Befürchtungen war ich bald eingeschlafen, viel früher als üblich; bei mir wirkt allein der Umstand, in einem Bett zu liegen, oft Wunder.

Als ich wach wurde, wußte ich anfangs nicht, wo ich mich befand. Der schwache Schimmer vom Fenster kam von der falschen Seite, ich ertastete den Schalter. Es war zwölf, Geisterstunde. Sofort löschte ich die Lampe wieder, denn Reinhard sollte mich – wenn er denn auch wach wurde – für tief schlafend halten. Als ich einige Minuten später auf die Toilette schlich, bemerkte ich Licht im Schlafzimmer. Zu meinem Befremden hörte ich Reinhards abgeschwächte Piepsstimme. Demnach war er nicht allein.

»Sie schläft fest, und das bereits seit Stunden, du brauchst keine Bedenken zu haben«, sagte er. Pause. »Krank? Na ja, der Saft hat vielleicht eine Langzeitwirkung.«

Wie wichtig wäre es jetzt, Silvias Antwort zu hören, aber sie flüsterte wohl nur. Als Reinhard lange stumm blieb und ich schon dachte, sie würden sich jetzt lieben, setzte er wieder an: »Vielleicht hast du recht. Inzwischen glaube ich dir ja alles! Aber wenn es so ist, dann wird sie sehr unglücklich sein. Wahrscheinlich hat sie Udo geliebt, sonst kann ich mir das Ganze schon gar nicht erklären.« Es kam mir fast so vor, als würde mich Reinhard verteidigen.

Erst gegen Morgen schlief ich wieder ein, denn es ging über mein Fassungsvermögen, daß sich Silvia nachts in meinem Bett breitmachte.

Nach wenigen Stunden wurde ich abrupt und rabiat geweckt. Reinhard hatte die Fenster aufgerissen und herrschte mich an: »Willst du deine Kinder verhungern lassen?«

Völlig desorientiert öffnete ich die Augen. Es dauerte sekundenlang, bis ich begriff, daß es Laras Bett war, in dem ich lag. Ein Blick auf die Uhr sagte mir, daß es bereits neun war; Reinhard hätte eigentlich längst im Büro sein müssen. Aber seine Nacht war wohl durch andere Aktivitäten verkürzt worden.

Ich sprang wie ein Roboter aus dem Bett und lief mit wirren Haaren und ungeputzten Zähnen in die Küche. Von »Kindern« konnte nicht die Rede sein, Lara frühstückte bei ihrer Freundin. Nur Jost saß am Küchentisch und mampfte Cornflakes. »Mama, ich geh' jetzt mit den Rollerblades...«, sagte er und packte seine neueste Errungenschaft – Geschenk von Ellen – unter den Arm.

Damit war das Thema Frühstück für mich erledigt; das Badezimmer schien jetzt der richtige Zufluchtsort. Erst als ich von dort aus die Haustür zuschlagen hörte, traute ich mich wieder heraus. Doch es war eine Finte gewesen: Reinhard erwartete mich mit aufgebrachter Miene in der Küche. Dabei müßte ich es sein, die zornig ist, dachte ich.

»Wie kannst du ihm erlauben, mit diesen gefährlichen Dingern herumzusausen«, begann er.

Ich führte an, daß seine Freunde ebenfalls...

»Bloß weil es die anderen machen, soll man sich jedem Blödsinn anschließen«, sagte er. »Aber wenn deine tolle Schwester diesen Scheiß bezahlt, dann ist es natürlich wunderbar. Da kann dein Mann selbstverständlich nicht mithalten.«

Von jetzt an sage ich kein Wort mehr, dachte ich, alles, was ich vorbringe, wird er mir im Mund herumdrehen.

Aber Reinhard erwartete keine Verteidigung. »Als wir

uns kennenlernten«, fuhr er übellaunig fort, »dachte ich, wir paßten ganz gut zusammen. Und jetzt zauberst du plötzlich eine reiche Schwester aus dem Hut und läßt dich von ihr aushalten. Und allen unseren Freunden bin ich auch nicht mehr gut genug!«

Mein Schweigevorsatz war vergessen.

»Du spinnst«, sagte ich. »Ellen hat keine Millionen. Und apropos Freunde – was ist mit Birgit und Mia? Die sind sich auch nicht zu fein, dich einzuspannen!«

»Ich traue mich gar nicht erst, meine früheren Freunde von der Realschule oder aus der Lehrzeit einzuladen«, sagte er, »weil man sie vor deiner Arroganz schützen muß. Und ich weiß sehr wohl, wie du heimlich grinst, wenn ich mit meiner Mutter Dialekt rede! Bei euch ging es ja immer vornehm zu, Serviettenringe und Fischbesteck! Meine Mutter hat jahrelang als Fabrikarbeiterin geschuftet und es trotzdem fertiggebracht, selbstgemachte Spätzle auf den Tisch zu bringen!«

Eine einzige Anklage. Ich verstummte wieder und fühlte mich schuldig. Von seiner Warte her war der Ausbruch nicht ganz unberechtigt: Mit Verständnis für ihn hatte ich in letzter Zeit nicht gerade geglänzt.

Ihm fiel noch mehr ein. »Für dich bin ich ein unzivilisierter Bauer, gib es doch zu! Meine Entwürfe findest du häßlich, unser Haus ist dir nicht schick genug! Aber um jeden Monat das nötige Geld heimzubringen, dafür bin ich gerade gut. Statt froh zu sein, zum gemeinsamen Unterhalt etwas beizutragen und die Büroarbeit zu übernehmen, hältst du dich für eine Künstlerin und für zu fein, um die Tippse zu spielen. Malen gefällt einer höheren

Tochter eben besser. Ja glaubst du etwa, ich hätte Lust auf diese ewige Tretmühle und Freude daran, diese Kästen zu bauen?«

»Mit zwei Kindern, Haus und Garten bin ich voll ausgelastet«, protestierte ich, denn er hatte eine hochempfindliche Stelle getroffen, »irgend etwas im Leben muß man doch haben, was einem Spaß macht!«

»Aha«, sagte Reinhard, »jetzt hast du dich verraten. An deiner Familie hast du also keinen Spaß!«

Ich mußte mir mit geballten Fäusten die Tränen abwischen. Bei so vielen Beschuldigungen wurde es allmählich Zeit, das Thema Ehebruch zur Sprache zu bringen. Aber wie sollte ich geschickt damit beginnen, wo im Augenblick nur ein wirres Durcheinander in meinem Kopf herrschte? Sollte ich mit dem teuren Tennisklub anfangen, den er sich angeblich nur zum Wohl der Familie leistete? Oder mit meinem allergischen Anfall, als ich aus Ischia zurückkam? Ein klarer Fall von Pferdehaar in unserem Schlafzimmer... Doch bevor ich noch den Mund aufmachen konnte, entdeckte Reinhard die inzwischen verwelkten Vergißmeinnichtstengel auf dem Küchentisch. Ich hatte gestern über allen Aufregungen glatt vergessen, sie zum Pressen in ein dickes Buch zu legen.

»Für Udos Grab«, mutmaßte er zynisch. »Wer hätte gedacht, daß du so romantisch bist!«

In diesem Augenblick, als ich endlich auch mit ihm abrechnen wollte, piepste es aus Reinhards Aktentasche. Zu meinem Befremden nahm er ein Handy heraus, das ich noch nie gesehen hatte. »Ja natürlich, ich komme sofort«, sagte er. »Ich bin durch eine dringende familiäre Angelegenheit aufgehalten worden, Sie müssen vielmals entschuldigen.« Und schon war er zur Tür hinaus.

Mir ging ein Licht auf: Das Gespräch von heute nacht war ein Anruf gewesen.

## 18

## *Weiche Birne*

Wie sollte es nun weitergehen? Vielleicht wäre es immer noch leichter, mit Silvia als mit Reinhard zu sprechen, überlegte ich. Alle Männer, erst recht mein eigener, taten sich schwer, über ihr Gefühls- oder gar Sexualleben Auskunft zu erteilen. Waren sie einmal verletzt worden, dann pochten ihre Wunden jahrelang kaum wahrnehmbar, bis es plötzlich und unerwartet zu einem fürchterlichen Ausbruch kam.

Warum log Silvia? Warum zog sie mich grundlos in den Dreck? Hatte ich ihr nicht jahrelang als Freundin zur Seite gestanden, wenn es galt, über Udos Pornosammlung oder die Spinnereien ihrer Töchter zu rätseln? Und als einzigen Lohn dafür hatte sie sich Reinhard unter den Nagel gerissen. Sie mußte schon immer eine Natter gewesen sein. Falls sie Udo tatsächlich umgebracht haben sollte, wünschte ich ihr die Pest an den Hals. Sollte sie doch bleiben, wo der Pfeffer wächst. Es ging jetzt um mich und meine Kinder.

Wenn meine Verdächtigungen stimmten, war Silvia eine eiskalte Mörderin und Reinhard ihr Handlanger. Falls ich alles an die Öffentlichkeit brächte, kämen beide ins Gefängnis. Korinna und Nora, die ich von klein auf kannte und trotz ihrer pubertären Launen irgendwie mochte, müßten vater- und mutterlos aufwachsen, meine eigenen zwei könnten gelegentlich ihren Papa im Knast besuchen. Wollte ich das? Mir brummte die Birne.

Melonen, Birnen und andere anspruchslose Dinge sind kunstvoll und wie zufällig auf einem Stilleben von Luis Meléndez angeordnet. Um 1770 war es modern geworden, auf die allegorischen Inhalte weitgehend zu verzichten und nur noch die Ästhetik der Dinge sprechen zu lassen. Die an weibliche Formen erinnernde Birne wird in aller Harmlosigkeit und ohne Anzüglichkeit eingesetzt, die vielen Kerne der Melone – ein altes Fruchtbarkeitssymbol – bleiben unsichtbar.

Das Licht fällt von schräg links auf das fast greifbar wirkende Obst, die genarbte Leberhaut der Melone, die reifen gelben Birnen. Dahinter verdeckt ein Leinentuch den Rest der Ernte im Weidenkorb, nur der ockerfarbene gekerbte Rand eines großen Waldpilzes lugt heraus und verrät den Inhalt. Einfaches, bäuerliches Küchengerät wie hölzerne Löffel und eine dickwandige Tonschüssel bilden in bräunlichen Farben einen Kontrast zum vitalen Vordergrund. Aber die Schönheit der Natur ist nicht makellos – keine einzige Birne ist ohne Schadstelle. Vom Baum gefallen, wurmstichig, madig. Von außen gerade noch appetitlich, aber im Gehäuse faulig-verdorben.

Als meine Tochter von ihrem Übernachtungsbesuch zurückkam, sah sie müde aus und war einsilbig. Doch im Gegensatz zu mir hatte sie wohl die Nacht nicht mit Grübeln und Lauschen verbracht, sondern geschwätzt und gekichert. Als ich sie an mich drücken wollte, brach sie in

Tränen aus. Erst Imke, dann ich, nun Lara – alle weiblichen Wesen schienen sich ausweinen zu wollen. »Schatz, was hast du denn?« fragte ich, aber sie machte sich steif in meinen Armen.

»Du bist eine Hure«, schluchzte sie und rannte in ihr Zimmer. Völlig schockiert folgte ich ihr.

Es dauerte ziemlich lange und erforderte sehr viel gutes Zureden, bis sie berichtete. Auf dem Heimweg war ihr Korinna über den Weg gelaufen und hatte sie gründlich über mein und ihres Vaters angebliches Treiben aufgeklärt.

»Du hast mit Udo gebumst! Du hast den Papa betrogen!« klagte mein Kind mich an.

Was half es, daß ich immer wieder schwor, das sei eine Lüge? Lara glaubte mir nicht. »Hör zu«, sagte ich, mindestens ebenso entsetzt wie sie, »Silvia erzählt dieses Märchen überall herum, das muß sofort ein Ende haben. Ich gehe jetzt auf der Stelle zu ihr und zwinge sie, ihre Beschuldigungen zurückzunehmen!«

Laras kämpferische Natur gewann die Oberhand, sie wollte mitkommen, um die Familienehre zu retten.

»Nein«, sagte ich, »das möchte ich nicht. Vielleicht gibt es Dinge, die sie mir nur unter vier Augen sagt.«

Wie konnte Silvia nur so taktlos und unsensibel sein, die eigene Tochter mit hineinzuziehen. Wo sie sich außerdem denken konnte, daß Mädchen ihres Alters unter dem Siegel der Verschwiegenheit den Freundinnen alle Geheimnisse anvertrauen.

Unverzüglich sprang ich ins Auto und raste los. Fast hätte ich eine rote Ampel überfahren. Der Schreck über meine eigene Unvorsichtigkeit ließ mich ein wenig zur Besinnung kommen. Es galt jetzt, keine taktischen Fehler zu machen. Ich bekam es mit der Angst zu tun und hätte es fast begrüßt, wenn weder Silvia noch ihre Töchter zu Hause gewesen wären. Und was sollte ich tun, wenn Reinhard gerade dort war?

Vom oberen Stockwerk hörte ich Musik aus den offenen Fenstern der Mädchen herausdröhnen. Silvia machte sofort die Tür auf und ließ sich ihre Verwunderung über meinen Besuch nicht anmerken. »Komm rein«, sagte sie, »Kaffee oder Tee?«

Gut erzogen antwortete ich: »Kaffee, wenn's dir keine Mühe macht.«

Sie vermied es, mich anzusehen, verschwand in ihrer Hightechküche und stellte eine riesige italienische Kaffeemaschine an. »Du kannst dir kaum denken, wie anstrengend die letzten Tage waren«, rief sie zu mir herüber, »bis man alle Papiere für die Beerdigung beisammen hat! Die Kinder müssen getröstet, die Verwandten beköstigt werden – zum Glück hast du das noch nie mitgemacht!« Sie lief zum Schrank, um Tassen zu holen. »Zucker und Milch?«

»Schwarz«, sagte ich finster.

Während sie lange nach schottischem Shortbread suchte, es schließlich fand und übertrieben adrett in einer Silberschale anordnete, schaute ich mich um. Zwar war ich schon häufig bei Silvia gewesen, hatte aber ihre Wohnung noch nie mit den Augen einer betrogenen Ehefrau betrachtet.

»Unser Haus ist dir nicht schick genug«, hatte Reinhard mir neulich vorgeworfen. Dabei haßte ich jenen modischen Schick, der nur Geld bedeutete und Individualität vermissen ließ. Der affige Country-Stil – geblümte Überwürfe auf riesigen Daunensofas – war mir noch unangenehmer als unsere Holzfälleridylle. Ich stand auf und rückte ein schief hängendes Sonnenblumenbild zurecht. Ob sich dahinter wohl irgendein Versteck befand? Von allem Designermist befreit, wäre dieses Haus wohl sehr schön: weite, lichte Räume, ein wunderbarer Fernblick auf die Rheinebene, alte Nußbäume im Garten. Für die bogenförmigen hohen Fenster aus großbürgerlicher Zeit hatte ich mich schon immer begeistert.

Silvia brauchte lange in der Küche – selbst beim Kaffeekochen hatte sie sich immer von Udo bedienen lassen. Es war eine Weile ganz still, bis auf die wummernden Bässe aus den Kinderzimmern.

Als sie schließlich doch den Kaffee servierte und mir taktloserweise auch noch Milch hinstellte, faßte ich mir endlich ein Herz. »Lara kam gerade völlig aufgelöst nach Hause«, sagte ich, »sie hat Korinna auf der Straße getroffen. Und deine Tochter hat behauptet, ich hätte ein Verhältnis mit Udo gehabt. Angeblich hast du ihr das gesagt!«

Silvia wurde rot und schien zu überlegen, ob sie alles abstreiten sollte. Doch dann äußerte sie in trotzig-aufbegehrendem Ton, schließlich sei es die Wahrheit. Über kurz oder lang würden unsere Kinder sowieso alles von Fremden erfahren, also könne man es ihnen auch gleich selbst sagen. Ihre Worte machten mich so betroffen, daß mir der Mund offenstehen blieb.

»Aber Silvia, ich bitte dich, kein Wort davon ist wahr. Udo hätte vielleicht Lust auf ein Techtelmechtel gehabt, aber ich als deine Freundin hätte nie im Leben...«

Silvia stieß ein verächtliches Schnauben aus. »Hör auf damit, Anne, ich kann ihn zwar nicht mehr fragen, aber ich habe Beweise dafür!«

Das konnte nicht stimmen. Ich verhörte Silvia wie eine Delinquentin, ich beschwor sie leidenschaftlich – sie blieb bei ihrer Version. »Und weil du diesen Unsinn glaubst«, sagte ich wütend, »hast du dich an Reinhard 'rangemacht.«

Die bis dahin leicht eingeschüchterte Silvia wurde plötzlich wieder ladylike-selbstbewußt und leugnete nichts. Fast schien es, als sei sie stolz auf die eigene Konsequenz. »Das war nicht mehr als recht und billig«, sagte sie kühl, »eine Art Lastenausgleich.«

Ich rührte und rührte in meinem zuckerlosen Kaffee und traute mich plötzlich nicht mehr, den bitteren Trank zu probieren. Sollte ich jetzt das Gift im Grapefruitsaft zur Sprache bringen? Ich setzte eine ebenso damenhafte Miene auf wie sie, aber mich ritt der Teufel, als ich meine Bitte vortrug. »Ich könnte in den letzten Tagen trinken und trinken, ich glaube beinahe, ich werde zuckerkrank wie meine Großmutter. Der Kaffee löscht den Durst nicht richtig. Ob du so lieb bist und mir ein Glas Pampelmusensaft bringst?«

So gepflegt hatten wir noch nie miteinander geplaudert. Früher hätte ich mir einfach ein Glas Mineralwasser aus der Küche geholt. Silvia zuckte im übrigen bei der Erwähnung des Reizwortes nicht mit der Wimper, sondern antwortete mit schneidender Höflichkeit: »Extra deinetwegen habe ich Kaffee gekocht, und nun läßt du ihn stehen. Tut mir leid, außer Apfelmost haben wir keinen Saft im Haus.«

»Als wir hier waren, um deine Brille zu suchen«, sagte ich, »war mir aber so, als hätte ich Grapefruitsaft gesehen.«

»Wo?« fragte Silvia mit hochgezogenen Brauen.

Mich überkam wieder große Feigheit, und ich murmelte: »Weiß nicht, vielleicht im Keller!«

Meine ehemalige Freundin stand auf, ich solle mitkommen, vielleicht könne ich ihr den Saft ja zeigen. Die ganze Zeit hatte sie mich nicht direkt angesehen, jetzt traf mich ein vernichtender Blick.

Ich ahnte nichts Gutes, als sie mir auf der steilen Treppe den Vortritt ließ. Gerade wollte ich die zweite Stufe betreten, als mir ein Besenstiel zwischen die Füße geriet, so daß ich die dunkle Treppe hinunterfiel.

Unten rang ich nach Luft, bis ich vor Schmerz und Wut laut schrie. Nichts rührte sich. Nach einigen Minuten versuchte ich aufzustehen, was mir auch mühsam gelang. Ich schaltete das Licht an und humpelte in panischer Angst wieder die Stiege hinauf. Wie hatte ich nur so dumm sein können, ohne Begleitung ins Haus einer Mörderin einzudringen.

Die Kellertür war nicht abgeschlossen, und Silvia war nirgends zu sehen. Mit zusammengebissenen Zähnen schleppte ich mich zum Auto. Mir taten alle Knochen weh. Ich fuhr sehr langsam, ich konnte kaum die Kupplung treten und fluchte dabei lauthals.

Lara war so neugierig, daß sie mir die Haustür öffnete, noch bevor ich den Schlüssel herausgezogen hatte.

Forschend sah sie mich an. Ich hinkte zum Sofa und ließ mich fallen. »Wie siehst du denn aus!« rief sie. »Hast du einen Unfall gehabt?«

»So kann man es auch nennen«, sagte ich. »Silvia hat mich die Kellertreppe hinuntergestoßen.«

Meine Tochter stutzte; sie überlegte wohl, ob Silvias Wut ein Beweis für meine Schuld war.

»Wahrscheinlich hat Udo sie angelogen«, jammerte ich, »denn sie glaubt tatsächlich, ich hätte etwas mit ihm gehabt! Leider kann ihn jetzt keiner mehr zur Rede stellen.«

Lara wurde angesichts meines Elends butterweich. Ob sie mir einen Kräutertee kochen solle? Ich bat darum, außerdem sollte sie den Verbandskasten bringen und meinen Fuß mit einer elastischen Binde umwickeln. Eine Schmerztablette mußte ebenfalls her. Unverhofft wurde ich von meiner zehnjährigen Tochter umsorgt, als sei ich ihr Baby. Es tat unendlich gut, aber andererseits wußte ich, daß Lara mit dieser Rolle überfordert war. Deswegen war es mir recht, als Jost und Lara wenig später schließlich davonradelten, um Buntpapier und Malblocks zu kaufen. Weil ich nicht den gleichen Fehler wie Silvia machen wollte, schärfte ich Lara ein, nichts – aber auch wirklich nichts – über meinen Unfall, dessen Ursache und über Silvias Lügen weiterzuerzählen. »Aber der Susi...«, begann Lara, doch ich schüttelte so energisch den Kopf, daß sie verstummte.

Nicht nur der Fuß tat mir weh, auch mein Schädel brummte. Wahrscheinlich würden erst morgen blaue Flecke zutage kommen, daß ich mich schämen müßte, unter Menschen zu gehen. Am Ende würde man denken, Reinhard habe mich verprügelt. Sollte ich mich von Ellen oder Lucie trösten lassen? Ich griff zum Hörer und ließ ihn wieder sinken. Dann suchte ich im Telefonbuch Imkes Nummer heraus.

Sie meldete sich mit einem leisen »Ja?«.

Ich fragte nach ihrem Befinden, ohne vom meinigen zu sprechen. Ob sie sich noch an weitere Beobachtungen erinnere, die sie mir bis jetzt nicht mitgeteilt habe?

»Ich weiß nicht, ob es wichtig ist«, sagte sie. »Kürzlich habe ich bei Silvia durchs Fenster geschaut, als Reinhard dort war. Aber sie haben sich nicht geküßt. Wahrscheinlich, weil die beiden Mädchen im Haus waren.«

»Was haben sie gemacht?« fragte ich und schämte mich meiner voyeuristischen Frage.

»Sie haben ein Bild abgehängt, das mit den Sonnenblumen. Dahinter ist ein Safe. Aber sie haben ihn nicht aufgekriegt, Silvia hat lange im Schreibtisch herumgewühlt, wohl um eine Codenummer zu finden.« Ich wollte wissen, ob es vor oder nach Udos Tod war.

»Natürlich danach«, sagte Imke mit so ausdrücklicher Betonung, als habe sie alle Zusammenhänge längst durchschaut.

Mir war nicht ganz wohl bei dem Gedanken, daß ein psychisch labiles Mädchen für mich Spionagedienste leistete.

»Weiß deine Therapeutin, daß du Reinhard observiert hast?« fragte ich.

Nein, meinte Imke, schließlich brauche sie nicht über jeden Schritt Rechenschaft abzulegen.

Kaum hatte ich mich bedankt und das Gespräch beendet, verließ mich wieder aller Mut. Es ging also um Geld, wobei Silvia ausgesorgt hatte: Wertpapiere, Bargeld, Immobilien – alles war im Überfluß vorhanden. Sie konnte es wohl nicht erwarten, es mit vollen Händen auszugeben. Bestimmt hatte sie auch Reinhard mit Geld geködert.

Ob ich in Gefahr war? Es war dumm gewesen, den Grapefruitsaft zu erwähnen. Falls Silvia ahnte, daß ich ihr auf die Schliche gekommen war, würde sie mit mir ebenfalls kurzen Prozeß machen, sie hatte es gerade bewiesen. Niemals hätte ich ihr zugetraut, daß sie mich hinterrücks angreifen würde. Frauen machen so etwas nicht, davon war ich bis jetzt überzeugt gewesen.

Als das Telefon klingelte, geriet ich in Erregung. Ob es Silvia war? Reinhard? Imke mit weiteren Meldungen? In Wahrheit war es meine Mutter. »Mäuschen, man hört so gar nichts von euch, hoffentlich ist alles in Ordnung?« fragte sie.

Doch, doch, sagte ich, alles okay, nur viel Arbeit. Am vertrauten Surren konnte ich hören, daß sie das kranke Bett in sitzende Position hochfahren ließ. Also wollte sie es sich für einen längeren Schwatz gemütlich machen. »Was wünschst du dir zum vierzigsten Geburtstag?« fragte sie.

»Aber Mutter, bis dahin dauert es noch unendlich lange!« rief ich fassungslos.

»Gut Ding will Weile haben«, behauptete sie.

Mir kam ein alter Hitchcock-Film in den Sinn, »Das Fenster zum Hof«. Wegen eines gebrochenen Beins ist ein Pressefotograf zur Untätigkeit gezwungen und beobachtet von seinem Zimmer aus verdächtige Umstände, die auf einen Mord schließen lassen. Mein Fuß tat zwar weh, aber ich konnte ihn etwas bewegen. Anscheinend war er nur verstaucht. Aber trotzdem mußte ich mich wohl in den nächsten Tagen schonen und war wie James Stewart ans Haus gefesselt. Ob das eine Falle oder eine Chance für mich war? Jedenfalls hatte ich Ruhe, um ein wenig nachzudenken. Niemand konnte von mir erwarten, daß ich um halb acht das Abendessen auf den Tisch brachte.

Wann mochte die Affäre zwischen Reinhard und Silvia angefangen haben? Als ich mit den Kindern und Ellen verreist war? Man soll seinen Mann nicht drei Wochen lang allein lassen, hatte meine Mutter mißbilligend kommentiert. Aber auch die mysteriöse Rechnung aus dem Schlemmerlokal war bis heute nicht geklärt. Vielleicht hatte Silvias Bescheid über den Reithallenauftrag von vornherein nur als Alibi für ein tägliches Stelldichein im Stall gedient.

Und was war mit Udo? Wie kam Silvia zu ihrem Verdacht? Sie mochte ein neues Rasierwasser als Indiz für einen Seitensprung angesehen haben; eventuell erschien ihr auch ein Mädchen in einem aufgeblätterten Magazin, das mir etwas ähnlich sah, als Nachweis für Udos Präferenzen. So reimte ich mir zusammen, wie sie durch eine Fülle falschinterpretierter Informationen zu einem absurden Trugschluß gekommen war, an den sie schließlich selbst glaubte. Fremd waren mir solche Gedankengänge ja selber nicht. Aber immerhin hatte ich meistens den richtigen Riecher gehabt.

Ebensogut war jedoch denkbar, daß Udo tatsächlich für eine Traumfrau entbrannt war und Silvia zwar ahnte: »Er hat wieder eine«, sich aber in der Person irrte. – Nein, ich sollte nicht versuchen, sie zu verteidigen oder gar zu verstehen; selbst bei einer zwar eingebildeten, aber nachvollziehbaren Kränkung hatte sie sich mir gegenüber unverschämt und aggressiv verhalten.

Weil ich mir weder Block noch Bleistift holen mochte, angelte ich Josts Ranzen unter dem Tisch hervor. Mit einem angekauten Buntstift schmierte ich in ein halbvolles Rechenheft:

1. S. hat Udo umgebracht
2. S. hat mir Reinhard weggenommen
3. S. hat herumposaunt, ich hätte es mit Udo getrieben
4. S. hat mich zu Fall gebracht

Mehr fiel mir nicht ein, aber das reichte ja wohl für die Todesstrafe. Oder meinetwegen lebenslänglich, beschloß ich großmütig, schließlich waren wir miteinander verwandt.

19

# *Schachmatt*

Klar und elegant präsentiert der französische Barockmaler Lubin Baugin sein Stilleben von den fünf Sinnen. Hier wird nicht mit der Fülle überbordender Utensilien oder Materialien geprotzt, es geht streng und kühl-belehrend zu. Drei rosarote Nelken stehen in der durchsichtigen Kugelvase, nicht etwa ein holländischer Prachtstrauß. Eine Laute überdeckt zur Hälfte ein Notenbüchlein und zeigt die Wölbung eines handwerklich sauber gearbeiteten Korpus, ein Glas Rotwein und ein Weißbrot recken ihr Profil gegen die gemauerte Zimmerwand. Auf dem hellen Buchentisch liegen ein Kartenspiel und eine Geldbörse aus dunkelgrünem Samt. Den graphischen Blickfang aber bildet ein schwarzweißes Schachbrett, dessen exakte Geometrie mit der Unregelmäßigkeit von Blumen, Brötchen und faltigem Beutel kontrastiert.

Die Laute steht fürs Gehör, der Wein für den Geschmack, die Nelke für den Geruchssinn, die Spielkarten fürs Auge, das buckelige Brot für den Tastsinn. Anscheinend symbolisiert das Schachbrett den kalkulierenden Verstand als ebenfalls dazugehörig. Nur der rätselhafte sechste Sinn, der allen anderen Sinnen überlegen scheint, konnte nicht durch den Pinselstrich des Malers Gestalt annehmen.

Es gibt geniale Schachspieler, die nach rein mathematisch-logischen Kriterien ihren Kontrahenten regelmäßig mattsetzen. Man kennt aber auch solche, die dank übersinnlicher Fähigkeiten die Schwäche des Gegenspielers erfühlen. Sie haben gute Chancen, Vizeweltmeister zu werden, können aber mit ihrer Einfühlungsgabe keinen Computer beeindrucken.

Meine eigenen Sensorien schwanken zwischen neurotisch-verzerrter und kreativ-sensibler Wahrnehmung. An jenem Abend, als ich mit schmerzendem Fuß und krankem Herzen auf dem Sofa lag, beschloß ich, mich nicht bis ans Ende meiner Tage zu bemitleiden, sondern mich ganz auf eine Lösung meiner Konflikte zu konzentrieren.

Die Kinder leitete ich zum Kochen, beziehungsweise zum Aufwärmen eines Fertiggerichts an. Sie trugen ihre Teller mit heißer Lasagne zu mir ans Sofa, hockten sich auf den Boden, kleckerten Tomatensoße und aßen genüßlich vor laufendem Fernseher. Reinhard – auch wenn er ohne Fischbesteck und Serviettenring in Backnang aufgewachsen war – hätte diesen Verfall bisheriger Sitten nicht gutgeheißen. Vor allem Jost schlug sich den Bauch so voll, daß ich Reinhard bereits sagen hörte: »Wenn mer de Jostel net hädde, dann müßte mer e Sau herdo!« Dafür waren die Kinder aber dermaßen von der Gemütlichkeit dieses Abendessens beeindruckt, daß sie sich bereit erklärten, bei Reinhards Ankunft in ihre Zimmer zu verschwinden. »Ich muß allein mit dem Papa reden«, sagte ich geheimnisvoll.

Also fand mich Reinhard zwar nicht in Gesellschaft der Kinder, dafür aber mit dramatisch umwickeltem Fuß und

Leidensmiene vor. Ob es bloß Verstellung war, als er erschrocken ausrief: »Was hast du denn angestellt?«

Nun war es vorbei mit meiner Zurückhaltung, ich sprudelte los: Silvia, Silvia, Silvia. Sie habe ihr Verhältnis mit Reinhard selbst zugegeben, er könne es daher nicht mehr abstreiten! Außerdem sei sie in der ganzen Stadt herumgelaufen und habe mich verleumdet. Als ob sie diese Niederträchtigkeit noch überbieten müsse, habe sie mich beinahe umgebracht. Was sie bei Udo bereits geschafft habe.

Reinhard schüttelte immer wieder den Kopf, unterbrach mich aber nicht. »Warst du schon beim Arzt?« fragte er schließlich. »Der Fuß muß geröntgt werden. Aber ich habe eher den Eindruck, daß du auf den Kopf gefallen bist.«

Ich geriet aus dem Konzept, schob die Wolldecke beiseite, die Lara über mich gebreitet hatte, und zeigte meine Verletzungen. Inzwischen war das Bein bis zum Knie heftig angeschwollen, und als ich den Rock ganz hochstreifte, bewiesen mehrere blutige Schrammen und pflaumengroße Beulen, daß ich kein Hypochonder war.

Reinhard ging zum Telefon und rief unseren Hausarzt an. »Meine Frau hatte einen kleinen Unfall«, hörte ich ihn sagen.

»Dr. Bauer will zwar nicht kommen, aber ich soll dich ins Auto packen und hinfahren«, brummte er und brachte mir meinen rechten Schuh und einen seiner Pantoffeln. Ich stützte mich auf seinen Arm und humpelte zum Wagen. Als ich schließlich drinnen saß, kam mir siedendheiß der Verdacht: Wir fahren überhaupt nicht zu Dr. Bauer, sondern geradewegs zum Steinbruch, wo Reinhard mit dem Wagenheber auf mich einschlagen wird.

Doch wir blieben auf dem richtigen Weg; Reinhard bog nicht in die steile Straße zum Wachenberg ab. Plötzlich hielt er an. »Eines muß ich wissen«, sagte er nervös. »Wie kommst du auf die absurde Idee, Silvia habe Udo ermordet?«

War es diplomatisch, daß ich in diesem Moment Gerd Triebhabers Analyse ins Feld führte? So wie ich mich einige Stunden zuvor Silvia ausgeliefert hatte, war ich jetzt Reinhard preisgegeben, nun allerdings verletzt und kampfunfähig. Aber ich hatte A gesagt und mußte wohl oder übel auch B sagen.

»Du hast den vergifteten Saft heimlich von Udos Nachttisch genommen und in unseren Mülleimer geworfen«, sagte ich. »Also muß man davon ausgehen, daß dich Silvia darum gebeten hat. Niemand wird dir abnehmen, daß du keine Ahnung von ihren Machenschaften hattest.«

»Moment mal«, sagte Reinhard. »Ich gebe ja zu, daß ich aus lauter Zorn über dein ewiges Theater mit Silvia geschlafen habe. Aber als sie mich bat, die Flasche zu entfernen, hat sie mir einen plausiblen Grund dafür genannt.«

Ich erfuhr nun, daß Silvia behauptet hatte, Udo löse seine abendlichen Pillen stets in Saft auf, damit er sie besser schlucken könne. Falls der Arzt am Totenbett auf die Idee käme, diesen Saft untersuchen zu lassen, wäre das eine überflüssige und zeitraubende Sache, die nur unnötige Komplikationen mit sich bringe. »Also hat sie mir am Telefon – damals, als wir sie benachrichtigt haben – den Auftrag erteilt, die Flasche diskret verschwinden zu lassen«, schloß Reinhard.

»Wie dumm bist du eigentlich«, fuhr ich ihn an, »daß du auf diesen hanebüchenen Unsinn hereinfällst? Man löst doch Tabletten in einem Glas und nicht in einer Flasche auf! Dem Saft waren außerdem keine Pillen, sondern Udos Herztropfen beigemischt, und zwar in einer Menge, die einen Ochsen umhauen würde. Auf Udos Nachttisch stand auch gar kein Glas, dafür lag ein Teelöffel für die Tropfen bereit. Silvia ist eine Mörderin, und du wirst wegen Beihilfe ebenfalls belangt werden.«

An seiner zunehmenden Aggression bemerkte ich, daß sich Reinhard in die Enge getrieben fühlte. »Wenn du nicht mit Udo gevögelt hättest«, gab er meine Anklagen ziemlich grob zurück, »dann wäre alles nicht passiert. Sonst hätte ich doch niemals ausgerechnet mit Silvia etwas angefangen! Du weißt doch selbst am besten, daß sie überhaupt nicht mein Typ ist!«

»Los«, fauchte ich. »Es wird immer später. Dr. Bauer wartet auf uns. Im übrigen habe ich, im Gegensatz zu dir, noch niemals Ehebruch begangen. Und mit Udo würde ich es schon gar nicht tun; wenn Silvia nicht dein Typ sein soll, so war Udo erst recht nicht der meine. Falls du mir nicht glaubst, laß mich sofort aussteigen! Dann bleibe ich nämlich keine Minute länger im Auto sitzen.«

Das wirkte, er fuhr endlich weiter. Wortlos legten wir das letzte Stück bis zur Praxis zurück, wo ich mühsam hinauskletterte. Reinhard reichte mir keinen stützenden Arm, sondern setzte sich ins Wartezimmer und starrte vor sich hin.

Dr. Bauer half mir auf die Untersuchungsliege. Als erstes wollte er wissen, wie denn das passiert sei.

»Ein Unfall!« rief Reinhard durch die geöffnete Tür.

Dr. Bauer lachte. »Sie haben doch nicht etwa Ihre Frau verdroschen?« fragte er scherzhaft.

Das würde ich in den nächsten Tagen häufiger zu hören bekommen. »Kellertreppe«, sagte ich.

»Und wer hat diesen genialen Verband angelegt?« forschte er weiter und wickelte Laras Knäuel kopfschüttelnd wieder ab. »Morgen können Sie mit den schönsten Hämatomen angeben; wahrscheinlich wird es heute nacht ziemlich weh tun, aber zum Glück haben wir keine Fraktur. Ich gebe Ihnen eine abschwellende Salbe und ein Schmerzmittel mit. Ihr Mann soll Sie die nächsten Tage auf Händen tragen!«

Ich hatte noch etwas auf dem Herzen. »Herr Doktor«, sagte ich, »erinnern Sie sich, wie Sie uns am Totenbett unseres Freundes antrafen? Stimmt es, daß er keine Tabletten schlucken konnte?«

Dr. Bauer meinte: »Eigentlich darf ich über meine Patienten keine Auskunft geben, auch nicht über die verstorbenen. Fragen Sie doch seine Witwe, wie problematisch es manchmal war, die Medikamente in flüssiger Form zu rezeptieren.«

Reinhard sollte hören, wie recht ich hatte.

Auf der Rückfahrt hielt er schon wieder an, weil ihm etwas Entscheidendes eingefallen war. »Du mußt dich irren«, sagte er. »Sie kann keine Mörderin sein. Ich erinnere mich nämlich gerade, daß du den restlichen Saft vor meinen eigenen Augen ausgetrunken hast. Oder bist du eine Hexe und kannst Gift vertragen, das einen Ochsen umhaut?«

Nun war es an mir, ihm den Sinn meines Tests zu erklären. »Es war gar nicht die bewußte Flasche. Ich wollte wissen, ob du mich kaltblütig sterben lassen würdest!«

Mit Reinhards Fassung war es vorbei. »Ha noi, was han i bloß für e saublöds Weib gheiradet! I hätt doch nimmer ruhig zugschaut!« Hier riß er sich zusammen und unterließ den Rückfall ins Schwäbische. Allerdings habe er erwartet, daß ich ordentlich Herzklopfen bekäme, denn eine geringe Menge von dem Zeug solle ja tatsächlich in der Flasche gewesen sein.

»Den giftigen Saft habe ich versteckt«, sagte ich, »und durch Gerds Analyse kann ich beweisen...«

Ruckartig startete Reinhard erneut und wendete mitten auf der Straße. »Wir fahren jetzt zu Silvia«, sagte er, »und hören uns an, was sie zu diesem Thema zu sagen hat.«

Ich begehrte auf; es sei wirklich zu spät, um noch unangemeldet Besuche zu machen. Reinhard fand es aber in Anbetracht der hochbrisanten Entwicklung gerade richtig, überraschend bei ihr vorzusprechen. War er am Ende auf meiner Seite?

Aber ich hatte keine Kraft mehr. »Bitte, Reinhard«, sagte ich weinerlich, »ich habe solche Schmerzen! Ich kann jetzt wirklich nur noch meine Pillen schlucken, die Salbe auftragen und ins Bett gehen. Morgen ist auch noch ein Tag.«

Angesichts meiner kläglichen Lage drehte Reinhard den Wagen wieder in die alte Richtung und fuhr nach Hause.

Die Kinder schliefen nicht, sondern saßen übermüdet vorm Fernseher. Reinhard scheuchte uns alle ins Bett, mir hätte er es allerdings auch weniger barsch sagen können. Außer dem verordneten Schmerzmittel schluckte ich ausnahmsweise eine Schlaftablette.

Nachts wurde ich trotzdem wach, weil sich etwas Warmes an meine geschundenen Glieder drängelte. Unverschämtheit, dachte ich, meinen künstlich eingeleiteten Schlaf zu stören! Aber Reinhard schnarchte in angemessener Entfernung in seiner Betthälfte, es war Jost. »Schlecht geträumt«, murmelte er und entspannte sich mit einem Seufzer an der Mutterbrust. Für mein achtjähriges Söhnchen hatte ich natürlich immer Platz, auch wenn die malträtierten Knochen noch so weh taten.

Leider ging es in meinen eigenen Träumen ebenfalls unerfreulich zu, denn ich erlebte den geplanten Besuch vorweg. Silvia servierte uns diesmal Earl Grey, und zwar in einer Art-déco-Kanne, die ich als Studentin von einer Schottlandtour mitgebracht hatte. Die viereckige grüngemusterte Teekanne stammte vom Trödler; ich hatte sie, in Pullover gewickelt, sechs strapaziöse Wochen im Rucksack getragen. Sie diente mir als Erinnerung an meine erste Reise auf eigene Faust, war mein ganz persönlicher Schatz, und nur Lieblingsgäste kamen in den Genuß, ihren Tee darin kredenzt zu bekommen. Nun stand sie auf Silvias Rauchglastisch, weil Reinhard sie ihr als kleine Morgengabe geschenkt hatte. Im Traum heulte ich los, und als ich zum zweiten Mal wach wurde, war mein Gesicht ganz naß. Am liebsten hätte ich Reinhard geweckt und wegen dieser ungeheuerlichen Tat angeklagt.

Den nächsten Vormittag verschlief ich zur Hälfte. Als ich wach wurde, regnete es. Reinhard war wohl im Büro, durch die geöffnete Schlafzimmertür drangen streitende Kinderstimmen.

Sekundenlang fühlte ich mich geborgen. Aber als ich mich räkelte, wurde ich schmerzhaft an den gestrigen Tag erinnert. Hatte ich mit Reinhard etwas Konkretes vereinbart? Wann mußten wir Silvia, die Schreckliche, heimsuchen?

Als ich ins Bad lahmte, entdeckten mich die Kinder. Die fürsorgliche Lara ließ mir Badewasser ein und erschrak, als sie meine blauen Flecken sah. Aber kaum wollte ich ins Wasser steigen, winkte mich Jost ans Telefon. »Der Papa!« rief er.

»Ich kann mich um vier Uhr freimachen«, sagte Reinhard, ohne sich nach meinem Befinden zu erkundigen. »Es wäre gut, wenn du dann fertig bist. Ich nehme an, daß Silvia um diese Zeit zu Hause ist.«

»Du kennst dich mit ihren Gewohnheiten besser aus als ich«, sagte ich spitz.

Das warme Wasser tat mir nicht gut, der Tee, den die Kinder mir machten, schmeckte mir gar nicht, sie gingen mir mit ihrem Pflegebedürfnis auf den Wecker. Ich hatte jämmerliche Angst. Kurz vor vier zog ich mir etwas Neues an. Kaffee, Schmerztabletten und ein Küchenmesser in der Handtasche stärkten mich zusätzlich. Diesmal würde ich mich nicht lumpen lassen.

Reinhard fuhr pünktlich vor und hupte.

Ich herzte die Kinder, als gelte es, Abschied für immer zu nehmen.

»Wohin fahrt ihr?« fragte Lara mißtrauisch.

Um sie nicht noch mehr zu beunruhigen, erfand ich eine Ausrede.

Nicht Silvia, sondern Korinna machte auf. »Sie ist nicht da«, sagte sie unfreundlich.

Wann ihre Mutter zurückkomme? fragte Reinhard.

Die dürre Tochter zuckte die Achseln. Wenn Silvia bei den Pferden sei, bleibe sie stets lange fort. Im Grunde war ich hocherfreut, daß der Kelch für heute an uns vorübergegangen war.

Wieder saßen wir im Auto. Reinhard sagte nichts. Zwei Straßen weiter merkte ich, daß er zum Reitklub fuhr, was mir erst recht nicht paßte.

In diesem Augenblick kam uns Silvia in Udos schwerem Wagen entgegen. Durch Hupen und Blinken machte Reinhard auf sich aufmerksam, stieg aus und sprach auf sie ein. Dann fuhren wir im Konvoi wieder los, bis wir zum zweiten Mal vor ihrem Haus parkten.

Als wir im Wohnzimmer saßen, brachte Silvia ungefragt ein Bier und Kartoffelchips für Reinhard. Mir bot sie nichts an, auch ihr selbst schien der Appetit vergangen zu sein. Sie sah unsere ernsten Gesichter und sagte: »Tut mir leid. Wahrscheinlich bin ich aus Versehen an den Besen gestoßen und habe Anne dabei zu Fall gebracht.«

»Was heißt hier ›aus Versehen‹?« fragte ich zornig. »Du hast es absichtlich getan. Ich hätte mir das Genick brechen können. Sieh dir das mal an!« Ich lüpfte die Röcke. »Und außerdem«, fuhr ich fort, »hast du dann einfach die Flucht ergriffen.«

Reinhard, auf den meine blauen Flecken gebührend wirkten, kam mir zu Hilfe. »Was zu weit geht, geht zu weit!« sagte er piepsig.

Silvia auf der Anklagebank. »Du bist selber schuld«, bezichtigte sie mich, »du arrogantes Biest! Tauchst hier auf, als könntest du kein Wässerchen trüben! Und dabei hast du mir Udo gestohlen, du Flittchen!«

Das war auch für Reinhard starker Tobak. Es entfuhr ihm ein »Da steppt der Bär!«, bis er sich faßte und fortfuhr: »Neulich hast du mir gesagt, du könntest Annes Romanze mit Udo beweisen. Anne bestreitet das nämlich mit Nachdruck.«

»Kann ich«, sagte Silvia.

»Dann tu's doch«, setzte ich einen drauf. Sie wand sich etwas, bis sie verlegen behauptete: »Es steht in seinem Tagebuch.«

Niemals konnte ich mir vorstellen, daß ein Mensch wie Udo Tagebuch führte. Auch Reinhard schien voller Zweifel. »Dann laß es uns endlich lesen«, befahl er.

»Das Tagebuch!« forderte ich, und Reinhard nickte bekräftigend.

»Ich komm' nicht dran«, sagte Silvia kläglich, »es liegt mit Sicherheit im Safe.«

Also war es ihr bis jetzt nicht gelungen, ihn zu öffnen.

»Laß dir doch einen Handwerker kommen«, empfahl Reinhard.

Silvia seufzte, es wäre sicher ganz einfach, wenn man nur die Zahl wüßte.

Wie unter Hypnose sagte ich: »190965«. Reinhard und Silvia starrten mich an und dachten wohl, wenn mich Udo als einzige in das Mysterium der Codenummer eingeweiht hatte, beweise das klipp und klar unser intimes Verhältnis. Reinhard sprang auf und stellte durch hektisches Drehen meine vorgeschlagene Kombination ein, und schon stand das Geheimfach offen.

Ich reckte mich, um einen Blick ins Innere zu erhaschen, Silvia streckte die Hand begehrlich aus. Aber Reinhard war näher am Objekt, zudem größer und stärker. Weder Gold, Silber und Diamanten noch Wertpapiere oder Fotos von nackten Mädchen schienen im Tresor zu liegen; das einzige, was Reinhard herauszog, waren ein paar Hundertmarkscheine, ein Ehering und ein Terminkalender, den er eisern an sich preßte.

»Bevor ich daraus vorlese«, sagte er, ohne auf Silvias Bettelhand zu achten, »will ich von Anne wissen, woher sie diese Zahlen kennt. Silvia hat sämtliche Geburtstage, Haus- und Telefonnummern durchprobiert. Demnach ist es eine Phantasiezahl?«

»Nein«, sagte ich, »das ist die Telefonnummer von Dr. Bauer.«

Offenen Mundes starrte mich Silvia an. Dann lief sie zu Udos Schreibtisch und suchte in seinem handgeschriebenen Register nach Dr. Bauers Adresse. »Die Nummer steht nicht drin«, sagte sie verblüfft, »es könnte sein, daß Udo sie auswendig wußte.«

»Dr. Bauer hat uns erzählt«, berichtete ich, »daß Udo ihn häufig und zu unmöglichen Zeiten anrief. Ich konnte diese Nummer erraten, weil sie eine der wenigen ist, die auch ich im Kopf habe – wer Kinder hat, möchte seinen Hausarzt rasch erreichen können.«

Ob ein simpler Terminkalender wirklich Auskunft über Udos Liebesleben erteilte? Reinhard setzte sich neben mich aufs Sofa, Silvia stellte sich mit selbstgerechter Miene hinter uns auf, um mitzulesen. Die ersten Monate waren rasch durchgeblättert. Wie ich erwartet hatte, waren geschäftliche, gelegentlich auch private Termine eingetragen, Geburtstage, Einladungen, Steuerfristen, Anrufe, Kritzeleien. »Na, Silvia? Soll das etwa ein Tagebuch sein?« fragte ich triumphierend, hatte mich aber zu früh gefreut, denn schon streckte sie den Zeigefinger aus und rief: »Da, da, da!« Tatsächlich war dort schwarz auf weiß zu lesen:

HEUTE MIT ANNE IM BETT. GLÜCKLICH WIE NOCH NIE IM LEBEN. Vor Schreck war ich sprachlos; es konnte sich nur um eine andere Anne handeln.

Reinhard ließ die Agenda fallen und sprang erregt hoch. »Der Sauhond«, rief er.

Ich hob das längliche Büchlein vom Boden auf, blätterte und fand die bewußte Stelle sofort wieder. Es gab nichts daran zu rütteln, jeder Buchstabe war klar zu lesen: mein Name in Udos Terminkalender.

Aber etwas kam mir doch seltsam vor. Bis zu diesem Eintrag war kein einziger persönlicher Satz, kein Gedankenblitz, kein Memorandum oder etwa ein Zitat notiert worden.

»Wieso konntest du diesen Schwindel überhaupt lesen, wenn du den Safe nicht aufgekriegt hast?« fragte ich scharf.

»Bis vor einiger Zeit lag der Terminkalender immer auf Udos Schreibtisch«, sagte Silvia, »ganz offen und selbst für die Kinder zugänglich! Aber dann ist ihm die Sache wohl zu brisant geworden, und er hat sein Tagebuch eingeschlossen.«

»Ein Terminkalender ist kein Tagebuch«, sagte ich. »Zwar kenne ich Udo nicht so gut wie du, aber ich halte diese Zeile für eine Fälschung. Vielleicht wollten dir deine Töchter einen Streich spielen.«

Silvia schüttelte den Kopf. »Es ist Udos Schrift, dafür lege ich die Hand ins Feuer. Außerdem kann kein anderer als er den Terminkalender in den Safe gelegt haben. Und warum wohl? Natürlich weil er vorhatte, seine amourösen Verabredungen von nun an zu protokollieren.«

Nachdem sich Reinhard einen Schnaps geholt hatte, verteidigte er den Toten: »So dumm war Udo nicht, ein solches Risiko einzugehen. Jeder weiß, daß Weiber zu Hyänen werden, wenn sie Verrat wittern.« Dabei sah er uns beide mißbilligend an.

## 20

## *Dornröschen*

Kaum hatte sie meinen angeblichen Fehltritt nachgewiesen, bekam Silvia wieder Oberwasser; das ging so weit, daß sie sich erdreistete, hinter Reinhard zu treten und ihn rücklings zu umhalsen. Beim Anblick dieser unverfrorenen Liebesbezeugung wurde mir regelrecht schlecht. Gott sei Dank machte Reinhard sich etwas verlegen wieder frei.

Durch seine Geste fühlte sich Silvia gekränkt; beleidigt räumte sie Schnaps- und Biergläser ab und trug sie in die Küche. Reinhard stand am Fenster und schaute mit melancholischem Ausdruck in den Garten, während ich weiter im Terminkalender blätterte. Ob ich noch andere Eintragungen erwarten konnte, in denen mich Udo als beglückende Bettgenossin lobte? Obwohl seine Behauptung frei erfunden war, gefiel mir seine diesbezügliche Zufriedenheit ausnehmend gut.

Nach jenem entscheidenden Vermerk folgten seitenlang nur langweilige Notizen, bis ich plötzlich einen spitzen Schrei ausstieß:

DAS HAT JA LANGE GEDAUERT, BIS DU DEN SAFE GEKNACKT HAST, ICH HÄTTE DIR ETWAS MEHR INTELLIGENZ ZUGETRAUT. SEIT JAHREN WÜHLST DU IN MEI-

NEN SACHEN HERUM, MACHST UM JEDES BARBUSIGE COVERGIRL EINEN GROSSEN WIRBEL UND WITTERST IN ALLEN DEINEN FREUNDINNEN MEINE HEIMLICHE GELIEBTE. HEUTE ERFÄHRST DU ENDLICH DIE NACKTE WAHRHEIT: MEIN BERUF DIENT MIR NUR ALS ALIBI, DENN ICH MACHE DEN GANZEN TAG NICHTS ANDERES, ALS FRAUEN FLACHZULEGEN.

Silvia war dumm genug, im ersten Moment »Na also!« zu kreischen, bis sie an unseren Gesichtern erkannte, daß ihre Reaktion verfehlt war.

Nach einer Minute betroffenen Schweigens sagte ich: »Und wegen solchem Quatsch hast du den armen Udo umgebracht!«

Die dumme Gans versicherte: »Er hat's verdient!« und merkte reichlich spät, daß diese Worte einem Geständnis gleichkamen. »Er ist an Herzrhythmusstörungen gestorben, Dr. Bauer kann es bestätigen«, sagte sie, im Bemühen, ihren Fauxpas wieder auszubügeln.

Aber nun war meine Stunde gekommen. In aller Ausführlichkeit legte ich dar, wie ich die bewußte Flasche aus unserem Mülleimer gefischt hatte und den Inhalt anschließend analysieren ließ.

»Offensichtlich bist du nicht fähig, mir auch nur einen einzigen Gefallen zu erweisen!« fauchte Silvia über mich hinweg in Reinhards Richtung. »Ich hatte angeordnet, daß du die Flasche in den öffentlichen Container werfen sollst! Aber nein, zu faul für den kleinsten Umweg. Wo doch jeder weiß, daß Anne einen Tick mit der Mülltrennung hat...«

»Silvia«, sagte ich leise, »du brauchst nicht mehr zu toben. Ich rufe jetzt die Polizei.«

Die schönste aller Blumen ist die Rose. Auch Rachel Ruysch hat in ihrem kleinen Blumengebinde einen Zweig mit blaßrosa Edelrosen in den Mittelpunkt gestellt, eskortiert von allerlei Blüten, die ohne Aufwand in jedem Garten wachsen: Ringelblumen in kräftigem Orange, blauer Rittersporn und eine robuste Schwester der Königin, eine weiße Wildrose. Vor dunklem Hintergrund leuchten ihre frischen Farben. Die Malerin, deren duftiges Gemälde auf das Jahr 1695 datiert ist, wußte noch nichts von den Rosengärten des neunzehnten Jahrhunderts, wie sie beispielsweise in Malmaison oder Sanssouci zu finden sind. Es gab nur bäuerliche Gärten, in denen außer bodenständigen Obstbäumen auch Gemüse, Kräuter, Gartenblumen und die eine oder andere Rose zu finden waren. Wer aber wie Rachel Ruysch einen Strauß pflücken ging, mußte sich vor den Dornen hüten. Sehr präzise hat sie die bösen Stacheln gemalt, die ein allzu forsches Hinlangen unmöglich machen.

Da ich meine eigenen Stilleben in Zukunft mit einer winzigen Rose signieren werde, darf ich beim Malen natürlich niemals die Dornen vergessen. Röslein nannte mich mein allerester Liebhaber und bedachte dabei wohl kaum meine stachlige und wehrhafte Seite.

Allmählich dämmerte es Silvia, daß sie sich in einer höchst prekären Situation befand; von Reinhard war anscheinend kein Beistand zu erwarten. Ihr trotziger Einwurf: »Ihr könnt mir nichts beweisen!« war kein taktisches Meisterstück. Aber leider hatte sie vielleicht recht damit; mir war selbst nicht klar, ob sich bei einer Exhumierung und nachträglichen Obduktion das Gift noch feststellen ließ. Also pokerte ich weiter: »Doch, Silvia, ich habe mich erkundigt. Noch nach Monaten kann man eine derart hohe Digoxin-Konzentration im Körper nachweisen. Du hättest dich für eine Feuerbestattung entscheiden sollen.«

Wir saßen nicht mehr nebeneinander. Ich war zwar auf dem Sofa geblieben, weil ich jede überflüssige Bewegung vermied, aber Reinhard und Silvia hatten ihre Plätze so weit voneinander entfernt wie möglich eingenommen.

Mit Genugtuung hörte ich, wie Reinhard seine Geliebte attackierte: »Mit deiner unwahren Beschuldigung hast du unsere Ehe zerstört! Anne hält mich jetzt für einen Mörder. Unter solchen Umständen hat es keinen Sinn, daß ich weiter mit ihr zusammenlebe.«

So war das also. Auf diese Weise wollte er mich loswerden. Ich gab den schwarzen Peter zurück. »Du kannst ihn dir unter den Nagel reißen, Silvia«, sagte ich, »und wirst viel Freude an ihm haben. Stets gut gelaunt, voller origineller Ideen und mit überschäumendem Temperament ausgestattet! Aber eine Weile werdet ihr euch natürlich gedulden müssen. Bis ihr wieder vereint seid, kann es schätzungsweise noch fünfzehn harte Jahre dauern.«

Reinhard war humorlos genug, sofort Widerspruch einzulegen: »Ihr denkt wohl, ihr könntet mich meistbietend versteigern. Den Rest meines Lebens werde ich zufrieden im Kloster verbringen.«

Keiner hätte es erwartet, aber auf einmal fing Silvia mit ihrer steinerweichenden Beichte an. Wir bekamen die ganze

Tristesse eines freudlosen Ehelebens zu hören, durch das sich sexuelle Frustration von Anfang an wie ein Leitmotiv hindurchzog. Immer schien Udo hinter jungen Mädchen herzujagen, während sie zu kurz kam. Dabei glaubte Silvia fest, daß es anderen Frauen bereits beim ersten Mal besser erging. »Um ein Beispiel zu nennen«, klagte sie, »früher hast du mir einmal erzählt, wie er dich auf dem Baugerüst...«

Reinhard wurde dunkelrot und schlug mit der Faust auf den Tisch, wußte aber nicht, was er auf hochdeutsch zu diesem Thema sagen sollte. Ich verspürte beinahe Mitleid.

Im Grunde hätte ich jede weitere Debatte durch einen energischen Anruf beim Morddezernat unterbinden sollen. Schwerfällig erhob ich mich, denn das Telefon stand nicht in meiner Reichweite. Das Küchenmesser war bereits von der Handtasche in meine Faust gewandert; es war immerhin möglich, daß jetzt ein zweiter Angriff erfolgte. Aber Silvia flehte unter Tränen: »Ruf nicht an! Bitte! Ich will ja alles wieder gutmachen.«

Das war kaum möglich. Wollte sie Udo wieder auferstehen lassen? Meine Ehe retten? Oder bereitete sie durch bewußte Verzögerung einen tückischen Überfall vor? Die Neugierde ließ mich zaudern. »Laß hören, wie du dir eine Wiedergutmachung vorstellst«, forderte ich und ließ das Messer blitzen.

»Geld?« fragte sie unsicher.

»Wieviel?« konterte Reinhard.

Es gefiel mir nicht, daß er sich einmischte, denn ich hatte jahrelang unter seinem Geiz gelitten. Sogar seine eigene Mutter nannte ihn »Entenklemmer«. Für ihn waren tausend

Mark eine enorme Summe, und von Erpressen verstand er rein gar nichts. Ich hatte eine bessere Idee.

»Unter einer Bedingung schalte ich die Polizei noch nicht ein. In Zukunft will Reinhard sicherlich mit dir in unserem Häuschen leben, aber schließlich muß auch ich irgendwo bleiben. Deswegen schlage ich einen Haustausch vor.«

Die verheulte Silvia fing beinahe an zu lachen. »Du bist wohl nicht bei Trost! Ich ziehe doch in keinen Kaninchenstall«, sagte sie. »Meine Pläne sind ganz anders. Jetzt, wo ich endlich die finanziellen Mittel habe und nicht mehr durch Udos Beruf an diesen Standort gebunden bin, werde ich einen Pferdehof in Norddeutschland kaufen, ich habe noch nie besonders gern in Weinheim gelebt. Von mir aus kannst du das Haus mieten, wenn es auch zu groß für dich ist, aber ich fürchte, du wirst keine zweitausend Mark im Monat aufbringen.«

»Nein, das kann ich wirklich nicht zahlen«, sagte ich. »Um mietfrei zu wohnen, muß ich es besitzen. Aber daß wir uns richtig verstehen: Ich will es nicht gemietet, sondern geschenkt.«

Silvia und auch Reinhard sahen mich staunend an.

»Das darf ich nicht machen«, sagte Silvia betont langsam, als spräche sie mit einer geistig Behinderten. »Dieses Haus gehört nicht mir allein, es ist das Erbteil meiner Kinder; ich kann es nicht einfach hergeben!«

»Wenn du im Gefängnis sitzt, werden sie viel Spaß an ihrem Erbe haben«, sagte ich trocken. »Weil du es nicht anders willst, rufe ich jetzt die Polizei!«

Spielerisch ließ ich das Messer ein wenig blitzen. Meine beiden Kontrahenten sahen mir ungläubig dabei zu. Ich war in Hochform, so daß mir ein zweiter Schachzug einfiel: »Bei meinem Rechtsanwalt liegt übrigens ein handgeschriebenes Protokoll über den Kriminalfall Udo. Sollte mir etwas zustoßen, wird dieses versiegelte Schreiben geöffnet.« Davon war zwar kein Wort wahr, aber ich konnte es nachholen.

Als Reinhard und ich schließlich wieder zu Hause eintrafen, nutzte Jost sofort die Gunst der Stunde, denn er spürte, daß wir den Kindern gegenüber ein schlechtes Gewissen hatten. »Wenn ich schon keinen Ohrring kriege, dann will ich wenigstens ein Tamagotchi!«

Reinhard sah ihn derart fassungslos an, daß er blitzschnell in seinem Zimmer verschwand.

Wie sehr in meinem Kopf auch Chaos herrschte, so konnte ich doch den Hunger meiner Kinder nicht ignorieren. Ich nahm zwei Schollen aus dem Gefrierfach, obgleich ich wußte, daß Reinhard panische Angst vor Gräten hatte und alle Fischgerichte mied. Als das Essen schließlich auf dem Tisch stand, verzog er sich wie kurz zuvor unser Sohn. Bald darauf mußte ich zur Kenntnis nehmen, daß er einen kleinen Koffer packte. Er müsse noch arbeiten, sagte er wehleidig, und werde im Büro übernachten, wo er endlich allein sein und nachdenken könne.

»Der Papa ist grätig«, meinte Jost.

Als die Haustür ins Schloß fiel, kam mir der fürchterliche Verdacht, daß Reinhard jetzt zu Silvia fuhr, um sich verköstigen zu lassen. Zwar nahm ich an, daß er von uns beiden nichts mehr wissen wollte, aber Hunger und Geiz konnten viel bewirken.

Die nächsten Tage sahen wir uns nicht. Die Kinder vermißten ihren Vater und fragten häufig nach ihm. »Ihr könnt ihn im Büro besuchen«, sagte ich, »aber ihr müßt vorher anrufen, sonst ist er vielleicht nicht da.« Das war ihnen zu mühsam.

Schon am Tag nach der großen Auseinandersetzung war ich beim Notar, wo ich meine Niederschrift über Udos Todesursache hinterlegte. Ich mußte immerhin damit rechnen, daß mir Silvia nach dem Leben trachtete. Damit ich etwas Konkretes in der Hand hatte, bat ich Gerd Triebhaber, ein Protokoll über das Analyseergebnis zu verfassen. »Mach ich, Röslein, aber nur, wenn du mit mir essen gehst!« Ich versprach es.

In Begleitung des staunenden Rechtsanwalts besuchte ich Silvia ein weiteres Mal; da sie von Udo testamentarisch als Alleinerbin eingesetzt war, konnte eine Überschreibungsurkunde aufgesetzt und ein Ultimatum für den Umzugstag festgelegt werden. Inzwischen war sie so zermürbt, daß sie in allen Punkten nachgab. Seltsamerweise erfaßte uns beide eine geradezu hektische Betriebsamkeit, wir trafen uns in den nächsten Wochen beinahe täglich. Silvia hatte einen Makler damit beauftragt, einen geeigneten Bauernhof zu suchen. Freudig erregt legte sie mir Fotos und Baupläne vor.

»Du solltest Reinhard um Rat fragen«, empfahl ich, »er kennt sich aus. Wenn du ein großes Projekt sanieren willst, kannst du als Laie die Kosten schwerlich abschätzen.«

Silvia hatte Angebote von mehreren Gutshöfen mit Stallungen erhalten, die sie allesamt besichtigen wollte. »Dort könnte ich sogar Pferde züchten! Willst du nicht mitkommen«, fragte sie aus alter Gewohnheit, »du hast einen scharfen Blick.«

»Nimm deine Töchter mit«, sagte ich, »schließlich sind sie ebenfalls vom Umzug betroffen.«

Doch Nora und Korinna wollten nicht; sie empfanden Umsiedlung, Schulwechsel und Verlust ihrer Freunde als solche Zumutung, daß sie nicht mehr mit ihrer Mutter sprachen.

Später erfuhr ich, daß Silvia tatsächlich Reinhard im Büro aufgesucht hatte, um seine Hilfe zu erbitten. Er lehnte ab. Ich nehme an, daß man sie beim Kauf ziemlich übervorteilt hat. Sie erwarb einen großen maroden Bauernhof in Schleswig-Holstein und hatte es mit dem Umzug so eilig, daß sie sich keine Zeit ließ, auch nur die wichtigsten Reparaturen vorher durchführen zu lassen. Sie wird die nächsten zehn Jahre auf einer Baustelle wohnen.

Heute weiß ich selbst nicht, wie ich es in diesen turbulenten Wochen geschafft habe, das Stilleben für Ellens Freundin zu malen. Es blühten längst keine Vergißmeinnicht mehr in unserem Garten, und ich mußte ein botanisches Lehrbuch zu Hilfe nehmen. Aber natürlich gewinnt man Zeit, wenn kein Mann im Haus ist. Gemeinsame Fernsehabende, tägliches Erzählen, Spaziergänge und gemütliche sonntägliche Mahlzeiten entfallen. Zwar kümmere ich mich so liebevoll wie möglich um die Kinder, telefoniere häufig mit meinen Freundinnen und lasse den verkleinerten Haushalt nicht verlottern, aber ich reserviere jede freie Minute fürs Malen. Fast war ich betrübt, als das Bild fertig wurde, aber andererseits machte mir das Ergebnis Mut zu neuen Experimenten. Ich hatte es geschafft, Perspektive und Proportionen, Überschneidungen und Lichteinfall zur eigenen Zufriedenheit darzustellen.

Eines Tages setzte ich eine Anzeige in die Zeitung und legte in meiner Buchhandlung und in anderen Stammgeschäften Handzettel aus.

DAS BESONDERE GESCHENK

ICH MALE LIEBLINGSGEGENSTÄNDE

FÜR PERSÖNLICHKEITS-STILLEBEN

TEL.: 04 04 31

Tatsächlich riefen ein paar Leute an und fragten nach Preis und Lieferzeit. Ein früherer Kunde von Reinhard, Helmut Rost, wollte seine Uhrensammlung malen lassen, meldete sich aber kein zweites Mal. Schließlich besuchte mich die Frau eines Bankdirektors und ließ sich meine bisherigen Bilder zeigen. Zum zehnten Hochzeitstag wollte sie ihrem Mann ein Gemälde schenken, auf dem beseelte Objekte (wie sie sich ausdrückte) an glückliche gemeinsame Jahre erinnerten. Sie zählte auf: die Noten einer Mozartarie, weil sie sich anläßlich eines Konzertes kennengelernt hatten, eine Speisekarte, ein Foto, ein getrocknetes Ginkgoblatt. Bereits hier unterbrach ich. Sie könne die Originalpapiere doch als Collage in einen schönen Rahmen stecken! Das gepreßte Blatt sei ebenfalls wie gemacht für diesen Zweck. Verwundert sah sie mich an: »Gute Idee«, meinte sie und ging.

Von Lucie angestachelt, besorgte mir auch Gottfried einen Auftrag. Der Chor, in dem er sang, beging demnächst das zwanzigste Jubiläum seines Bestehens. Die Sänger planten ein exklusives Geschenk für ihren Chorleiter; leider dachte man aber keineswegs an handliche Gegenstände, die ich auf den Küchentisch legen und abzeichnen konnte, sondern an die Helden vergangener Konzerte. So sollte zum Beispiel Händels biblischer Held, der langhaarige Samson, Purcells heidnische Fairy Queen verliebt umarmen. Das überstieg meine Fähigkeiten, ich mußte passen.

Als eines Tages der Inhaber des Schlemmerrestaurants anrief, machte ich mir wenig Hoffnung. Aber gerade seine Idee entpuppte sich nicht nur als originell, sondern auch als machbar. Herr Fähringer wünschte sich ein Bild für seine Geliebte, die Gemüseköchin des Lokals. Da er im Laufe ihrer langjährigen Freundschaft eine ganze Kollektion an edlem Schmuck verschenkt hatte, sollten Ringe, Broschen und Ketten in buntem Reigen mit Naturalien aus der Hotelküche abgebildet werden. Da ich wußte, daß dieser Auftrag mein Talent nicht überforderte, war ich begeistert. In einwöchiger Arbeit entstand ein dekoratives Gemälde mit dem Titel »Geputztes Gemüse«, von dem mein Auftraggeber hingerissen war.

Ein Granatringlein schmückt den Spargel, ein Ohrring steckt am Lauchstengel, eine Brosche ziert den Kohlkopf, und selbst um Pilze und Möhren schlingen sich schimmernde Perlenketten. Auf Wunsch tupfte ich in alle vier Ecken ein Maßliebchen, denn die Herzallerliebste hört auf den Namen Daisy.

Durch Empfehlung von Herrn Fähringer, der dieses Bild

im gutbesuchten Restaurant übers Buffet hängen ließ, kam ich zu weiteren Aufträgen. Zwar verdiene ich zu wenig, um alle Lebenshaltungskosten zu bestreiten, aber ich komme zurecht. Reinhard schickt einen monatlichen Scheck, der so eben für Laras und Josts Unterhalt ausreicht.

Kurz vor Weihnachten zog ich mit den Kindern in meine neue Villa, während Reinhard statt auf dem ledernen Bürosofa wieder im Fachwerkhäuschen im rot karierten Bauernbett schläft. Da ich nun viele große Räume besitze, die ich gar nicht alle bewohnen kann, hatte ich beschlossen, zwei Zimmer zu vermieten. Es war kein Zufall, daß Imke bei uns einzog. Jedes Kind bekam sein gemütliches Reich, ich richtete mir den Wintergarten als Atelier ein. Das große Wohn- und Eßzimmer vermittelt durch weitgehende Leere ein nie erlebtes luxuriöses Raumgefühl.

Der Umzug machte mir anfangs nichts als Freude. Imke wohnt neben Lara im ehemaligen Schlafzimmer, ohne zu wissen, daß Udo dort gestorben ist. Im übrigen ist sie ein Herz und eine Seele mit meiner Tochter, bäckt mit ihr an jedem Wochenende einen Kuchen und liest ihr Gedichte von Hermann Hesse vor.

Ich selbst habe mir endlich ein eigenes Bett gekauft, ein gesundes, wie ich es in der Sprache meiner Mutter nenne, und habe es in Udos früheres Büro gestellt. Hier, in diesem neutralen Raum, werden mich keine bösen Geister um den Schlaf bringen. Endlich habe ich die Möglichkeit, den Spinnen im Haus freie Bahn zu lassen, Reinhard hat das nie geduldet. Die zarten Netze, die mich umgeben, schützen und behüten mich.

Bereits nach vier Monaten hörte ich von Birgit, daß Reinhard eine Freundin habe. Bei der Besichtigung eines energie-autarken Solarhauses hatte er eine junge Architektin kennengelernt, die sich für alternative Bauweisen, nämlich Häuser ohne Schornstein und Stromanschluß, interessierte. Sie war arbeitslos und witterte in der Weiterbildung auf dem Sektor transparenter Wärmedämmung eine gewisse Chance. Schon bald zog sie bei Reinhard ein und machte Birgits Arbeit überflüssig. Martina erledigt alle Büroarbeiten, füllt die Waschmaschine und ist dank frühkindlicher Prägung eine Meisterin in der Kunst der Spätzle- und Maultaschenzubereitung. Lara, die ihren Vater häufig besucht, erzählte mir, daß Reinhard die Neue »Schätzele« nenne und sie ihn scherzhaft »Labbeduddel«. Reinhard hat durch resolute Belehrung endlich die Wichtigkeit der korrekten Müllsortierung begriffen.

Meine neugierige Tochter fragte ihren Vater ungeniert, ob er Martina heiraten wolle. Er habe gebrummt: »Das weiß der Sell auf dem Dach.«

Sollte ich mich freuen, daß es meinem Mann offensichtlich gutgeht? Leider bin ich zu derart philanthropischen Gefühlen nicht fähig. Ich grämte mich, es wurmte mich, ich lehnte die neue Frau ab und verlangte von Lara dennoch eine detaillierte Schilderung ihres Aussehens. »Ganz normal«, sagte sie.

»Und was hat sie an?«

Lara überlegte. »Weiß nicht, nichts Besonderes, geh doch selbst und guck sie dir an!« Aber dazu war ich zu stolz.

Es gibt Zeiten, da bin ich in Hochstimmung, mache Pläne für die Feier zum vierzigsten Geburtstag und für eine Reise mit Ellen, male, richte die Wohnung immer besser ein, besuche einen Radierkurs oder eine Ausstellung. Sogar den Garten will ich im Frühling neu anlegen; ich erwäge, ob ich Silvias Rhododendronbüsche abholzen soll. Es ist wunderbar, zu Bett gehen zu können, wann man Lust dazu hat, kochen zu können, was man mag, und gewissermaßen keinem Herrn, sondern nur den Kindern dienen zu müssen. Aber gelegentlich, zum Beispiel heute, überkommt mich große Traurigkeit, und ich muß mich sehr zusammennehmen, um nicht an einsamen Abenden zur Flasche zu greifen. Jost macht mir Sorge, er kapselt sich ab, verhält sich aggressiv gegen mich, versagt in der Schule, weint im Schlaf.

Gerade habe ich erfahren, daß Lucie und Gottfried eine Party geben und nicht mich, sondern Reinhard und Martina eingeladen haben. Andererseits war ich ohne ihn zu Gast bei Birgit, die von Reinhard auch nicht mehr gebraucht wird. Außer mir kamen nur Ehepaare. Man saß zwar in bunter Reihe, aber meinetwegen mußten zwei Frauen nebeneinander sitzen und musterten mich argwöhnisch, fast unfreundlich. Ich weiß, daß ein Gerücht im Umlauf ist: Udo habe seiner langjährigen Geliebten die Villa vermacht; demnach wurde Silvia durch meine Schuld von Haus und Hof vertrieben und lebenslänglich ans Ende der Welt verbannt.

Spät am Abend brach man auf, jeweils zu zweit. Auf dem Heimweg hatte ich als einzige keinen Gefährten, mit dem ich über den Abend, das Essen und die anderen Gäste lästern konnte, und zu Hause lagen sowohl die Kinder als auch Imke längst im Bett. Manchmal fehlt mir Reinhard sogar zum Streiten.

Auch Silvia hat bislang keinen neuen Mann gefunden; kürzlich rief sie an, und wir tauschten Erfahrungen aus. Schließlich haben wir außer demselben Urgroßvater noch andere Gemeinsamkeiten: Wir leben ohne Partner, sind kürzlich umgezogen, und unsere Kinder haben den Vater als Bezugsperson verloren. Silvias Töchter favorisieren neuerdings Lederkleidung und haben sich einer dubiosen Gruppe jugendlicher Landrocker angeschlossen, mit denen sie abends auf einem Traktor in die nächste Diskothek fahren. Sie bereut im übrigen, daß sie mir ihre Hightechküche überlassen hat, um sich im neuen Domizil nach Gutsherrenart einzurichten. In der Eile war sie auch zu faul gewesen, um Keller und Dachboden zu entrümpeln; wenn ich einmal viel Zeit habe, werde ich mich daranmachen. Wer weiß, auf welche Überraschungen ich stoßen werde!

Im übrigen habe ich Silvia verziehen, denn ich mache sie nicht für das Scheitern meiner Ehe verantwortlich. Alles geriet bereits durch Reinhards Verhalten beim Besuch der liebeskranken Imke ins Bröckeln.

Mir scheint beinahe, daß Silvia Udo vermißt, auch wenn sie für ihren Witwenstatus selbst gesorgt hat. Wahrscheinlich sind Freiheit und Einsamkeit so eng aneinandergekoppelt wie ein symbiotisches Ehepaar.